Ciao Sicilia

MARELLE BOERSMA

Ciao Sicilia

DE CRIME COMPAGNIE
CRÈME DE LA CRIME

Vierde druk 2020

Omslagontwerp: bij Barbara
Boekverzorging: Michiel Niesen, ZetProducties, Haarlem
Foto omslag: © Shutterstock

ISBN 978 94 6109 455 1
NUR 332

Meer informatie over De Crime Compagnie op www.crimecompagnie.nl

Voor mijn vader
Onze liefde voor schrijven heeft onze band nog verder verdiept

1

Het is de zekerheid dat er vandaag iets onverwachts gaat gebeuren die Anne pijn in haar maag bezorgt. Terwijl ze onder haar paraplu wegduikt, houdt ze de omgeving goed in de gaten. Maandag hadden ze gezegd, zonder erbij te vermelden hoe ze het gingen aanpakken.

Ze stopt bij een brievenbus en kijkt schichtig om zich heen. Heel kort aarzelt ze, controleert voor de zoveelste keer het adres en laat dan de witte envelop door de gleuf glijden. Het is een doodgewone envelop, maar de inhoud gaat hem een hartstilstand bezorgen, dat weet ze zeker. Nu kan ze niet meer terug.

Het is stil in het Wageningse centrum op deze druilerige voorjaarsochtend. Ze passeert de HEMA en slaat rechts af de winkelstraat in. Ze passeert haar favoriete kledingwinkel en werpt een snelle blik in de etalage van de boekhandel. Bijna loopt ze het bord van de banketbakker omver. Daan heeft zomertaarten in de aanbieding.

Ze is laat. Zoals elke maandagochtend gaat ze Daan helpen. Alle mogelijke klusjes doet ze voor hem, alleen maar om zich in de zoete geur van zijn bakkerij te mogen wentelen. Er bestaat niets mooiers dan de lekkernijen van een extra versiering te voorzien. Kleurrijke details. De krullen en kralen, zoals ze haar bijdrage altijd noemt. 'Anne-achtjes' zegt Daan. Hij noemt haar zelfs zijn chocolatier, terwijl ze geen vaste aanstelling heeft.

Het oude herenhuis waarin de banketbakkerij gevestigd is, heeft een portiek waar ze haar paraplu neerzet. Ze haalt nog een keer diep adem, wat haar een pijnlijke steek rond haar ribben oplevert, en stapt dan naar binnen. De geur van zoete cake vermengd met vers brood komt haar tegemoet. Ze zou er een moord voor plegen om dit elke dag te mogen ruiken.

'Goedemorgen Anne-Sophie van Maanen. Fijn dat je er bent.' Daan is de enige die haar altijd met beide voornamen aanspreekt. Hij staat met een brede glimlach voor haar. Zijn donkere haren hebben zich in de loop van de jaren wat verder teruggetrokken, maar ze krullen nog net zo wild als vroeger.

'Heb je veel opdrachten?' Snel wil ze langs hem lopen. Ze zorgt ervoor dat er een lange lok voor haar gezicht valt.

'Gaat het een beetje?' Een onderzoekende blik.

Ze knikt alleen maar.

'Het is niet niks, hè? Ik weet hoe gek je op je moeder was.'

'Het is niet anders.' Ze probeert te glimlachen. 'De tijd heelt alle wonden. Het is alweer een paar weken geleden.'

'Kijk me eens aan.'

Gehoorzaam draait ze haar gezicht naar hem toe. Ze ziet zijn lippen verstrakken.

'Wat is er gebeurd?'

'O, dat. Het lijkt erger dan het is. Ik ben gevallen met de fiets en klapte tegen het asfalt.' Ze probeert luchtig te doen. 'Je kent het wel, zo'n rottig randje langs het fietspad waar jij wel overheen gaat, maar je fiets niet.'

'Het ziet er pijnlijk uit.'

'Wat gaan we doen?' Ze loopt naar achteren, waar de tafels vol staan met meel, suiker en allerlei bakjes met versieringen.

'Een bruidstaart, voor vanavond. En een serie traktaties voor een kinderfeestje.'

'Liefst gezond?'

'Nee, dit is niet voor school, maar voor een partijtje.'

Anne zucht. Normaal vindt ze het heerlijk om aan de slag te gaan, maar vandaag is anders. Het is alsof ze ziek moet worden; een dreinend gevoel dat niet weg te slikken is.

Ze hangt haar jas aan een haakje, zet haar handtas zorgvuldig in een hoek van de bakkerij en doet haar schort voor. Deze plek is haar toevluchtsoord geworden, een plek waar ze altijd welkom is.

Vanaf hun middelbare school waren ze een drie-eenheid: Daan, Christiaan en zijzelf. Altijd samen. Tot haar broer besloot een tussenjaar te nemen na zijn middelbare school. De dag voordat hij zou vertrekken, verongelukte hij. Soms denkt ze dat zijn ongeluk haar in de armen van de zelfverzekerde Benny heeft geduwd. Alles was ineens anders. Haar vader ging nog meer drinken, haar moeder stortte zich volledig op het verzorgen van iedereen om haar heen en zijzelf raakte haar anker kwijt. Het verlies van Christiaan bracht het contact met Daan aan het wankelen. Benny dook op. Hij was zowel charmant als krachtig, en dat was net wat ze op dat moment nodig had.

Twaalf jaar geleden alweer. En nu is haar moeder overleden. Deze leegte is groter dan haar hart.

Tijdens het smelten van de verschillende soorten chocola, probeert ze haar gedachten te focussen op de grote taart die straks een rol gaat spelen op de gelukkigste dag in het leven van een pasgetrouwd stel.

'Heb je geshopt?' Daan knikt naar haar handtas.

Ze schudt haar hoofd.

'Ik snap niet dat jullie vrouwen altijd zo veel meezeulen.'

Natuurlijk kan ze nu opmerken dat hij als alleenstaande man sowieso niet veel van vrouwen begrijpt. Maar dat doet ze niet. Hij is alleen, en ook al zegt hij er nooit iets van, volgens haar zou hij dat heel graag anders zien.

'Heb je al ontbeten? Ik kan een croissant...'

'Nee,' onderbreekt ze hem snel. 'Ik hoef niets...' Haar maag maakt sinds die ochtend vreemde kronkels.

'Voor je gewicht hoef je het niet te laten.' Hij grinnikt. 'Ik denk weleens dat je thuis niets te eten krijgt.'

'Houd op, Daan.' Haar stem klinkt lager dan anders. 'Ik heb gewoon niet zoveel trek, sinds...'

'Dat snap ik, sorry,' zegt hij schuldbewust.

Ineens hangt er een zware stilte tussen hen in. Daan pakt een blad met bakvormen en zet het nauwelijks een meter verder weer neer. Dan draait hij zich naar haar toe, schraapt zijn keel, maar blijft zwijgen. Hij loopt uiteindelijk met de vormpjes naar de andere kant van de ruimte. 'Traktaties,' mompelt hij.

Het is altijd lastig om over ditjes en datjes te praten als er grote gebeurtenissen hebben plaatsgevonden. Niets lijkt meer belangrijk. De dood raakt in de ziel.

'Heb je al een idee voor die traktaties?' Ze weet dat deze vraag hem altijd laat stralen. Hij houdt van zijn werk, dat is heerlijk om te zien. Soms jaloersmakend mooi.

'Het worden muisjes.' Hij kijkt even op van zijn werk.

'Gekleurde muisjes?'

Eindelijk breekt er een lach door. 'Natuurlijk, met een krul in de staart. Kun jij ze straks misschien meenemen? Ze moeten in Noordwest bezorgd worden.'

'Sorry, ik… Dat lukt me niet. Ik moet zo weg.'

Daan laat zijn onderzoekende blik over haar gezicht gaan. 'Ga je iets leuks doen?'

Ze slaat haar ogen neer. Ze kan het niet. Niet liegen. Maar ook de waarheid mag ze niet vertellen. Niemand mag het weten.

'Ja, zoiets,' mompelt ze.

De taart staat te glanzen alsof hij in de spotlight staat, in plaats van in de koelcel.

'Bedankt voor je hulp. Er is niemand die zo mooi chocoladeachtjes kan maken als jij.'

'Graag gedaan. Tot… Tot snel.' Ze pakt haar handtas en controleert of de rits goed dicht zit.

'Geniet van je vrije middag.'

Ze opent haar mond al om te antwoorden, maar zwijgt dan toch.

Daan pakt haar handen. Wat zijn zijn vingers warm. 'Je kunt altijd bij me terecht, Anne-Sophie. Dat weet je toch?'

Ze knikt en doet haar best te glimlachen. 'Lief van je.'

Er trekt een blos over zijn wangen, toch draait hij zijn gezicht niet weg. 'Ik meen het,' dringt hij aan.

Eigenlijk wil ze hem het liefst alles opbiechten. Hem vragen of ze een juiste beslissing genomen heeft. Of ze niet vreselijk stom bezig is. Nee, ze moet haar mond houden.

'Nou, dan ga ik maar.' Ze trekt haar jas wat dichter om zich heen.

'Wanneer zie ik je weer?'

'Ik waai wel weer een keer aan.'

'Kom hier.' Daan pakt haar gezicht tussen zijn handen en kust haar op beide wangen. 'Wees voorzichtig.'

Ze probeert de brok in haar keel weg te krijgen, maar slaagt daar niet in. Daarom knikt ze alleen maar.

'Hier, voor onderweg.' Daan steekt haar een zakje chocolaatjes toe.

'Dank je wel,' zegt ze schor. Dan loopt ze snel de winkel uit, haar tas dicht tegen zich aan geklemd. Pas als ze bij het parkeerterrein is, komt ze erachter dat ze haar paraplu is vergeten. Die heb ik voorlopig niet meer nodig, bedenkt ze, terwijl ze haar blik over de geparkeerde auto's laat schieten.

De envelop is al onderweg, nu is het haar beurt.

2

UMBERTO

Het is de ringtone die hem direct zijn telefoon laat pakken. Belangrijk.

'Ze is er,' is het enige wat de man aan de andere kant zegt.

Hij kijkt op zijn horloge dat altijd naar beneden zakt omdat het te los om zijn pols zit. In de verte klinkt een kerkklok. Het signaal kan niet duidelijker zijn. 'Is ze alleen?'

'Ja.'

'Doe het nu.'

Er komt geen antwoord meer.

Hij klikt het contact weg en voelt hoe zijn rechtermondhoek omhoogtrekt. Weer een nieuwe. Daar mag hij trots op zijn. Ondanks de crisis blijft zijn business lopen.

'Ben je al aan koffie toe?' Zijn vrouw steekt haar hoofd om de hoek van de keukendeur.

Hij knikt alleen maar.

'En welke smaak wil je erbij?'

'Karamel-zeezout. Dat blijft toch de lekkerste.'

3

BENNY

Ondanks het kloteweer kan zijn humeur vandaag niet stuk. Wat een topdeal heeft hij gisteren kunnen sluiten. Dat brengt weer lekker geld in het laatje. Benny fluit vals mee met een song van Anouk op de radio. Lekker wijf die Anouk. Haar stem kriebelt zacht over zijn ruggengraat, dat zou hij wel elke dag willen. Vanavond zal hij zijn Anne weer eens laten kronkelen van genot, hij heeft zin in een ouderwetse vrijpartij. Alweer te lang geleden.

Hij trapt zijn Porsche hard op zijn staart en pikt nog net het oranje licht mee. Een blik op zijn dashboard leert hem dat hij al rijkelijk laat is voor zijn lunchafspraak met Anne. Hij weet dat ze vaak rondhangt bij Daan, ook al denkt ze dat hij niets in de gaten heeft. Zijn vrouw hoeft niet te werken, dat is zijn eer te na. Toch laat hij deze escapades oogluikend toe.

Vanmorgen heeft hij de laatste routes geregeld voor het transport. Het geld dat hij gisteravond al heeft gevangen ligt veilig thuis. De helft is voor hem, de andere helft moet hij nog afdragen aan zijn contactpersonen. Die lui zijn nou eenmaal goud waard. Geweldig dat hij door deze deal zijn business weer op de rit heeft. Kan hij Anne ook weer eens verwennen met iets moois, een armband of een kettinkje.

Hij is er bijna. Ze zou bij de HEMA wachten, zodat hij haar kan oppikken om mee te nemen naar een luxe tent. Dat kan er vandaag wel af. Voor zíjn vrouwtje. Lekkere Anne is van hem. Niet voor al zijn klasgenoten die altijd op haar geilden. Hij mag met haar pronken als het hém uitkomt.

Sommige mensen hebben direct een oordeel over hem, dat ziet hij best als hij in zijn garage rondloopt. Vandaar dat hij de normale klanten aan de chef verkoop overlaat. Dat is een slijmjurk eerste klas, die zorgt voor goede beoordelingen, waarmee zijn autoverkoopbedrijf vertrouwen uitstraalt.

Even remmen voor de camera. Door de regen had hij hem bijna gemist. Mooi dat hij zich niet laat pakken, dat is echt zonde van zijn zuurverdiende geld. Hoeveel doet zo'n boete tegenwoordig, een barkie? Benny lacht hardop en zet Anouk wat harder. Geile stem heeft ze.

What do you say when it's all over

Hij heeft geen idee wat die rockchick daarmee bedoelt. Hij heeft niets met mooie woorden of softe beloftes. Maar die stem van Anouk raakt hem, al zal hij dat nooit toegeven.

For bitter or worse, I know

'Daar maak je toch een foutje, Anouk!' zegt hij hardop, terwijl de zangeres ongehinderd doorzingt. Bitter of better, ach, lekker belangrijk. De liefde mag best een beetje bitter zijn. Als gif dat door je aderen heen spuit en je lekker laat shaken.

Hij draait zijn auto de bocht om en zoekt naar zijn blonde schatje. Zo meteen laat hij zijn hand even over die heerlijke borsten glijden. Anouk kan misschien lekker zingen, maar hij is nog steeds gek op Anne.

Dan ziet hij haar staan. Natuurlijk is ze op tijd. Lekker ding is ze, zeker met die lange blonde haren die zo heerlijk over zijn buik kriebelen als ze hem verwent.

Een busje verspert hem de weg. Zijn ruitenwissers zwiepen onrustig heen en weer als hij een ram op de claxon geeft.

4

Voor de derde keer in vijf minuten kijkt Anne op haar horloge. Benny is laat. Gelukkig heeft ze een droog plekje kunnen vinden bij de achteringang van de HEMA waar ze de parkeerplaats goed in de gaten kan houden. Ze hebben afgesproken om samen te lunchen, maar ze heeft er totaal geen zin in. Er moeten dingen veranderen, maar hij wil er niet eens over praten. Het is gevaarlijk om aan te dringen, zeker door wat hij te weten is gekomen. Ze moet het slim spelen om haar leven enigszins op de rit te houden.

Ze kijkt op. Een donkere SUV draait het parkeerterrein op. Er is geen plekje meer vrij; door het druilerige weer hebben veel mensen de auto gepakt. De auto rijdt langs haar heen en stopt een meter of tien bij haar vandaan. De onrust die de hele dag al in haar lijf hangt, neemt toe. Ze weet dat er iets gaat gebeuren en is al de hele dag op haar hoede. Is het nu zover?

Nee, niet nu. Niet nu Benny hier elk moment kan opduiken.

In haar ooghoek duikt de bekende rode sportwagen al op. Hij toetert ongeduldig. Anne steekt haar hand op en doet een paar passen in zijn richting. Snel instappen.

Op dat moment gaat het portier van de SUV open en er stapt een man uit. Een zuidelijk type, donker haar, zonnebril, gespierd lijf. Anne kan haar blik niet van hem afwenden.

'*Scusi*,' begint hij als hij voor haar staat. 'Mag ik iets vragen?'

'Hé Anne, kom je hierheen?' Benny staat vast achter een busje en heeft zijn auto half op de stoep gezet. Hij heeft het raampje opengedraaid.

'Sorry, mijn man...' stamelt ze.

'*Signora*...' Een dreigende klank.

Benny toetert een paar keer ongeduldig, stapt dan uit en komt op haar aflopen.

Dan pakt de man met een ijzeren greep haar bovenarm. 'Meelopen. Nu!'

'Laat los!'

'Hoe minder je protesteert, hoe minder pijn het gaat doen.'

'Dat kan niet. Ik...'

Voor ze iets kan doen, draait hij haar arm op de rug en duwt hem omhoog. Ze gilt het uit. Hij sleurt haar mee en ze kan niet anders dan hem volgen, haar tas stevig tegen zich aangeklemd.

'Hé, blijf met je poten van haar af,' hoort ze Benny schreeuwen.

'Als je je rustig houdt, gebeurt er niets,' sist de man in haar oor.

'Wat doe je? Ik...'

'Niet tegenstribbelen.' De strakke bevelen zijn in het Nederlands, met een zuidelijk accent.

Anne probeert zich los te rukken, maar dat lukt niet. Hij trekt haar mee. Om haar heen kijken omstanders toe, hun ogen groot van verbazing. Ze protesteert, roept om hulp, maar niemand doet iets.

De chauffeur, klein van stuk en een baseballpet op zijn hoofd, stapt nu ook uit de SUV en opent het achterportier.

'Laat me los.' Ze zet haar voeten op de drempel, maar de duw is zo hard dat ze toch naar binnen tuimelt. De chauffeur wil het portier achter haar dichtgooien, maar op dat moment duikt Benny op. Hij grijpt de man bij zijn schouders en trekt hem weg bij de auto.

'Pas op!' gilt ze. Anne zit nu als vastgenageld op de achterbank.

Door haar waarschuwing draaien de zonnebrilman en zijn chauffeur zich als één man om en gaan Benny te lijf. Hij krijgt een aantal fikse klappen, maar krabbelt steeds weer op. Door een harde rechtse van Benny klettert de zonnebril op de grond. De man wankelt en grijpt naar zijn hoofd, waarna de chauffeur een stap naar voren zet om zijn baas te beschermen.

Dan ziet ze het. In zijn hand. De klik waarmee de haan gespannen wordt, klinkt droog.

'Hij heeft een pistool,' schreeuwt ze naar Benny.

Die reageert bliksemsnel en geeft een goedgemikte trap op de arm van de chauffeur. Het wapen vliegt door de lucht en belandt op straat. Omstanders maken dat ze wegkomen.

Anne bedenkt zich geen moment. Ze laat zich uit de auto glijden en sprint erheen. Ze duikt naar het wapen en grijpt het vast. Het staal is onaangenaam koud in haar handen. Ze krabbelt overeind en richt op de twee mannen die met doffe slagen elkaar de hersens inslaan. Er dringt verder niets tot haar door, alleen dat tweetal waarvan ze steeds een ander lichaamsdeel in de vuurlijn ziet.

Een beweging naast zich. Een harde trap in haar zij. Ze krimpt ineen en schreeuwt het uit. De baas haakt zijn arm om haar hals en trekt haar tegen zich aan. Snel en hard knalt ze haar elleboog in de buik van de man. Een droge kreun. Zijn greep verslapt. Ze duikt onder zijn armen uit, draait zich om en laat haar knie omhoogkomen. Recht in zijn edele delen.

Oerkreten geven aan dat het raak is. Ze verstevigt de greep om de kolf. Ze heeft maar een paar seconden voor die vent weer bij haar is. 'Dit gebeurt niet echt,' mompelt ze. Ze richt opnieuw. Haar handen trillen zo heftig dat ze het ding met beide handen moet vasthouden.

'Schiet!' schreeuwt Benny tegen haar.

Ineens voelt ze een vreemd soort kortsluiting in haar hersens, die alle paniek tot stilstand brengt.

'Schieten. Nu, Anne!'

Ooit heeft ze bij een bedrijfsuitje naar een schietbaan zo'n kreng in handen gehad. Dat ging toen boven verwachting goed. Haar blik flitst heen en weer tussen de loop en de vechtende mannen. Ze kan het! Ze weet hoe het moet.

'Schiet!' Benny's gezicht zit vol bloed.

Anne zet haar benen wat uit elkaar, richt opnieuw. Benny krijgt alweer een volgende vuistslag te verwerken. Ze knijpt één oog dicht en drukt haar wijsvinger tegen de trekker.

De terugslag is zo heftig dat het wapen uit haar hand valt en op het asfalt klettert. Alle bewegingen vertragen en de hele parkeerplaats vervaagt. Ze ziet alleen Benny. Hij staart haar aan, een verbaasde blik in zijn ogen. Zijn knieën buigen en zijn hand graait naar zijn borstkas.

'Benny?' Haar stem komt van ver en is schor.

'Mee jij.' De zonnebrilman staat ineens naast haar.

Terwijl ze wordt meegesleurd zoekt ze naar Benny. Compleet verbijsterd ziet ze dat hij in elkaar zakt.

Een trap tegen haar knie. 'Die had je nog tegoed, bitch.' Hij trekt haar mee naar de auto, en schreeuwt een bevel naar zijn chauffeur die het pistool opraapt en naar Benny toe loopt.

'Nee...' kreunt ze.

Hij zet het pistool tegen Benny's hoofd.

'Nee,' schreeuwt ze dan uit alle macht, en ze probeert zich los te rukken uit de ijzeren greep van de man.

'Kop dicht.' Een nieuwe pijn schiet door haar schouders.

'Niet doen! Alsjeblieft laat hem leven,' smeekt ze. Wat raar eigenlijk dat niemand ingrijpt. Ze herhaalt haar smeekbede als de chauffeur aarzelt. 'Alsjeblieft.'

'Hij is een getuige,' gromt de baas die haar nog steeds in een pijnlijke greep houdt.

'Ik doe alles, als je hem maar laat leven.'

Een kort bevel klinkt naast haar oor. De chauffeur schopt Benny hard in zijn zij. Er komt nauwelijks reactie. 'Oké, hij redt het toch niet,' zegt de man naast haar. 'Kom op, rijden.' Hij duwt haar op de achterbank, geeft haar met zijn elleboog een vette por in haar ribben en schuift dan naast haar.

De chauffeur vist zijn pet van de straatstenen en rent naar hen toe. Hij stapt in en met een enorme vaart rijdt de wagen het parkeerterrein af en schiet dan naar voren de weg op. Vanaf de achterbank probeert Anne nog een laatste blik van Benny op te vangen.

Omstanders rennen op de liggende figuur af. Dan scheurt de SUV de hoek om.

'*Stupida*,' foetert de man die naast haar zit.

Ze kruipt weg in de hoek van de achterbank. De auto neemt de ene na de andere bocht met een veel te hoge snelheid. Is dit echt gebeurd? Wat heeft ze gedaan? Ze kijkt naar haar handen die bleek in haar schoot liggen.

Ze heeft Benny gedood.

5

Binnen een kwartier stoppen ze. Haar gedachten schieten als een balletje in een flipperkast heen en weer. Hoe stom kun je zijn? Wat had ze moeten doen? Had ze volgzaam in de auto moeten kruipen? En Benny dan? Is het niet zijn eigen schuld? Met een hand op haar ribben probeert ze de pijn tegen te houden.

'Uitstappen,' zegt de zonnebrilman naast haar bars. De auto staat langs een weg geparkeerd.

Ze gehoorzaamt direct. Op het laatste moment graait ze haar tas nog met zich mee. Anne kijkt om zich heen. De woonwijk oogt saai en stil. Na het tumult op de parkeerplaats doet de stilte onwerkelijk aan.

Ze is kwaad op zichzelf. Hoe heeft ze het zover kunnen laten komen? Dat wapen. Al die omstanders die hadden kunnen helpen. Als ze die had...

'Doorlopen, vooruit!'

De regen maakt van de omgeving één grote grauwe massa. Slechts hier en daar brandt licht, de andere huizen ogen uitgestorven. Langzaam maar zeker raakt ze doorweekt.

Struikelend loopt ze verder; sneller als de man haar vooruitduwt, maar ze vertraagt of stopt als hij dat aangeeft. Als een willoze marionet. Hij heeft het wapen.

Onder een boom blijven ze staan, de chauffeur verdwijnt achter een schutting.

'Je telefoon.' De baas houdt zijn hand op.

'Hij staat uit,' zegt ze benepen.

'Dat mag ik hopen,' zegt hij. Met snelle bewegingen haalt hij haar simkaart eruit.

Achter het huis slaat een motor aan en even later draait een auto achteruit de weg op. Als ze op de achterbank wil schuiven, wordt ze ruw teruggetrokken. Tot haar verbijstering klikt de achterklep open. Snelle bewegingen van het pistool.

'Daarin? Dat meen je toch niet?'

'Kom op!' Een ruwe duw. Ze stoot haar elleboog aan een scherpe punt maar ze klemt haar kaken op elkaar. Net voordat de kofferbak sluit, schiet een steekvlam boven de vluchtauto de lucht in. Een klap van het kofferdeksel en dan is het donker. De muffe lucht kriebelt in haar neus. De brandlucht volgt daarna.

Twee portieren slaan dicht en met slippende banden rijden ze weg. Ze wordt flink heen en weer geslingerd in de benauwde ruimte. Verkeersdrempels blijken de chauffeur niet te interesseren. Als een losgeslagen stuiterbal pingpongt haar lijf tegen de wanden van de auto.

Ze probeert zichzelf met haar armen en voeten enigszins in balans te houden en durft pas rustig door te ademen als de weg minder hobbels heeft. Ze maken nu meer snelheid, ook al wordt ze heen en weer gelanceerd tijdens de vele rotondes. Zo ver is het toch niet meer naar de snelweg?

Na de zoveelste rotonde realiseert Anne zich dat het profs moeten zijn. Geen snelwegen waar camera's hangen, geen winkelstraten. Vandaar de wissel in die stille woonwijk. Zelfs die fikkende SUV legde hen geen strobreed in de weg.

Haar hele leven is in slechts vijf minuten compleet gekanteld. Ze heeft Benny neergeschoten. Hoe vaak heeft ze in de afgelopen tijd niet gedacht dat ze hem wat kon aandoen?

Benny is een klootzak. Het zou haar dus geen flikker moeten uitmaken dat hij dood is. Elke keer als ze tegen hem inging werd ze met harde hand terechtgewezen. Dagenlang moest ze de pijn van die lessen verbijten, doorgaan met haar leven alsof er niets aan de hand was. Ze was met hem getrouwd en dus zat ze aan hem vast. Dat maakte hij haar elke keer weer duidelijk.

Sinds hij in die duistere zaakjes verwikkeld was geraakt, was hun leven veranderd. In het begin vond ze hem knap en vooral stoer. Echt een man van de wereld. Maar hoe meer ze wist, hoe duidelijker het werd dat ze moest zwijgen. En gehoorzamen. Terwijl hij naar buiten toe de grote charmeur was.

Nu is hij dood. Gek genoeg maakt dat ook verdriet los. Of komt dit doordat ze er nu écht alleen voor staat?

Een fikse hobbel laat haar kreunen. Ze rijden weer een dorp binnen. De verkeersdrempels zijn het ergste. Ze spant al haar spieren aan om de klappen zo goed mogelijk op te vangen.

Waar zouden ze zijn? En wat staat haar te wachten?

Voor haar gevoel hebben ze al uren gereden als de auto vaart lijkt te minderen. Geen wilde bochten meer, geen harde hobbels. Gewoon een onopvallend rijpatroon. Ook dát doen ze vast niet voor niks. Onder de radar. Misschien een provinciale weg? Anne registreert het allemaal feilloos. De zenuwen gieren nog steeds door haar lijf, toch begint ze zich langzaam in haar situatie te schikken nu ze steeds verder verwijderd raakt van haar oude leven. Van de dode Benny. Van Daan. Hij is de enige die haar zal missen.

In de cabine hoort ze dat de mannen ruziemaken. Ze weet dat zij de aanleiding is. Ze had niet moeten schieten.

Ze probeert een andere houding te zoeken. Op haar zij is het beste, haar knieën een stukje opgetrokken zodat ze zich kan wapenen tegen onverwachte bochten.

De auto stopt.

Als de motor zwijgt, komt Anne overeind. Haar hoofd raakt op een pijnlijke manier het kofferdeksel en ze zet zich schrap voor wat er gaat komen.

Ineens valt er licht door een kier.

'Eruit!'

Zo goed en zo kwaad als haar beurse spieren en botten het toelaten kruipt ze naar buiten. Schokkerig ademt ze de frisse lucht in.

Ze zijn op het platteland, een boerderij, straatlantaarns die haar niet direct bekend voorkomen.

'Lopen!'

Met haar hoofd tussen de schouders sjokt ze voor de zonnebrilman uit de boerderij in. De geur van koeienmest prikt in haar neus. Ze voelt zich vies.

Aan het eind van de gang aarzelt ze.

'Naar boven, lastpak.'

Ze strompelt de treden op. Haar ribben protesteren. Kaken op elkaar. Je kunt dit, Anne.

In een van de slaapkamers staat een bed. De angst slaat haar om het hart. De chauffeur is beneden gebleven. Ze durft de man niet aan te kijken, bang om de blik te zien die ze te goed kent van Benny. Die combinatie van lust en macht die hem kon opzwepen tot harde seks. Dan was het alleen maar hard stoten. Pas als ze zag dat hij zijn gezicht samenkneep alsof hij pijn had, wist ze dat de ontlading eraan kwam.

'Alles is verkloot,' zegt de man bars.

Anne wil niet luisteren. Niet praten.

'Wat moet ik nu met je?'

Ze schraapt haar keel. Hij moet niet denken dat ze bang is. Om het trillen van haar knieën te stoppen, gaat ze op de rand van het bed zitten. Ze heeft al die tijd haar tas tegen haar buik geklemd, maar zet hem nu nonchalant naast zich neer.

'Waar zijn we eigenlijk, Raul?'

'Noem me nooit zo in het bijzijn van anderen,' snauwt hij haar toe.

Kwaad draait hij zich van haar af. Heel bewust heeft ze de naam laten vallen die ze tijdens de ruzie in de cabine heeft opgevangen. Nu zal hij woest zijn op zijn maatje. Mooi. Hij moet niet denken dat ze het lieverdje is dat hij dacht voor ogen te hebben. Ze wil strijdlustig ogen, ook al trilt alles in haar van angst.

Een enorme dreun vlak naast haar. Als ze verschrikt opkijkt, ziet ze dat Raul met zijn vuist de muur bewerkt.

'Zijn we in Duitsland?' vraagt ze zacht. Het werkte bij Benny altijd als ze dan over dingen begon die hij niet verwachtte.

Met een paar passen is Raul bij haar. Hij zet zijn handen aan weerszijden van haar heupen en hangt zo dicht op haar gezicht dat ze haar adem inhoudt. Toch ontgaat de weeïge geur haar niet. Alcohol waarin wat hasj vermengd zit.

'Je zit diep in de shit, dame.'

6

UMBERTO

Hij geniet van zijn sigaartje, het ultieme rustmoment van de dag. Eind van de middag, zaken op afstand en de geur van verse tomatensaus die uit de keuken komt. Dan dringt een geluid te hard zijn oor in. Het zorgt voor een fikse irritatie, wat niet goed is voor zijn maag.

'*Pronto.*'

'Problemen, padrone.'

Hij neemt een te diepe haal. Zijn longen spugen de grote hoeveelheid rook weer direct uit. De hoestbui bezorgt hem tranen in de ogen.

'Vertel.' Hij baalt ervan dat zijn stem pieperig klinkt.

Hij neemt de woorden van de beller op als een kind dat te horen krijgt welke ingrediënten in zijn maaltijd zitten: met totale desinteresse.

'Heb je het geld?' vraagt hij slechts.

'Nog niet.' Er volgen allerlei excuses over een mislukt plan.

Hij heeft zo'n hekel aan dit soort gewauwel dat hij het snel afkapt. 'Wat weet de vrouw?'

'Niets.'

Hij zwijgt. Zelfs als hij zenuwachtig gekuch aan de andere kant hoort, zegt hij niets. Zeker twee minuten zwijgen later weet hij hoe het wél zit. Hij grinnikt zacht. Dat werkt altijd.

'Los het op,' zegt hij dan kalm.

'Maar ze...'

‘Zorg eerst dat ze betaalt en doe wat je moet doen.’ Meteen verbreekt hij het contact. Met duim en wijsvinger strijkt hij zijn snor in model en ademt diep door.

Het geld is het belangrijkste. En daarna… Met meer kracht dan nodig duwt hij zijn sigaar in de asbak, tot er alleen maar kruimels overblijven. Zo moet het.

7

De rug van Raul verraadt zijn gemoedstoestand. Opgetrokken schouders, ellebogen naar buiten, benen wijder uit elkaar dan nodig met zijn smalle heupen. Hij is woest. Ze moet hem straks tot bedaren weten te brengen, anders is het snel afgelopen.

Hij heeft haar slechts een paar minuten alleen gelaten. Toch is in die korte tijd haar onrust gegroeid. Ze heeft de gezichten van de beide mannen gezien. En stom genoeg heeft ze zelfs laten merken dat ze zijn naam weet. Dat is een open sollicitatie voor moord.

Er is maar één uitweg. Terug kan ze niet. Er zijn te veel getuigen die haar hebben zien schieten. En dus moet ze verder.

Het moment waarop ze door haar ontvoerders meegenomen is, had niet slechter gekund. Natuurlijk was ze blij dat ze nog afscheid heeft kunnen nemen van Daan. Zou hij het aangevoeld hebben? Zijn blik was anders. Indringender. Alsof hij ontelbare vragen wilde stellen, maar het uit mededogen niet gedaan had. Waarom zei hij anders 'Wees voorzichtig'? Dat doe je toch alleen als je weet dat iemand iets gevaarlijks gaat ondernemen?

Daarna is alles zo fucking fout gelopen. Maar ook al is de opzet faliekant mislukt, de uitwerking is voor haar niet verkeerd. Benny dood en zijzelf op de vlucht, al was alleen dat laatste de bedoeling. Wat er nu moet gebeuren, is dat ze Raul paait. Hij doet wel alsof hij een harde crimineel is, maar tot nu toe heeft hij haar nog niets aangedaan. Dat geeft moed. Het kan allemaal toch nog lopen zoals ze van tevoren heeft uitgedacht.

Ze kijkt naar de handen van Raul die losjes langs zijn lijf hangen. Hij is de enige die haar kan helpen om de rest van haar plan te laten slagen.

'Ik heb een voorstel,' zegt ze zo krachtig mogelijk.

Raul draait zich met een ruk om. 'Jij hebt een voorstel? Je hebt helemaal niets voor te stellen.' Hij strijkt door zijn gladde haar.

'Luister Raul...'

'Noem me niet zo!'

'Oké, luister. Ik weet dat je er niet voor zult terugdeinzen om me wat aan te doen.' Haar keel zit ineens dicht. Ze slikt. 'Maar er is ook een andere optie.'

'Denk maar niet dat je slim bent. Als je het al overleeft, zal jouw domme actie je alleen maar vet in de problemen brengen.'

'Dat kan.' Ze moet rustig blijven. Ze loopt op hem af terwijl ze duizenden schietgebedjes naar boven zendt. Hij moet niet doorkrijgen hoe nerveus ze is. 'Maar het kan ook voor een betere businessdeal zorgen.' Zijn blik verraadt dat ze raak heeft geschoten.

De twijfel in zijn ogen duurt maar kort. Dan schieten ze weer naar vuur. 'Bullshit! Van een dooie echtgenoot kun je geen losgeld eisen.'

'Losgeld, puh,' zegt ze minachtend. Dit is haar enige kans. Terwijl ze de pijn in haar knie verbijt, paradeert ze voor hem langs. Natuurlijk zorgt ze ervoor dat ze haar lichaam zo verleidelijk mogelijk beweegt. 'Losgeld is voor sukkels die bij het innen ervan in gevaar kunnen komen. Ik zie dat jij slim genoeg bent om andere opties snel op waarde te schatten.' De zenuwen gieren door haar lijf. Ze voelt zijn ogen in haar rug prikken.

Als ze zich omdraait, krult een voorzichtig lachje zijn lippen – opzet geslaagd, en dus glimlacht ze zelfverzekerd. 'Wat dacht je ervan om wat extra geld te verdienen?' Ze stopt vlak voor hem. 'Noem het een bijverdienste of noem het zwijggeld, dat is mij om het even. Omerta is jou vast wel bekend, denk ik zomaar.'

'Ik denk dat jij helemaal niets in te brengen hebt. Je zult je...'

'Toch wel,' onderbreekt ze hem snel. Hij klinkt al minder overtuigd. 'Mag ik?' Ze loopt vlak voor hem langs en pakt haar handtas van het bed.

'O nee!' Met een paar passen is Raul bij haar, draait haar arm bijna uit de kom en smijt haar op bed. Er volgen een paar Italiaanse krachttermen.

'Ik heb geen wapen,' kreunt ze. De knie in haar rug geeft haar nauwelijks ruimte om adem te halen 'Kijk dan zelf.' Ze hapt naar lucht. 'In mijn tas. Geld. Veel geld.'

Dat helpt; hij laat haar los. Anne draait zich behoedzaam op haar zij. Zuurstof! Die vent is zo mogelijk nog sterker dan Benny. Raul pakt haar tas en schudt hem leeg op bed. Alle zo zorgvuldig ingepakte spullen rollen over het dekbed. Hij vist de envelop eruit.

'Bedoel je dit?'

Ze negeert haar kermende ribben en gaat rechtop zitten. Liggen op bed is natuurlijk funest voor een goede onderhandelingspositie. 'Veertigduizend euro,' zegt ze. 'Het is allemaal voor jullie.'

Hij opent de envelop en scant het pak biljetten. Dan gluurt hij haar van onder zijn borstelige wenkbrauwen aan. 'Losgeld?'

'Vrijheid.'

'Dat is hetzelfde.'

'Niet in mijn geval.' Moeizaam komt ze overeind. Als ze hem nu weet te overtuigen, heeft ze nog een kans om het er levend af te brengen. 'Ik wil verdwijnen. Weg uit mijn huidige leven, om opnieuw te kunnen beginnen.' Ze moet moeite doen om haar evenwicht te bewaren. Ondanks de enorme boost aan adrenaline, voelt ze zich ineens enorm vermoeid.

Ze gaat voor hem staan en tikt met haar vinger op het geld. 'Ik wil een nieuw leven kopen.'

Raul kijkt van haar naar de bankbiljetten.

'We waren veertigduizend overeengekomen. Als losgeld. Dus...' Ze gooit haar blonde lokken met een nonchalant gebaar over haar schouder. 'Je kunt het losgeld nu laten voor wat het is, dan heb je geen risico bij het innen. We hoeven niet terug naar Nederland. Je stopt de envelop in je zak en geeft mij een nieuwe identiteit.'

Zijn ogen schieten heen en weer tussen haar en het geld. Net als hij zijn mond opent om wat te zeggen, buigt ze naar hem toe.

'Ik verdubbel het bedrag.'

'Hoe…?' Raul kijkt naar de envelop alsof die door een magische truc ineens meer geld zou bevatten.

Anne grijpt in haar bh en pakt er een tweede envelop uit. 'Hier, nog eens veertigduizend. En weet je,' zegt ze zacht, maar wel dwingend. 'Misschien bestaat er zelfs nog wel een mogelijkheid om dat losgeld ook nog te innen. Een dubbele deal.' Hoe dat moet nu Benny dood is weet ze niet, maar het floept er zomaar uit omdat dit haar originele plan was. Klote Benny, dat hij nu dood is.

Raul staart haar een tijdje aan, zijn ogen samengeknepen. Dan steekt hij beide enveloppen in zijn zak.

'Hebben we een deal?'

Hij grijnst naar haar en zegt dan schor: 'Kleed je uit.'

'Wat?' Geschokt kijkt ze hem aan.

'Uitkleden!'

8

UMBERTO

Hij zit erop te wachten. De gedragen tonen van de *Dodenmars* heeft hij, sinds hij met zijn business begonnen is, ingesteld als ringtone van zijn speciale contacten. Omdat hij net aan tafel is geschoven waarop zijn vrouw de dampende spaghettischotel neerzet, zet hij zijn telefoon op luidspreker en legt hem naast zijn bord.

'En?'

'Ik heb het geld.'

'Mooi.' Umberto wil net het contact verbreken als hij Raul nog iets hoort zeggen.

'Het is het dubbele.'

Dit komt onverwachts. 'Hoe bedoel je?'

'Tachtigduizend.'

Hij laat de woorden in zijn hoofd in cijfers veranderen. Een mooi rond getal. Maar als de bijbehorende uitleg komt, trekt hij aan de linkerkant van zijn snor. 'Onmogelijk.'

'Wat zal ik doen?'

Umberto kijkt zijn vrouw aan. Blikken wisselen informatie uit zoals alleen langgetrouwde stellen dat kunnen. Hij schudt zijn hoofd, maar haar felle ogen laten hem aarzelen. 'Ik bel je terug.' En hij verbreekt het contact.

'Waarom onmogelijk?' vraagt zijn vrouw.

De vraag is zo simpel dat hij zijn hoofd schudt. 'Niemand koopt mij af.'

'Dat zie je verkeerd. Hij heeft kennelijk geld.'

'Zij,' verbetert hij haar.

'Een vrouw?'

Hij ziet dat ze het woord proeft als een sappige *pomodoro*.

'Breng haar hierheen.'

Hij schrikt. 'Nooit!'

'Als een sinaasappel pas voor de helft is uitgeperst, mag je hem nooit weggooien.' Ze glimlacht en voegt eraan toe. 'Dat is duurzame criminaliteit.'

Zijn lach buldert door de kamer. 'Daarom hou ik van je,' zegt hij dan zo zacht dat zijn zware stem ergens achter in zijn keel trilt. Dan harder. 'Met die vrouw ga ik akkoord, maar Raul is te soft voor onze business. Ik wil hem hier niet hebben.'

Terwijl zijn vrouw met een handige beweging de sappige spaghettislierten op zijn bord schept, zegt ze: 'Dan haal ik haar op.'

9

Het bronskleurige gezicht vertoont geen enkele emotie. In de paar minuten dat Raul de kamer uit was, heeft Anne gezocht naar ontsnappingsmogelijkheden. Maar het blijft bij deuren die naar een kledingkast leiden en een raam dat zo hoog zit dat ze een stoel nodig heeft om naar buiten te kunnen komen. Ze kan niet weg.

'Ben ik niet duidelijk genoeg geweest? Uit die kleding.' Hij heeft harde ogen.

'Ik heb je net tachtigduizend...'

'Kom op. Ik heb geen uren de tijd,' onderbreekt hij haar fel.

Het idee dat Raul de complete macht over haar heeft en dat zijn maatje de enige zal zijn die haar geschreeuw om hulp zal horen, jaagt haar hartslag omhoog. Met zijn armen over elkaar staat hij voor haar.

'Komt er nog wat van. Uit!' Hij pakt haar jas en trekt het ding van haar af.

Uiterst langzaam staat ze op. Het idee dat hij haar... dat hij straks op haar... Ze knijpt haar ogen dicht en begint met trage bewegingen haar blouse los te knopen.

'Sneller.' Een paar druppels speeksel landen op haar gezicht. 'Het hoeft niet zo voorzichtig.' Hij rukt aan de voorkant van haar blouse en trekt die met kracht van haar lijf. Dan draait hij zich van haar af en loopt naar de kast.

Ze zoekt naar woorden om hem op andere gedachten te brengen. Hem een nóg lucratiever aanbod te doen. Ondertussen graait Raul in de stapels kleren.

Hij gooit een kleurige legging en een shirt met lange mouwen op een stoel. 'Hier, aantrekken.' Hij draait zich direct weer om en zet de kastdeur wat verder open.

Anne laat langzaam haar vastgezette adem ontsnappen. 'Dit? Moet ik dit aantrekken?'

'We hebben geen tijd voor gewauwel dat het niet mooi genoeg is. Kom op!'

Ze kan hem maar beter gehoorzamen. Gedecideerd trekt ze haar spijkerbroek naar beneden en staat dan in haar ondergoed voor de stoel. Ze wil de legging pakken als hij die wegtrekt.

'Dat ook uit.' Hij wijst ongeduldig met zijn vinger naar de laatste flintertjes identiteit.

Als hij een aantal onverstaanbare Italiaanse kreten uit, vliegt ze uit haar lingerie en graait snel het katoenen ondergoed naar zich toe. In een noodtempo trekt ze het degelijke setje aan en dwingt ze zichzelf om van Raul af te draaien. Het idee dat hij naar haar staat te kijken is al erg genoeg.

Voor haar op het bed liggen nog steeds haar persoonlijke spullen. Haar favoriete eyeliner, haar portemonnee met alle pasjes, haar paspoort en het kleine spiegeltje dat ze ooit van Daan heeft gekregen. Is ze dit straks allemaal kwijt? Nee, het medaillon! Ze gaat op de rand van het bed zitten, zogenaamd om de gekregen sokken aan te trekken, maar ze wacht op het moment dat Raul zich weer van haar af draait.

'Kan het niet sneller? We moeten verder.' Raul tikt met zijn voet zenuwachtig op de vloer.

'Ik moet nog een trui hebben, dit is veel te koud.'

'In Italië is het warm genoeg.'

'Maar tijdens de reis...'

'*Va bene*.'

Ze voelt het triomferende gevoel gloeien als hij zich omdraait. Nu moet ze snel zijn. Ze graait het medaillon naar zich toe en laat het in haar slip glijden. Zonder broekzakken en zonder bh heeft ze geen andere mogelijkheid. Even dringt het tot haar door dat hij dit zomaar expres zo kan hebben aangepakt. Het metaal voelt koud tegen haar dij. Als het maar blijft zitten!

'Hier.' Met een boog gooit hij een wit wollen vest naar haar toe.

Terwijl ze haar armen in de mouwen steekt, veegt hij al haar persoonlijke spullen terug in haar handtas. 'Kom mee.'

Als een hondje loopt ze achter hem aan. Het metaal glijdt langzaam opzij. Met een hand op haar heup daalt ze voorzichtig de trap af.

Beneden aangekomen staat zijn maat ineens voor hen. Raul geeft haar kleding en haar tas af, met een bevel dat ze niet verstaat. De chauffeur tikt tegen de klep van zijn pet en stopt alles in een vuilniszak en loopt ermee weg.

'Mijn paspoort zit daarin.'

'Je krijgt een nieuwe.'

'Dus je gaat me helpen?' concludeert Anne.

Raul grijnst naar haar. 'Noem het zoals je wilt, voor mij is dit gewoon business.'

Buiten staat een andere auto voor hen klaar. De chauffeur zit al achter het stuur. Hoe is die daar zo snel terechtgekomen?

'Instappen.' Raul houdt het portier voor haar open. Ze schuift snel achterin. Gelukkig dat ze niet opnieuw in de achterbak wordt gestopt. Achter de bijrijdersstoel staat de vuilniszak met haar eigendommen. 'Doe deze shawl om en blijf zo laag mogelijk.'

Gehoorzaam knoopt ze de doek om haar blonde haren. Als ze over het hobbelige pad terugrijden naar de hoofdweg, groeit het triomferende gevoel in haar borstkas. Het is gelukt. Ze is onderweg naar een nieuw leven. Ontsnapt aan Benny, en aan de gevolgen van haar impulsieve actie eerder die dag.

De nacht is gewoon begonnen alsof er niets gebeurd is. Het donker is prettig als je op de vlucht bent. De auto rijdt in een rustig tempo en ze passeren een ontelbaar aantal dorpjes. Langzaam begint Anne te ontspannen.

Van alles wat ze zich in de voorbije weken voorgesteld heeft, komt niets ook maar een beetje in de buurt met wat er vandaag gebeurd is. Natuurlijk had ze haar ontvoering zelf in scène gezet, of in ieder geval in scène laten zetten. Maar dat haar laatste noodsprong ook zou lukken had ze niet voor mogelijk gehouden. Nu zit ze in een auto met twee vreemde Italianen, die onmogelijk lieverdjes kunnen zijn, en is onderweg naar het zuiden. Een onbekende bestemming, ergens in Italië waar ze een nieuw leven gaat opbouwen. In haar eentje. Echt compleet alleen, want al haar oude contacten zijn nu verbroken. Ze zal ze nooit meer zien.

Dat was ook hetgeen Rocco steeds herhaalde: 'Besef waar je aan begint. Het zal er niet zachtjes aan toe gaan.' Het maakte haar niet uit. Sterker nog, ze had al heel wat over zich heen gehad.

Rocco. Als er iemand was die eruitzag als een Italiaan, was hij het. Eigenaar van een pizzeria, streng de scepter zwaaiend over zijn staf, waar de conservatieve ideeën de overhand hadden. Vrouwen deden de afwas en serveerden gerechten uit. Mannen schonken drank en zorgden voor de pizza's. Alleen zijn moeder was anders. *Di Mama* hield met haar krachtige ogen en dito stem alle mannen onder de duim. *Di Mama* had haar in bedekte termen gezegd dat er van alles mogelijk was. 'Een ontvoering is een uitweg tot nieuw geluk. Als hij eenmaal losgeld voor je heeft betaald en dus moeite voor je heeft gedaan, gaat hij je op handen dragen. Dan ben je zijn kostbaarste bezit.' Anne had op haar lip gebeten omdat ze bang was in lachen uit te barsten. Kostbaarste bezit... Dat zou ze nooit worden. Niet voor Benny. Bezit dat klopte wel, maar hij zou haar nooit als kostbaar zien.

Voor in de auto zijn de twee mannen in gesprek. Ook al beheerst ze de taal best goed, ze is nu te moe om het rappe Italiaans te blijven volgen.

'Naam?'

Ze schrikt als Raul zich ineens naar haar omdraait.

'Mijn naam? Anne.'

'Nee, je nieuwe naam.'

'Mag ik die zelf verzinnen?' Het is als het spelletje dat ze vroeger met haar beste vriendinnetje speelde. Dat ze zich zonder enige twijfel altijd Sophie noemde, was omdat ze die naam veel mooier vond dan het saaie Anne. 'Sophie,' zegt ze daarom snel.

'Sofia. *Va bene*.'

'Sofia,' fluistert Anne voor zich uit. Ze herhaalt haar nieuwe naam nog zeker tien keer voordat ze er het zwijgen toe doet. De enige die ook altijd haar tweede naam noemde, was Daan. Ze kan het zich nauwelijks voorstellen dat ze hem nooit meer zal zien. Maar was dat niet ook het geval met Christiaan? Ook hij was weggegaan om nooit meer terug te komen.

Raul pleegt een telefoontje. 'Sofia,' hoort ze hem zeggen. 'Sofia Lunedino.'

Anne glimlacht, ze heeft een nieuwe naam.

10

‘Ik heb een hekel aan rood.’ Sofia kijkt met afschuw in de spiegel van de kleine toiletruimte. Een roodharige vrouw kijkt boos terug. Haar lange haar is ingekort tot een strakke boblijn.

‘Wen er maar aan,’ zegt Raul afwezig. Hij is al een hele tijd in de weer met zijn telefoon waarop hij met snelle duimbewegingen teksten intypt.

‘Waarom niet kastanjebruin, of eventueel zwart?’

‘Stop met zeuren!’

‘Maar rood! Dat is pas echt opvallend, ik dacht juist dat ik…’

Met twee passen is hij bij haar en zet haar bovenarm in een bankschroef. ‘Luister *signora*, je mag ook terug. Wil je dat liever?’

Ze schudt direct heftig haar hoofd, en strijkt over de pijnlijke plekken als hij haar loslaat.

‘*Vieni*.’

Gehoorzaam volgt ze hem naar de bar en kijkt naar buiten. Achter het terras ligt een rustige weg met daarachter wat huizen die bijna allemaal een groot hekwerk om hun tuin hebben. De heuvels aan hun linkerhand, de zon rechts. Het is inmiddels al ver in de ochtend en het is warm. Ze zullen ergens in de buurt van Rome zitten, maar zeker weten doet ze dat niet. Af en toe probeert ze de plaatsnamen op de borden te lezen, maar meestal is ze daar net te laat voor.

‘Nee, ik wil niet terug, maar…’

‘Ik ben bezig om alles te regelen. Een nieuwe identiteit is wat minder makkelijk uit te voeren dan een simpele ontvoering.’

De inmiddels bekende ringtone onderbreekt hun gesprek. Raul

draait zich van haar af. '*Pronto.*' Hij vervolgt in snel Italiaans. Af en toe vangt ze haar naam op.

'Oké, we moeten verder.' Hij grijpt haar schouder en terwijl hij de omgeving in de gaten houdt, lopen ze het kleine café uit waar ze een espresso hebben gedronken. Een zwaai als afscheid is de betaling, zo werkt dat kennelijk.

Haar handen grijpen nog steeds naar haar handtas. Het blijft vreemd om zonder enige eigendommen rond te lopen. Zelfs de kleren die ze draagt zijn niet van haar.

Voor het café staat een nieuwe bestuurder met een andere auto. Sofia verbaast zich nergens meer over. Ze laat alles over zich heen komen. Haar keuze is gemaakt. Hoe vaak heeft ze er niet van gedroomd om opnieuw te beginnen? Ze heeft het er zelfs regelmatig over gehad met Christiaan.

Haar broer lag met zijn ogen dicht in het gras, een lange spriet bewoog onrustig tussen zijn kaken.

'Stel dat jij mocht kiezen, wat zou jij dan gaan doen?' Ze zat in kleermakerszit naast hem en hield vanuit haar ooghoeken de achterdeur in de gaten. Als hun vader thuiskwam, was het uit met de rust.

'Domme vraag, zusje.'

'Er zijn geen domme vragen,' mompelde ze.

'Je kunt altijd kiezen. Op elk moment van je leven heb je een keuze om te doen wat jij wilt.'

Dat was weer typisch zo'n opmerking van Christiaan. Hij liet zich door niemand iets voorschrijven. Daardoor was hij op school al diverse keren geschorst. De echte straf kwam van hun pa, die op een heel wat minder pedagogische manier werkte. Ze bewonderde Christiaan om zijn onverstoorbare houding. Hij likte zijn wonden en ging door met zijn leven. Pas veertien was hij en toch al zo onverschrokken.

'Je begrijpt wel wat ik bedoel. Pa…'

Christiaan kwam half overeind en leunend op één elleboog keek hij haar aan. 'Pa heeft niets te zeggen over mijn leven.'

'Pa en mam onderhouden ons.'

'Nou en?'

'Nou...' Haar stem stokte. Ze wist eigenlijk ook niet waarom ze dan niet hun eigen leven mochten leiden. Toch had ze heilig ontzag voor hun vader.

'Zie je wel.' Haar broer strekte zich weer uit en legde zijn handen onder zijn hoofd.

Ze was gek op hem. Hij was de enige met wie ze kon praten over hun ouders, maar ook over haar dromen en wensen. 'Ik zou iets willen doen waarbij ik mensen blij kan maken.'

'Typisch jij.' Er lag een glimlach om zijn lippen. Zijn lange wimpers trilden.

'En jij?'

'Ik ga een wereldreis maken.'

'Echt?'

'Zeker te weten. Eerst mijn diploma halen, dan vertrek ik.'

'Weten pap en mam het al?'

'Het gaat niet om hen. Dit gaat om mij. Als je een droom hebt, moet je ervoor gaan omdat jij het wilt bereiken, niet omdat je hoopt dat anderen het goedkeuren.'

Die laatste zin van Christiaan was elke keer weer in haar herinnering opgedoken. Ook al was hij toen pas veertien, hij wist precies wat hij wilde. Het was er nooit van gekomen.

Na zijn dood had pa's woede zich op háár gericht, dat had niemand kunnen voorspellen. Haar moeder deed wat ze kon om haar weg te houden van zijn vuisten, waardoor ze zelf regelmatig de klappen opving. En toen haar moeder ziek werd, veranderde alles.

Vannacht, toen ze zich op de achterbank uitstrekte, had ze het medaillon omgehangen en in haar hemd gestopt. Het idee dat ze het kwijt zou raken was onverteerbaar. Haar moeder en broer samen in een medaillon. Het voelde nu als een medaille, omdat ze op het punt stond te doen waar zij beiden altijd van gedroomd hadden. Met hen op haar hart vond ze uiteindelijk de rust om een paar uur te slapen.

De huizen van weer een volgend dorpje glijden langs; de zon schittert op de daken. In een bewoond gebied duikt Sofia altijd iets verder naar beneden. Enorme wijnvelden laten haar glimlachen.

'Waar gaan we heen?' vraagt ze.

'Het is beter om nog even niets te weten.'

'Kan ik daar ook werk vinden?'

Raul schiet in de lach. 'Je moet zelfs werken. Hoe dacht je anders te kunnen leven?'

'Heb je al werk voor me gevonden?'

'Stop met die vragen. De antwoorden zullen toch altijd anders zijn als we er eenmaal zijn.'

Stel dat ze straks huizen moet schoonmaken? Al jaren droomt ze ervan om net als Daan een banketbakkerij te hebben. Taarten bakken, bijzondere broodsoorten ontdekken of bruidstaarten op een kunstzinnige manier versieren. Ze vraagt zich nu zelfs af wat er gebeurd was als ze het aanbod van Daan had aangenomen. 'Word mijn partner,' had hij gezegd. Zijn ogen vertelden wat hij daar echt onder verstond. Dát was het probleem geweest. Benny zou niet gerust hebben voordat de zaak van Daan failliet zou zijn.

Er vliegt een krachtterm door de cabine. Sofia duikt weg. Trekt de shawl verder over haar gezicht en wacht af.

'Hij leeft! Die vent leeft nog.'

Voorzichtig kijkt Sofia omhoog.

'Je hebt gelijk gehad, dame. We hebben nu een dubbel businessmodel. Die echtgenoot van je heeft jouw aanslag overleefd.'

'Leeft Benny nog?' Een vreemd gevoel van blijdschap overvalt haar. De angst blijft hangen.

'Het staat online.' Hij leest met sonore stem het bericht voor waaruit blijkt dat er een schietpartij heeft plaatsgevonden in Wageningen. 'De man is overgebracht naar het ziekenhuis, de vrouw is verdwenen. Van haar ontbreekt elk spoor.'

'Dat is mooi,' reageert ze direct.

‘Zeker. Van doden kun je geen geld innen.’

‘Ik bedoelde eigenlijk dat elk spoor ontbreekt,’ zegt ze zacht.

‘Ach, daar zijn we aan gewend. We zijn goed in ons werk.’

Het beeld komt terug. Benny die met een verbaasde blik door zijn knieën zakte, die haar aanstaarde en daarna als voor dood op de straat bleef liggen.

‘Hij leeft,’ fluistert ze voor zich uit. ‘Shit, dan krijg ik niet alleen de politie, maar ook Benny achter me aan.’

11

BENNY

Ergens in de mist glijdt een stem naar hem toe. Langzaam opent hij zijn ogen. Er staat een donkere figuur voor hem. Groot als een reus, met krullen die trillen in de zachte lucht.

'Hoe is het met je?'

'Flikker op,' zucht hij naar buiten. Hij heeft geen zin in engelengedoe. Klotezooi. Hadden ze hem niet zo'n lekker frêle ding kunnen sturen?

'Dat was op het randje, Benny.'

Benny hoort een schel geknars naast hem. Daarna gekraak en een lichte trilling van de ondergrond waarop hij ligt. Ligt? Waar is hij eigenlijk?

'Ik zit naast je. Daan, weet je wel. Ik begreep van de dokter dat de kogel maar net je vitale delen heeft gemist.'

Hij wil het gezeur wegslaan, maar zijn arm is te zwaar.

'Voorzichtig, Benny. Je zit aan een infuus.'

Dokter. Infuus. Kogel. Heel langzaam vallen de puzzelstukjes op hun plek. Hij kreunt en probeert overeind te komen. 'Sjezis, Daan, wat doe jij hier?'

'Ook hallo.'

Terwijl hij steeds meer details gaat onderscheiden en ook de pijn duidelijker proporties aanneemt, probeert hij het gezicht van Daan scherp te krijgen. Hij wrijft met een hand over zijn ogen waarna hij zowaar helderder ziet. 'Zo, gebakje, wat is er met jou?'

'Ik ben me rot geschrokken.'

'Nou, zo zie je er ook uit. Platgewalst en kreukelig tegelijk.' Hij grinnikt, maar dat levert hem direct zo'n pijnlijke steek in zijn schouder op dat hij direct weer stil is. 'En bleek. Man, je ziet er bescheten uit. Dat is vast niet alleen van de schrik, toch?'

De man naast hem kijkt schichtig over zijn schouder. Helemaal niet zoals Daan zou doen. Die hoeft nergens bang voor te zijn. 'Met mij gaat het goed.'

'Maak dat de kat wijs, Daan. Die blik geeft aan dat je zorgen hebt, net als toen je...'

'Stil Benny. Het gaat nu niet om mij,' snoert zijn oude klasgenoot hem de mond. 'Jij bent neergeschoten. De politie doet onderzoek naar wat er gebeurd is. En Anne-Sophie...' De stem van Daan breekt.

Bam.

Anne?

Ineens herinnert Benny zich wat er gebeurd is. Die kerels die haar meesleurden, de klappen die hij kreeg toen hij haar wilde bevrijden. 'Waar is ze?'

'Jij bent behoorlijk geraakt. Ze hebben je vannacht nog geopereerd.'

'Hoe is het met Anne?'

'Ik was zo bang... Ze zeggen van alles, maar ik weet niet wie ik kan geloven. Ken jij die lui?'

'Waar is mijn meissie!' Benny schreeuwt nu hard en ongecontroleerd. Hij heeft Daan nog nooit zo gezien, bleek, trillerig en met ogen die sneller knipperen dan dat hij kan onderscheiden.

'Weg,' zegt Daan toonloos.

'Hoezo weg? Flikker op, Daan. Die kan niet zomaar weg zijn.'

'Meegenomen, zegt de politie. Ze laten natuurlijk niets los, maar de vreemdste verhalen doen de ronde. Ze zeggen zelfs dat ze vrijwillig met die lui is meegegaan.'

Benny laat zich terugzakken in zijn kussen. Anne is in handen van schorem, dat met wapens zwaait. Anne hoort bij hem, ze moeten met hun poten van haar afblijven. 'Mijn Anne gaat nooit zelf weg,' zegt hij, terwijl hij probeert zijn emoties te bedwingen.

'Ze is in ieder geval spoorloos.'

Zijn gedachten gaan razendsnel. Wie heeft hij in de afgelopen tijd voor het hoofd gestoten? Hij heeft zijn tipgevers altijd netjes betaald. Mooi dat hij zijn kop graag heel hield. Niemand schiet straffeloos stalen bullets op hém af.

'Ze hadden vast de verkeerde voor zich, dus dan zal ze snel weer vrijkomen,' concludeert hij dan.

In de gang klinkt gerammel. Er wordt een kar met drinken voortgeduwd door een praatgrage vrouw die iedereen aanspreekt alsof ze op de hoogte is van alle details van ieders leven. Wat waarschijnlijk ook zo is. Tot zijn opluchting rijdt ze de tegenoverliggende kamer in. Daan kijkt alweer schichtig in de richting van de deur.

'Is er wat?'

'Ik werd tegengehouden door de verpleging. Die gaven aan dat er niemand bij je mocht, dus ik ben naar binnen geglipt toen niemand keek. Echt bizar, alsof jij een misdadiger bent.'

'Ik was niet degene met een wapen,' zegt hij verongelijkt.

'Natuurlijk niet. Maar jij was wel in een schietpartij verwikkeld.'

'Wat zou jij doen? Ze sleurden Anne mee. Niemand deed wat.' Benny draait zich van Daan af. Buiten is alleen maar grijze lucht en een stukje van een dak te zien. 'Ik zal die klootzakken vinden.'

'Ik moet weg, Benny.'

'Snap ik.'

'Morgen ben ik er weer.'

'Dag maat.' Pas als Daan bij de deur is, zegt hij nog: 'Je bent een topmaat.' Dan klapt de deur dicht.

Kutzooi. Hij is neergeschoten als de eerste de beste amateur, zonder dat hij die lui een lesje heeft kunnen leren. Ze hebben Anne. Hij heeft haar niet kunnen verdedigen, dát doet pas echt pijn.

De deur gaat open. 'Zo, meneer Van Maanen. Wilt u koffie, of liever...'

'Ik heb niets nodig,' mompelt Benny.

‘U kunt ook een sapje krijgen.’

‘Bent u doof? Ik wil niets.’

Haar ogen knijpen samen. Een herinnering schiet door zijn hoofd. Die blik. Fel en vol intense woede. Daarna volgde de knal met de immense klap tegen zijn borstkas die hem gestrekt op de grond liet belanden.

De vrouw schuifelt nog tegensputterend terug de gang in. Haar protesterende kreten verdwijnen langzaam maar zeker in de verte.

Iemand had het op hem voorzien. Ze hadden helemaal niet de verkeerde voor zich. Het was een vooropgezet plan. Ze dachten vast dat hij het geld nog bij zich droeg. Hij was verlinkt! En nu hadden ze Anne om hem onder druk te zetten.

12

De man ziet eruit alsof hij na zijn twaalfde is gestopt met groeien, toch zou dit de padrone van de organisatie moeten zijn. Met een kort 'zitten blijven' is Raul uitgestapt. En nu kijkt ze vanaf de achterbank hoe de twee mannen met veel armgezwaai met elkaar praten. Natuurlijk is ze handelswaar; er kan aan haar verdiend worden. Maar ze hebben duidelijk ook onenigheid. De padrone is geïrriteerd over iets wat Raul hem vertelt.

Het duurt lang. Erg lang. De uitgebreide handgebaren wakkeren haar angst aan. Wat als ze haar hier gewoon aan het lot overlaten? Ze heeft op iemand geschoten en het is maar de vraag of de grote baas wel net zo coulant en makkelijk te bewerken is als Raul.

Op dat moment werpt de man een blik op haar en knikt. Is de deal rond?

Raul komt op de auto af en gaat naast haar zitten. 'Oké, lady. Hij zorgt voor de rest, zoals de overtocht en de reis op Sicilië. En als ik jou was zou ik goed luisteren, het is een taaie.'

'Is er iets mis?'

'Maak je geen zorgen.'

'Iets met het geld?'

Het duurt even voor Raul iets zegt. Net voordat hij begint te praten werpt hij nog een blik op de man die nu op een bankje is gaan zitten. 'Hij houdt er niet van als zijn businesslijnen door anderen aangepast worden.'

'Maar wint hij er...'

'Als je zoveel vragen blijft stellen, word je niet oud.' Het klinkt alsof hij het over het weer heeft.

'En het losgeld? En mijn nieuwe identiteit?'

Raul zwijgt.

'Alsjeblieft, Raul, als mijn identiteit niet geheim blijft, overleef ik het sowieso niet.'

Hij knijpt zijn ogen iets samen. 'Je moet weg.'

'Waar ga jij heen dan?'

'Volgende business.' Hij grijnst. 'De economie trekt weer aan.'

Sofia ziet hoe de padrone nu een sigaartje opsteekt. Grijzend haar, prominente snor, vale huid, verkeerde kant van de zestig. 'Hoe heet hij?'

'Wij hebben geen namen.'

'Maar...'

'De mijne zou ik maar heel snel vergeten als ik jou was. Hij weet niet dat jij die weet, en dat wil ik graag zo houden.' Zijn ogen geven aan dat dit geen verzoek is. 'Ze hebben hier nogal harde methodes om iemand te laten zwijgen.'

'Waar ga ik heen?'

'Je pakt zo de veerpont naar Sicilië.' Hij overhandigt haar een leren handtas, een zonnebril en een paspoort. Tot haar verbazing is het een Italiaans identiteitsbewijs. 'Dit is voor jou, Sofia Lunedino. Je bent geboren op 12 maart 1984 in Modica en hebt daar je hele leven gewoond. Scholen, vriendinnen en opleiding staan in een document dat straks in je appartement ligt. Bestudeer dat goed en verbrand het daarna.'

'Lunedino? Spreek ik dat goed uit?'

Raul zegt de naam nog een paar keer voor, waarna Sofia het braaf herhaalt. 'Het moet maar,' zegt hij dan. 'De naam betekent "van de maandag". Achternamen die afkomstig zijn van de dagen van de week, geven aan dat een voorvader op die dag als vondeling aangetroffen is. Net als jij.'

Ze pakt haar paspoort. De foto hebben ze ergens onderweg gemaakt. De rode haren steken vurig af tegen een witte muur.

'Hier heb je nog een hoedje, dat trekt de aandacht weg van je gezicht. En gebruik deze.' Hij legt een lippenstift in haar hand.

'Donkerbruin?'

'Dat geeft je een harder uiterlijk.'

Sofia zucht. 'Oké, heb je een spiegeltje?'

'Kun je dat niet zo? Als vrouw...'

Sofia wijst naar de vuilniszak. 'Ik heb er één in mijn handtas zitten.'

Hij knijpt één oog dicht.

'*Sbrigati!*' roept de padrone.

'Je moet opschieten. Oké, pak het maar snel, de veerpont vertrekt bijna.'

Dat laat Sofia zich geen twee keer zeggen. Snel zoekt ze in haar oude handtas, komt daarbij zoveel van emotionele waarde tegen dat ze moet slikken om de tranen tegen te houden, maar pakt uiteindelijk toch alleen het spiegeltje. Als ze dit cadeautje van Daan kan redden is ze al gelukkig.

Ze treuzelt met haar lippenstift. Naast haar tikt Raul zenuwachtig op de leuning van de voorstoel. Dan stapt hij uit en loopt op de padrone af die in de richting van de haven kijkt.

Snel laat ze het spiegeltje in haar nieuw gekregen handtas glijden, zet het zwart rieten hoedje op en plaatst de enorme zonnebril op haar neus. Dit moet lukken. Zelfs Benny zou haar zo voorbijlopen.

Als Raul ziet dat ze naast de auto staat, komt hij op haar af en geeft haar de laatste instructies mee. De belangrijkste is dat ze op geen enkele manier mag laten zien dat ze een van hen kent. Ze probeert nog wat vragen te stellen, maar die worden professioneel de kop ingedrukt. 'Op het eiland zal iemand contact met je zoeken,' is de enige boodschap die ze meekrijgt. Het is duidelijk: ze staat er alleen voor. Gaat het fout, dan moet ze zichzelf maar zien te redden.

Ze slikt, kan geen woorden vinden om uit te drukken wat ze voelt en zegt dus maar: 'Bedankt.'

Daar gaat ze, naar Sicilië. Pas als ze naar de veerboot loopt, vraagt ze zich af of ze nog een deel van de tachtigduizend euro terugkrijgt om de eerste tijd van te leven. Hoe kan ze rondkomen als ze geen cent heeft? Ze draait zich om. De auto rijdt weg. Daar gaat haar geld. Op het bankje bij de parkeerplaats zit de man met wie ze op geen enkele manier in contact mag treden.

Er is geen generale repetitie, ze wordt direct in het diepe gegooid. Maak maar gewoon de oversteek met de ferry naar Sicilië, terwijl je gezocht wordt. Dat is de boodschap.

De sandalen die ze draagt zijn haar een paar maten te groot, waardoor ze nogal houterig loopt. Ze probeert er zo ontspannen mogelijk uit te zien. Ze is Sofia Lunedino, inwoonster van een dorpje op Sicilië en op terugreis naar haar eiland. Ze is achtentwintig en Italiaanse, geboren en getogen op Sicilië. Dat eerste klopt, dat rest is een valkuil van het formaat Gardameer. Bij zelfs maar een klein onderzoek valt ze door de mand.

Het is eind van de middag. Direct naast de weg ligt de zee. Ze heeft geen idee welke, maar het uitzicht helpt haar om – voor zover mogelijk – een relaxed gevoel op te roepen.

Nog een paar honderd meter. De ferry ligt al klaar om te vertrekken. Rechts van haar ziet ze het eiland in de verte. Haar nieuwe thuisbasis: Sicilië.

Het is verder dan ze dacht. Een lange rij met vrachtwagens staat klaar om een van de veerboten op te rijden. De combinatie van olie met de zilte zeelucht herinnert haar aan een weekje vakantie op Ameland. Toen leefde haar broer nog. Nu is ook haar moeder dood. Als ze ooit had mogen kiezen met wie ze zou overblijven, dan had haar vader niet eens op dat lijstje gestaan.

De hiel van haar linkervoet begint zeer te doen. Met veel kabaal rijdt een trein voorbij. Ze duwt haar hand tegen haar borst en zoekt het medaillon. Op wereldreis wilde hij. Sommige dromen komen nooit uit.

'Kijk Christiaan, ik ga op reis.' Ze spreekt de woorden zachtjes voor zich uit. 'Je hebt me altijd gezegd dat je op wereldreis wilde, nu ben ik vertrokken op weg naar mijn eigen vrijheid, zoals mama ons altijd op het hart gedrukt heeft.' Ze zucht diep. Christiaans vertrek had een dramatisch einde. Hij ging over een grens vanwaar je nooit meer terugkwam.

Zweetdruppels parelen op haar voorhoofd als ze in de rij staat bij het ticketkantoor. Belachelijk hoe warm het al is, terwijl het pas half april is. In haar paspoort zit het vervoersbewijs dat ze er nu zo nonchalant mogelijk probeert uit te halen. In de hoek van het kantoor hangt een camera. Ze houdt haar zonnebril op en plakt een glimlach op haar gezicht. Ze baalt ervan dat ze geen lang haar meer heeft om voor haar gezicht te laten vallen.

'*Buon giorno*.' Ze laat de r lekker rollen.

De man kijkt haar nauwelijks aan. Hij drukt een stempel op haar ticket en gebaart dat ze door kan lopen. Ze juicht vanbinnen. Ze is erdoor. Nu verder.

De draagvleugelboot ligt al klaar. *Liberty Lines*. De naam zegt alles.

Het lopen is bijna strompelen geworden, het kan niet anders dan dat er een vette blaar op haar hiel zit. Blijf lachen. Val niet op. Zonnebril, hoedje diep over haar ogen, schouders recht, kijk om je heen. Ze geeft zichzelf instructies en gehoorzaamt direct.

Nog even en ze is op de boot naar Sicilië, dan kan haar nieuwe leven beginnen.

13

Het gebonk op de boot is veel heftiger dan ze had gedacht van een draagvleugelboot. Ze heeft dorst. Het zou haar heel wat waard zijn als ze de opkomende misselijkheid weg kon spoelen met wat water, maar ze bezit geen cent. Van tachtigduizend euro naar nul in één dag. Het is maar waarvan je droomt, denkt ze schamper.

Gelukkig is het niet druk. Het is prettig dat ze een plekje in een hoek heeft kunnen vinden. Ze voelt zich licht in haar hoofd en merkt dat haar vingers trillen. Opstaan durft ze niet. Ze weet niet eens of het mag. Een halfuurtje, langer duurt de overtocht niet, heeft ze gezien.

Een hoge toon in haar hoofd dringt zich op.

Nee, niet flauwvallen. Niet nu. Natuurlijk was het stom om alleen koffie te nemen als ontbijt. Ze had verwacht dat ze nog iets te eten zou krijgen. Maar lunchen kon er kennelijk niet meer vanaf.

Ze concentreert zich op haar ademhaling en kijkt wat om zich heen. Er is een grote groep toeristen aan boord, te herkennen aan de korte broek, soms te hoog opgetrokken, en het eeuwige zonnehoedje of baseballpetje. Een uitgelaten stemming en glanzende ogen.

De Italianen zijn stuk voor stuk verdiept in hun mobiele telefoon, alsof ze een halfuurtje pauze hebben van hun te drukke leven. De padrone heeft ze niet meer gezien. Dat hij haar enige houvast is, maakt haar onzeker. Heeft ze zich laten besodemieteren en zijn die lui er nu met haar geld vandoor? Dan is het wel een erg duur paspoort.

Een druppel zweet glijdt langzaam van haar voorhoofd. Ze sluit haar ogen omdat haar zicht enigszins vertroebeld raakt. De pieptoon in haar oren zwelt aan. Ze wil iemand waarschuwen. Vragen om haar vast te houden, omdat ze het gevoel heeft dat ze gaat vallen. Maar dat kan niet. Ze moet onzichtbaar blijven en niet opvallen. Blijf wakker, niet wegzakken. Niet nu. Maar dan verdwijnt de controle en zakt ze langzaam opzij.

'*Signora*.' De stem doet pijn aan haar oren. '*Signora*!'

Ze kreunt zachtjes. Waar is ze? Wat is het matras hard. O hemel, ze ligt op de grond, tussen de lange rijen stoelen. Ze moet overeind. Iemand duwt haar terug.

'Wilt u wat drinken?' Er hangen lange donkere haren boven haar, met daartussen een stel donkerbruine ogen die haar bezorgd opnemen.

Gelukkig begrijpt ze het Italiaans van de jonge vrouw. Ze knikt alleen maar en krijgt tot haar grote verbazing een bekertje water aangereikt.

Ondersteund door haar Italiaanse engel slokt ze het vocht gulzig naar binnen. Het doet haar goed.

'*Grazie*.' Ze schenkt de vrouw een dankbare glimlach.

Ze krabbelt overeind, voelt de blos op haar wangen als ze ziet dat er een hele groep mensen om haar heen staat. Ze kruipt weer op haar plekje in de hoek en weert elke vorm van contact af.

Pas als iedereen zijn plek weer heeft ingenomen, ademt ze diep door. Dit was nou net níét de bedoeling. Het is maar goed dat er niemand aan boord is van de organisatie die haar klunzige actie heeft gezien. Natuurlijk kon ze er niets aan doen, maar daar hebben ze vast geen boodschap aan.

Pas als ze ziet dat Sicilië al dichtbij is, laat ze haar blik weer over de andere reizigers gaan. Niemand van de organisatie? Hoe kan ze dat weten? Misschien houdt iemand haar wel in de gaten. Ze is hun eigendom. Ze heeft zichzelf verkocht. En niemand verliest zijn eigendommen uit het oog. Tenzij ze waardeloos is geworden en ze van haar af willen.

Het kleine beetje water dat ze aan boord heeft gedronken, is allang verdampt. Sofia voelt zich verloren in de drukte van de haven, waar iedereen precies weet waar hij heen wil of wat hij moet doen. Ze is opgelucht dat ze zonder enige controle door de slagbomen mocht lopen, maar nu staat ze bij een parkeerterrein en vraagt zich af wat ze moet doen.

Aan de andere kant zal iemand contact met je zoeken.

Opnieuw kijkt ze om zich heen, maar er is niemand die haar een blik waardig gunt. Ze steekt de weg over. Het is warm en het getoeter van het verkeer werkt op haar zenuwen. In de schaduw is het beter. Het is noodzakelijk dat ze zo snel mogelijk wat drinkt, maar hoe kom je aan water zonder geld?

Aan haar rechterhand ligt een aantal draagvleugelboten aangemeerd, klaar voor een nieuwe lading passagiers. Ze sloft langs een troosteloos gebouw waarvan de ramen dichtgetimmerd zijn. De graffiti laat zien dat er een hoog kunstenaarsgehalte langs de haven leeft. Ze is nog steeds licht in haar hoofd en moet er niet aan denken dat ze hier opnieuw out gaat.

Iets verderop is een tankstation. Daar moet ze toch wat water kunnen vinden? Al was het uit een fonteintje bij de toiletten.

Weer dat getoeter. Het irriteert.

'Sofia.'

Ze maakt een afwerend gebaar. Flikker toch op. Haar lippen zijn droog, zelfs als ze er uitgebreid haar tong langs laat gaan.

Een auto stopt nu naast haar, het raampje gaat open. '*Buon giorno*, Sofia.'

Prompt stopt ze en draait zich naar de ooit witte Fiat. Een oudere vrouw met een vriendelijk gezicht vol vouwen wenkt haar.

'Bent u...?' Ze wijst op de auto.

'Stap maar in.'

Haar hart fladdert in haar borstkas. 'Bent u degene die...? Wacht u op mij?' Zonder het antwoord af te wachten, schuift ze naast de vrouw in de auto. Achter hen getoeter, dat direct stopt als de vrouw gas geeft.

Met een regelmatig stotterende motor – waarvan Sofia niet weet of het aan de auto ligt of aan de bestuurster – rijden ze de drukte van de stad uit en voegen in op een snelweg. Al die tijd wisselen ze geen woord.

De vrouw heeft haar kin bijna op het stuur liggen en blikt zenuwachtig heen en weer. Pas na een minuut of vijf lijkt ze te ontspannen. Er verschijnt zowaar een glimlach om haar mond en ze leunt achterover.

'Ik ben Maria,' zegt ze dan. Ze werpt een steelse blik opzij.

'Sofia.' O, wat moet dat stom klinken. 'Dat wist u natuurlijk al.'

'Het was niet zo moeilijk om je te herkennen.'

Het gesprek stokt. Er zitten duizenden vragen in haar hoofd, maar ze kan ze onmogelijk stellen. De waarschuwing van Raul heeft ze goed opgeslagen: *Als je zoveel vragen blijft stellen, word je niet oud.* Best een dingetje dus, zeker voor haar.

Ze zou heel graag willen weten waar ze heen gaan, maar ineens schiet de naam van het dorp haar weer te binnen. Dat is dus informatie die ze al heeft gekregen.

'Is het ver rijden naar Modica?'

'Een paar uur,' is het vage antwoord.

De tijd verglijdt terwijl de auto richting het zuiden rijdt. De zon staat nog steeds hoog boven de auto die gelukkig van een airco voorzien is. Maria rijdt niet harder dan zeventig kilometer per uur. Op de snelweg. Ze worden dan ook aan de lopende band ingehaald.

Sofia voelt haar maag knorren. 'Maria, is er een mogelijkheid om iets te eten of drinken? Ik…' Ze slikt moeizaam omdat ze nooit eerder heeft hoeven bedelen. 'Ik heb geen geld, en zowel het ontbijt als de lunch is erbij ingeschoten. Ik begin trek te krijgen.'

'O, natuurlijk. Wat stom van me, dat was ik vergeten. Ze hadden me inderdaad doorgegeven dat je flauwgevallen was aan boord.' De vrouw gaat wat rechterop zitten.

Dat wist zij dus al. Overal voelsprieten.

Nog geen vijf minuten later slaat Maria de snelweg af en rijden ze een dorpje in. Als de auto stopt bij een kleine *supermercato* langs de weg, draait Maria zich naar haar toe. 'Blijf zitten. Zorg dat je niet de aandacht trekt. Je bent nog niet veilig.' Dan stapt ze uit.

De vrouw loopt een beetje krom, alsof ze haar hele leven op het land heeft gewerkt. Sofia laat zich wat onderuitzakken en houdt de omgeving goed in de gaten. Nog niet veilig. Hoelang zou het duren voor ze zich weer open en bloot op straat mag begeven? Voor ze een nieuw leven kan opstarten? Voor ze zich zonder angst onder de mensen kan begeven?

In de zijspiegel ziet Sofia dat er een stukje achter hen een auto stopt. Zwart, glimmend en met getinte ramen. Er gebeurt verder niets. Er stapt niemand uit. Er is geen beweging.

Ze kauwt op de binnenkant van haar wang. Het paranoiavirus nestelt zich in haar binnenste. Een auto die stopt zonder dat er iemand uitstapt. Dat is vreemd. Terwijl de minuten verstrijken, zakt ze nog een stukje verder onderuit.

De auto staat daar met gedoofde lichten, alsof hij ergens op wacht.

14

UMBERTO

'Is het gelukt?' De laatste maanden maakt Umberto zich zorgen om haar, zeker als ze alleen op pad is, zoals nu. Vandaar dat hij haar even belt.

'Ik heb haar,' zegt zijn vrouw.

Hij hoort een trilling in haar stem, een teken van zwakte dat er vroeger nooit was. 'En?'

'Een mak lammetje.'

Hij grinnikt. 'Lekker met tomatensaus.' Hij staat bij het raam en kijkt naar de grote duomo die stralend in de zon staat, het vale zandsteen als contrast tegen een knalharde blauwe lucht.

Vandaag moet hij nog wat opdrachten uitzetten. Sommige ondernemers leren het ook nooit.

'We zetten haar bij Arturo,' hoort hij zijn vrouw zeggen. Die zag hij niet aankomen, maar ze praat alweer verder. 'Ze is sterk en wil werken.'

'Dan begrijp ik het. We persen haar helemaal uit.'

'Een beetje bang maken is voorlopig voldoende.'

'Oké, ik zal Arturo inseinen.' Umberto speelt met het pakje kogels dat voor hem op de vensterbank ligt. 'Ik moet ook nog iemand een lesje leren.'

Het blijft stil aan de andere kant. 'Het is beter om dat definitief op te lossen.'

Hij begrijp meteen wat ze bedoelt. 'Ik ga het regelen.' Hij aarzelt, maar zegt dan toch: 'Rij voorzichtig.'

Direct nadat hij het contact met zijn vrouw heeft verbroken, tikt hij het bekende nummer in. ‘Doe het vanavond. Beetje vuurwerk.’

15

Als het achterportier opengaat, schiet ze van schrik overeind. Haar hart bonkt als een razende en gaat daarmee door, ook als ze ziet dat het Maria is die een tas op de achterbank zet.

'Kun jij autorijden?'

Sofia knikt. De vrouw loopt om de auto heen naar haar kant.

'Ik durf niet uit te stappen. We worden gevolgd.' Snel legt ze uit waar de auto staat.

'Doe gewoon wat je gevraagd wordt, dat maakt alles wat makkelijker.'

En dus stapt Sofia achter het stuur en wacht tot Maria haar gordel heeft vastgegespt.

'Houd voorlopig richting Catania aan.' Maria houdt haar een flesje water voor.

Nadat ze het met grote slokken heeft leeg geklokt, geeft ze gas en voegt in op de snelweg. Grote richtingaanwijzers geven het vliegveld aan: Catania. Het is al bijna een uur geleden dat ze bij de haven vertrokken zijn.

'Die auto bij de parkeerplaats...' Sofia heeft het verkeer achter zich in de gaten gehouden. 'Die zit nu achter ons.'

'Geen probleem, ze gaan zo wel weg.'

Wie 'ze' zijn en waarom 'ze' hen volgen, durft Sofia niet te vragen.

'Ook één?' Maria houdt haar een rond biscuitje voor. 'Dit leek me makkelijker dan een broodje.'

Tot haar verbazing haalt de zwarte bolide hen op dat moment in. Sofia probeert een glimp op te vangen van de inzittenden, maar meer dan wat silhouetten ziet ze niet. De auto is binnen een paar seconden uit het zicht verdwenen.

'Het is nog zo'n twee uur,' zegt Maria naast haar. 'Ik breng je direct naar de afgesproken plek. Alles is voorbereid om je... Nou ja, laten we zeggen om je te ontvangen.' Maria grinnikt.

Haar stem klinkt vriendelijk, maar de boodschap voelt nu ineens dubbel. Het kan natuurlijk door de vermoeidheid komen die haar op dit moment parten speelt, maar Sofia kan het niet uit haar hoofd zetten dat ze zichzelf met haar ondoordachte actie in gevaar heeft gebracht. Ze heeft blufpoker gespeeld en het is maar de vraag wie de beste kaarten heeft. Deze mensen laten niet met zich sollen. Hij wilde geen deal, dat zei Raul toch?

Maria biedt haar steeds opnieuw een koekje uit de rol aan, alsof ze bang is dat haar kostbare vracht onderweg zal verhongeren. Sofia blijft eten, ook al worden de biscuitjes met elke hap droger.

Aan haar rechterhand steekt een top van een berg boven het landschap uit. Hij is met sneeuw bedekt en er hangt een lange rookpluim boven.

'*La Signora*,' zegt Maria met een respectvol knikje naar de vulkaan.

'Noemen jullie die zo?'

'De Etna is een dame met een sterke wil. Hier op Sicilië houden we van haar.'

Vol ontzag probeert Sofia tussen de bomen door steeds opnieuw een blik op te vangen van de rokende sneeuwtop. Ze zou zelf de kriebels krijgen van een rokende vulkaan in haar buurt.

'Voorlopig Catania aanhouden.' Maria geeft haar het laatste koekje en pakt tot Sofia's verbazing een kussentje van de achterbank. 'Ik ben moe. Maak me maar wakker als je voorbij Siracusa bent.'

Sofia herhaalt in gedachten de plaatsnamen een aantal keren. Af en toe laat ze vol verbazing haar blik naar de vrouw gaan die als een jong kind vol vertrouwen naast haar ligt, terwijl zij de oude Fiat naar het zuiden rijdt.

De stilte is zowel zwaar als rustgevend. Het is vreselijk dat ze nog steeds niets weet. Het juichgevoel dat ze ervoer omdat ze zich bevrijd had uit de klauwen van Benny is allang verschrompeld. Er is een nieuwe angst voor in de plaats gekomen.

In de weken dat ze op zoek was naar een ontsnapping, heeft ze gedroomd van een nieuw leven. Eindelijk de dingen doen die zijzelf wil, in plaats van de regels van Benny naleven. Het enige waar ze voor gevochten heeft in de drie jaar dat ze met Benny getrouwd is geweest, is het contact met Daan. Hem helpen in zijn patisserie. Haar creativiteit de vrije loop laten. Smaak en kleur laten samenvloeien tot een smakelijk geheel. Dat was wat haar voortdreef. Ooit zou ze die droom gaan leven. Dat bleef ze zichzelf voorhouden. Ooit...

'Als ik later getrouwd ben, wil ik blijven werken. Ik wil niet alleen maar huisvrouw worden.'

Ze zat samen met haar moeder in de woonkamer en dronk vruchtenthee met honing. Het was een van de spaarzame momenten dat ze praatten, omdat haar vader dan nog niet thuis was.

'Waarom niet?' vroeg haar moeder.

'Ik wil veel geld verdienen.' Ze voelde zich elk jaar strijdvaardiger worden. Ze wilde niet zoals haar moeder ondergeschikt worden aan haar man. Wat haar vader bepaalde werd uitgevoerd. Haar moeder had niets te zeggen.

'Ach, liefje, wat heb je aan geld.' Er liepen grijze strengen door de blonde haren van haar moeder. Anne wist dat die stugger aanvoelden, alsof ze in de loop van haar leven ook daar onbuigzamer was geworden.

'Als ik veel geld heb, kan ik gaan doen wat ik wil. Dan kan ik een eigen huis kopen en mijn bedrijf laten groeien.' Het leek haar het summum. Over een jaar had ze haar eindexamen gedaan en kon ze weg uit huis. Haar moeder zat de rest van haar leven gevangen.

'Je moet een goede opleiding volgen.'

'Dat weet ik.'

'En papa wil dat je...'

'Hij wil dat ik anderen ga verzorgen. Maar kom op... verpleegster worden. Daar ligt mijn hart niet. Als ik achttien ben, wil ik zelf kunnen kiezen.'

'Net als Christiaan?'

Daar raakte haar moeder een pijnpunt dat nooit meer zou helen. Elke keer dat zijn naam viel, wist ze dat ze onderuitging in de discussie. Christiaan had plannen om zijn allergrootste wens te volgen: op wereldreis gaan. Alle voorbereidingen waren voor niets geweest, toen hij de dag voor vertrek verongelukte.

'Hij was in ieder geval wel gelukkig,' zegt ze zacht.

'Ja, dat denk ik ook. Maar dat duurde maar zo kort.'

Het was voor het eerst dat haar moeder iets meer over het ongeluk van haar broer zei dan alleen een schouderophalend 'Het gaat zoals het gaat'. Zou ze eraan toe zijn om er vaker over te praten, nu haar dochter voor eenzelfde keuze stond?

'Ik wil jou niet ook nog kwijt.'

'Natuurlijk niet. Maar mag ik daarom niet zelf kiezen wat ik wil doen?'

'En dat is veel geld verdienen?'

'Oké, dat is misschien een beetje kort door de bocht. Maar ik wil zeggenschap over mijn eigen leven en geld opent deuren.'

Haar opmerking kwam aan. De blik van haar moeder bleef hangen op haar vingers die het lege theeglas op haar schoot omklemden.

Ze zuchtte diep. 'Je moet je niet aangevallen voelen, maar als jij zelf geld had gehad dan...' Haar stem stokte. Ze wist ineens niet meer of ze gelijk had. Ze wilde zeggen dat haar moeder dan misschien voor zichzelf had kunnen kiezen. Dat je met geld je vrijheid kon kopen.

'Ik begrijp het,' zei haar moeder zacht, maar zo zag ze er niet uit.

'Mijn keuze ligt vast, mam. Ik wil een eigen bedrijf starten.'

Het was een hele tijd stil.

'Lieverd, mijn zegen heb je. Maar besef dat het niet gaat om de rijkdom die verborgen zit in geld. De echte waarde zit verborgen in een leven opbouwen waarin je gelukkig bent.'

Sofia haalt haar neus op. Die klotetranen. Moet je kijken waar al die mooie voornemens haar gebracht hebben. Dat haar moeder daar voor een deel verantwoordelijk voor is, mag ze niet denken. Niet eerlijk, ook al is dat wel de waarheid.

Het doet pijn dat ze straks misschien weer voor een baas moet werken. Weer iets doen wat ze níet wil. Toch heeft ze geen andere keus dat dit pad blijven volgen nu haar oude leven er niet meer is.

Het vliegveld laat ze links liggen, ze volgt de route naar Siracusa. Opnieuw kijkt ze even naar Maria, die met open mond diep lijkt te slapen. Onschuldig en kwetsbaar. Deze vrouw helpt mee om haar van een nieuwe identiteit te voorzien.

'*Grazie,* Maria,' fluistert ze.

Het is op dit moment haar belangrijkste wens. Veilig haar leven voortzetten. Ze staan straks klaar om haar te ontvangen. Wat ze daar ook mee bedoelen. De knijpende angst dat dit nieuwe leven weleens heel anders kan zijn dan ze voor zich zag toen ze met één oog door een roze bril naar een nieuwe toekomst durfde te kijken, duwt ze weg. Niet aan denken. Dit was de toekomst waar ook haar moeder van gedroomd had.

Terwijl de heuvelachtige omgeving van het Italiaanse landschap voorbijglijdt, probeert ze de zon weer toe te laten. Ze gaat er het beste van maken. Toelaten wat te accepteren is, aanvaarden wat onmogelijk anders kan en blijven vechten voor de dromen die ze ooit had. Dromen kunnen uitkomen, dat kan. Dat moet! Maar blijven leven is op dit moment belangrijker dan wat dan ook. Ze kan niet meer terug. Nooit meer. Alleen dan is haar geheim veilig.

16

De woonkamer van het appartement straalt vooral verlatenheid uit. Een donkere leren bank met een tafeltje dat bijna antiek te noemen is. Alleen de eettafel geeft haar direct een warm gevoel. Zo'n massief houten tafel met aan de zijkant houtsnijwerk, waarvan je kunt zien dat het al vele tientallen jaren geleden met veel toewijding in het hout is aangebracht. Zo'n tafel waar een gezin aan zat en waarop *di mama* met een trots gevoel een grote pastaschotel zette. Die huiselijke gezinswarmte heeft ze zelf gemist.

Sofia strijkt over het hout, gaat zitten en kijkt naar buiten. De zon schijnt uitbundig en beneden haar in de straatjes lopen lachende mensen. De vrolijkheid glijdt langzaam de kamer binnen en duwt de eenzaamheid weg.

De warmte die ineens overal om haar heen is, overvalt haar. Tranen wellen op. Ze moet een paar keer knipperen voor ze de details van het geweldige uitzicht weer kan opnemen. Ze zit in Italië, op een zonnig eiland en mag hier opnieuw beginnen.

De vele straatjes leiden naar een heuvel volgeplakt met huisjes die als vierkante legosteentjes met oranje daken neergezet zijn. Overal groene luiken die het dorp een regelmatige structuur geven waarin één grote toren direct opvalt. Een kerk die ze – hoopt ze – al snel kan gaan bezoeken. Ze popelt om naar buiten te gaan, maar Maria heeft haar wel acht keer op het hart gedrukt te wachten tot ze terug is.

Er fladderen allemaal vlinders in haar buik. Het is gewoon gelukt! Ze heeft een nieuwe naam, een nieuw thuis en hulp van een lieve vrouw die haar straks wat te eten komt brengen. De rest volgt vanzelf, daarvan is ze overtuigd. Vanaf nu kan ze het zelf.

Het is vreemd dat ze zich nu al thuis voelt in deze lege flat, zonder haar eigen spulletjes. Ze is alles kwijt, zelfs haar identiteit, en toch bruist de levenslust hard door haar lichaam. Nieuwe herinneringen maken, mensen leren kennen, vriendschappen sluiten en zich hard maken voor een nieuw doel in haar leven. Van tevoren had ze geen idee wat er allemaal op haar zou afkomen, wat het met haar zou doen als ze haar naam en spullen zou kwijtraken. Nu beseft ze dat haar leven in haar eigen hoofd zit. Ook al heet ze nu Sofia Lunedino, ze is nog steeds dezelfde persoon. Alleen nu blij en vooral vrij.

Voor haar ligt het beloofde document met namen die haar nu nog niets zeggen maar ze is ervan doordrongen dat ze haar leven zullen inkleuren, ook al is het nu niet meer dan een verleden op papier. Ze heeft het al tientallen keren doorgenomen. Straks zal ze het teruggeven aan Maria om het te verbranden.

Op dat moment hoort ze het geluid van de voordeur beneden. Het duurt slechts kort voordat ze het klopje op de deur hoort en de stem van Maria: 'Sofia, *sono io*.' De deur gaat al open voor ze kans heeft gezien ernaartoe te lopen. Oké, Maria heeft dus nog een sleutel. Belangrijk om te weten.

'*Ciao*, Sofia.'

Ze staat in het midden van haar woonkamer en voelt dat de glimlach comfortabel op haar gezicht ligt. '*Benvenuti*. Welkom, Maria.' Ze loopt spontaan op haar af en plant een kus op de verweerde wang. Dan pakt ze de boodschappentas van haar over en loopt ermee naar de keuken.

Maria volgt haar en kijkt toe hoe ze de boodschappen in de kleine koelkast zet. 'Het is slechts een overlevingspakket.'

'Fijn,' zegt ze dankbaar, hoewel 'overlevingspakket' haar een dubbel gevoel geeft. De vrouw is haar al dierbaar geworden, met haar vriendelijke ogen die gevangen liggen tussen de vele kraaienpootjes. Terwijl Maria om zich heen kijkt, pakt Sofia de fles water en schenkt twee glazen vol. Pas als ze zich omdraait, hoort ze voetstappen. Zware passen. In haar woonkamer.

'Wie is daar?' fluistert ze.

Maria verstijft even, maar dan breekt een brede glimlach haar gezicht open. 'Ik denk dat het Umberto is. Mijn man.'

Voor het raam bij de tafel waar ze zonet nog stond ziet Sofia het silhouet van een man. Klein van postuur, handen in de zakken, voeten stevig op de grond. Als hij haar hoort, draait hij zich om.

De padrone...

Haar adem stokt en ze blijft in de deuropening staan. Is de padrone de man van Maria? Achter haar loopt de kraan. Maria opent een kastje en laat de kopjes vrolijk rinkelen.

Het lijkt alsof er vele minuten verstrijken voor de man zich omdraait.

Ze schudt hem de hand. 'Ik ben Sofia.'

O, wat een domme reactie. Als er iemand is die weet welke identiteit ze heeft, is hij het wel. De *big leader*. Tegen wie iedereen opkijkt.

'Tevreden?' Hij laat zijn hand de omgeving bestrijken. Zijn stem is zwaar en trilt in zijn keel.

'Zeker! Dit is... Ik ben vreselijk dankbaar dat u... Dank u wel.' Ze ademt eerst uit voor ze zegt: 'Dit is precies wat ik zocht.'

'Ik niet,' zegt hij dan.

'Niet?' piept ze.

'Ik had er nooit mee moeten instemmen.'

Ze slikt hoorbaar.

'Je hebt heel wat mensen in gevaar gebracht.'

'Maar...'

'Zwijg!'

In het Italiaans klinkt het als een militair bevel. Ze duwt haar lippen dan ook op elkaar.

'Hier lieverd, jij je espresso.' Maria duwt haar opzij en overhandigt haar man een pietepeuterig kopje.

Sofia observeert de man en registreert verbaasd dat hij volkomen in de plooi blijft. Geen woede, geen glimlach, geen irritatie, maar ook geen enkele uiting van erkentelijkheid naar zijn vrouw. Niets.

'Het was niet mijn bedoeling om...' begint ze. Haar stem schiet op een belachelijke manier de hoogte in. 'Mijn man leeft nog, dus ik dacht...' Ze slikt moeizaam en probeert zichzelf weer in de hand te krijgen. Niet laten zien dat je bang bent, dat werkte bij Raul ook. 'U heeft op deze manier extra geld verdiend en er bestaat zelfs een kans om nog meer inkomsten te genereren.'

De padrone geeft zijn lege kopje aan Maria, die er meteen mee naar de keuken loopt. Met een paar passen staat de man voor haar, zijn gezicht slechts op enkele centimeters afstand van het hare. Ze ruikt de koffie in zijn adem

'Praat nooit over geld,' duwt hij haar schor door de strot. 'Nooit!'

'Nooit,' herhaalt Sofia. 'Maar...'

'Geen maar!'

'Sorry Umberto.'

'En geen namen! Nooit namen.'

'Maar hoe moet ik u dan...?'

Zijn neusopeningen openen en sluiten zich op het snelle ritme van zijn ademhaling.

'En geen vragen. Begrepen?' Laag en trillend komen de woorden tussen zijn schilferige lippen uit.

'Ja,' zegt ze timide.

Hij gaat weer rechtop staan, maar zijn ogen dringen nog steeds diep bij haar naar binnen. 'Als ik ooit merk dat je praat...' Met een snel gebaar schiet zijn hand langs zijn keel. '*Capito*?'

Als ze knikt en daarmee doorgaat om heel duidelijk aan te geven dat ze precies begrijpt wat hij bedoelt, draait hij zich om. Zijn passen galmen door de lege kamer als hij naar de deur loopt, die nog steeds openstaat. Pas als ze de voordeur hoort dichtslaan, durft ze weer te bewegen.

'Shit,' sist ze de vastgezette lucht naar buiten.

Ze springt zeker een meter de lucht in als er een hand op haar schouder wordt gelegd. Ze kijkt in het vriendelijk lachende gezicht van Maria. Maar nu ze haar ogen goed kan bestuderen, ontdekt ze daar ook een verbazingwekkende hardheid in.

'Hij bedoelt het niet zo kwaad, hoor,' zegt Maria. 'Het leven is hier hard, en je krijgt niets voor niets. Dus als je probeert hem te besodemieteren, is het geen lieverdje.'

'Dat is duidelijk.' Sofia loopt naar de voordeur en werpt een blik in het trappengat alsof ze zich daarmee kan verzekeren dat hij echt weg is. Dan duwt ze de deur in het slot. Dat dit hem niet gaat tegenhouden, dringt diep tot haar door.

'Ik heb nog wat voor je,' zegt Maria dan. Ze overhandigt haar een briefje. 'Je hebt morgenochtend een afspraak. Tien uur. Het adres staat erbij. Als je hem kunt overtuigen van je expertise, kan dat je nieuwe werkgever worden.'

Er staat een naam, tijd en adres op. Meer niet.

'Dag liefje, ik moet nu weg. Je ziet me wel weer. En denk aan de waarschuwing van mijn man.'

Sofia buigt licht voorover en voelt Maria's wang de hare raken. Het voelt ineens anders dan daarvoor.

17

Als het licht langzaam achter de heuvels verdwijnt, ontstaat er een andere sfeer. Sofia ontdekt dat alleen het peertje in de woonkamer het doet. Een kil licht valt op de weinige meubels. Een leren bank, een tafeltje en een eettafel, niet eens zelf uitgezocht, meer heeft ze niet. Het geeft een leegte die ze niet eerder zo diep gevoeld heeft.

Hoe kan ze rustig op de bank ploffen als er niets is om naar te kijken of geen boek is om te lezen? Zo ontspannen als ze zich direct na aankomst voelde, zo rusteloos is ze nu. Af en toe onderbreekt ze haar rondje door de kamer met een blik over het dorp, waar de lichten in de vele huizen één voor één aanspringen. Iedereen zit vast gezellig aan tafel.

Zij is alleen. Meegenomen door een Italiaan bivakkeert ze in een bijna kaal appartement in een vreemde plaats. Sofia kijkt rond. Schraal avondlicht dringt door de kapotte ramen in de keuken naar binnen. Het valt haar nu pas op dat ze door het plafond van de keuken naar buiten kan kijken. Een paar sterren flonkeren als extra verlichting. De nacht valt. Hoe kan ze hier ooit slapen?

En de sleutel van de voordeur is ook bij anderen in bezit. Ze onderneemt direct actie en plaatst vast een stoel in haar slaapkamer, zodat ze die straks onder de deurkruk kan klemmen. Zo zal niemand haar in haar slaap overvallen.

Ook al heeft ze geen trek, ze trekt toch de koelkast open. Overlevingspakket. Alleen het woord al beneemt haar de eetlust.

Veilig. Dat was het hele doel van deze operatie. Al die tijd heeft ze gedacht dat het nooit erger kon dan samenleven met Benny, die na het zoveelste drankje in een Mister Hyde veranderde. Daarom zit ze hier. In Modica.

Ze laat zich op de bank zakken. De kou van het leer trekt door haar dunne legging heen.

Ben je veilig? Dat zou haar moeder als eerste vragen. Ze heeft geen antwoord.

Haar hand gaat naar haar borst en grijpt het medaillon. Langzaam haalt ze hem naar boven en doet hem af. Haar moeder weer zien, is een behoefte die sinds haar dood onbedwingbaar aanwezig is.

Haar vingers trillen als ze het medaillon opent. 'Dag, mam.'

Het was al zes uur geweest toen Anne de voordeur opende en naar binnen glipte. Ze was laat, later dan ze had afgesproken. Natuurlijk wist ze dat ze om zes uur aan tafel hoorde te zitten, en zich zeker tien minuten voor die tijd hoorde te melden. Dat was niet gelukt, oké?

Ze hoorde al dat het fout zat toen ze nog in de gang stond en haar natte jas aan de kapstok hing.

'Pasta, wie heeft dat bedacht?' De woorden kwamen van zijn oncontroleerbare tong.

'Ik dacht dat het weer eens wat anders was.' Haar moeders stem klonk te hoog.

'Jij dácht? Wie heeft jou toestemming gegeven om te denken?' Een doffe bonk gaf aan dat voorlopig alleen de tafel nog slachtoffer was.

Anne aarzelde. Zou ze naar boven glippen? Of zou dat de hele situatie alleen maar erger maken? Nee, ze mocht haar moeder nooit in de steek laten. Nog een jaar dan had ze haar diploma en kon ze vluchten naar de relatieve veiligheid van een eigen kamer. Nu moest ze haar moeder steunen.

'Hallo, sorry dat ik laat ben, maar de regen...'

Haar moeder stelde de enige vraag die klopte als je als kind te laat thuiskwam. 'Ben je veilig?'

Ze knikte, ook al wisten ze allebei dat ze vele malen beter af was buiten in de regen.

Haar vaders gezicht draaide naar haar toe. De zwarte wenkbrauwen wierpen schaduwen over zijn bruine ogen.

'Lekker pasta, wat een goed idee, mam,' vervolgde ze, gemaakt vrolijk. Soms hielp dit om het onweer te verdrijven.

Pas na een uur liet haar vader hen met rust. Haar moeder sprong elke keer weer voor Anne om de hardste klappen op te vangen en zij deed exact hetzelfde voor haar moeder. Het maakte hem razend.

Eten kwam er niet van. De pasta kleefde aan elkaar tot een koude bleke massa. Die in de vuilnisbak belandde. Nadat hij vertrokken was en ze beiden wisten dat haar moeder een zware nacht tegemoet zou gaan, bestelden ze een pizza. Het kwartiertje tot aan de deurbel was net voldoende om het bloed van hun gezichten af te poetsen.

Ze was zeventien en ze miste Christiaan meer dan ooit. Hij was de enige die hun vader ooit terug had geslagen.

'Waarom vertrek je niet?' vroeg ze haar moeder terwijl de salami haar kapotte lip in brand zette. 'Je verdient een beter leven. Ik red me wel.'

Met haar vinger streelt Sofia voorzichtig over het gezicht van haar moeder dat er teer en ongeschonden uitziet. Ze vraagt zich af waarom ze nooit actie heeft ondernomen toen ze uit huis kon. Ze hadden samen moeten vertrekken.

'Was je meegegaan, mam?' Een traan drupt op haar hand. Het is haar een raadsel hoe zij in exact dezelfde val getrapt is, hoewel Benny iets meer biertjes nodig had om bij dat Hyde-punt te komen.

In gedachten geeft ze zowel haar moeder als haar broer een kus, en sluit het medaillon. Dan pas kijkt ze naar het raam, waar haar blik verdwijnt in de nachtelijke duisternis. Wordt ze in de gaten gehouden? Kunnen ze haar ook hier binnen zien?

Ze zet de stoel klem onder de deurkruk van de slaapkamer, doet het licht uit en kleedt zich uit. In het duister scharrelt ze naar haar bed en kruipt onder het dekbed dat naar viooltjes ruikt.

Het duurt een tijdje voordat ze haar ogen durft te sluiten en alleen nog maar vertrouwt op haar gehoor. Vreemde geluiden. Gekraak. Getrippel van kleine pootjes. Ze rilt als ze eraan denkt dat die beesten hier ook wonen. Ze concentreert zich op het geluid van de wapperende sliertjes van de kapotgescheurde vitrage in de keuken. Onbekend. Langzaamaan wordt het stiller, alsof de wind gaat liggen.

Voor haar gevoel is ze nog maar net weggezakt als een enorme dreun haar overeind laat schieten. Het lijkt wel een explosie. Gerinkel van restjes glas. Daarna echoot het geluid in de verte alsof de ene na de andere muur omvalt. Tot het gedonder wegzakt.

Ineens is het stil. Te stil.

Sofia klemt het dekbed vast en bijt op de rand. Mensen op straat beginnen te praten. Te roepen. Is het hier in de buurt? Hoe ver kan het zijn? De nacht draagt geluiden ver. Ze durft niet te gaan kijken en duikt nog iets verder weg. Ze gluurt over de rand door de duistere slaapkamer. Slechts contouren zijn zichtbaar. Niets bekends. Juist het gemis aan vertrouwde mensen en geluiden zorgt dat haar hele lichaam in een bizarre trilling raakt.

Snel grijpt ze onder haar kussen. Ze zoekt met haar vingers naar de bekende vorm, het enige wat echt van haar is. Waar is het? Verdomme! Terwijl ze op handen en knieën op haar bed zit, gooit ze haar kussen opzij. Dan ontdekt ze het medaillon in het uiterste hoekje van haar bed. Ze duwt het tegen zich aan en krult zich op onder het warme dek.

Een sirene schreeuwt in de verte. Gegil dat zonder enige weerstand haar oren bereikt. Haar nieuwe woonplek die een veilige haven zou moeten zijn, is met één fikse dreun veranderd in een vijandig huis.

Niet meer slapen. Ze ligt en wacht. Met het kostbare kleinood in haar handen geklemd. Zal ze zich hier ooit veilig gaan voelen?

Haar ontsnapping naar het zuiden lijkt ineens een domme zet.

Met open ogen wacht ze op licht, de ochtend moet ook hier op dit eiland toch ooit verschijnen?

18

BENNY

Alles is beter dan dat klote ziekenhuis, met van die ladies op slof- fen. Het stonk naar ziekte en dood. Hij is blij dat hij weer thuis is, ook al is alles wat vertrouwd te noemen is compleet verdwenen. Geen spoor van Anne. Ze is weg en dat doet meer pijn dan die fucking wond.

En dan die agenten die steeds weer bij hem opduiken. Straks denken ze nog dat hij beste maatjes is met de politie.

'Hier is de post. Zal ik wat te drinken pakken?' Daan legt een paar enveloppen op tafel en loopt door zijn huis alsof hij er woont.

'Doe maar een pilsje.'

'Maar het is elf uur?'

Hij kijkt Daan aan en zucht. 'Begin jij nou ook al?'

De eerste slok landt op een manier die bijna te vergelijken is met een *blowjob* van zijn schatje.

'Is er al iets uit dat politieonderzoek gekomen?' Daan gaat te- genover hem zitten en nipt aan een glas water.

'Die lui hebben totaal geen aanknopingspunten. Ze doen maar wat. En weet je, ik ga ze ook echt niet wijzer maken.'

'Wat bedoel je?'

Even aarzelt Benny. Moet hij zijn maat vertellen over zijn ver- moeden? Over die knijpende angst die al die dagen in het zieken- huis in zijn kop heeft gezeurd?

'Ik denk dat Anne gevaar loopt als die lui weten dat ik de politie erbij betrek,' zegt hij uiteindelijk.

'Weet jij meer dan zij?'

'Natuurlijk niet!' Hij kucht en zet dan zijn flesje met een klap op tafel. 'Ik zou mijn leven voor Anne geven. Dat weet je toch, Daan. Je weet toch hoe gek ik op haar ben?'

Hij ziet hoe Daan naar buiten kijkt, waar een smerige wind het lievelingsboompje van Anne teistert. Urenlang heeft ze lieve woordjes tegen die spriet gezegd, alsof het kreng dan harder zou gaan groeien. Hij was bijna zelf daar gaan staan, zijn armen hulpeloos in de lucht, zodat hij geaaid zou worden. Liefst over een deel dat veel te vaak naar beneden hing, naar zijn zin.

Benny zucht diep. 'Ik heb gezegd dat ze weg is gegaan. Dat we mot hadden en dat ze er blijkbaar genoeg van had. De aanwezigheid van die agenten brengt haar alleen maar in gevaar. We kunnen beter zelf de onderhandelingen voeren.'

'Heb je dan al iets gehoord over losgeld?'

'Nog niet. Maar wij moeten de regie in handen hebben als die lui bij ons aankloppen. De politie wil hen oppakken. Wij willen dat Anne ongedeerd thuiskomt.' Hij nam opnieuw een slok van zijn bier.

'Huwelijksproblemen dus.' Het gezicht van Daan stond serieus.

'Dat, ja. Dan laten ze ons met rust. Wij gaan zelf zoeken, ik zal eens aan wat touwtjes trekken.'

'Dat gaan we doen. Ik zal je helpen, Benny.'

'Het belangrijkste is dat je zwijgt over wat wij hier besproken hebben.' Benny laat zich langzaam onderuitzakken. Hij is ineens godsgruwelijk moe. Die klotekogel heeft hem behoorlijk geraakt. Hij mag blij zijn dat hij zijn kop nog kan gebruiken, anders kon het met Anne weleens helemaal verkeerd aflopen.

Terwijl hij zich uitstrekt op de bank en Daan zijn lege flesje naar de keuken brengt – en op zijn bevel een nieuwe brengt – duiken er beelden op van de vechtpartij. Van het wapen. De trillende loop. En hij hoort iemand 'schiet' roepen. Ze gehoorzaamde.

Shit! Anne schoot.

19

Als een zachte sluier die heel langzaam van haar afglijdt, laat de slaap haar los. Geluiden van het buitenleven dringen tot haar door. Het moment dat ze niet weet waar ze is duurt maar kort. Dan opent Sofia haar ogen en rekt zich uit. Ze is alleen.

Herinneringen zitten verstopt in haar nevelige brein dat langzaam helder wordt. Naast haar staat de stoel schuin onder de kruk van haar slaapkamerdeur. Terwijl ze wat haren uit haar gezicht strijkt komt ook de harde knal weer naar boven. Het idee dat er vannacht een explosie was, lijkt ineens ver en vreemd. Onweer is logischer in deze streek.

Het katoen knispert als ze het opzijduwt en het dekbed op de grond valt. Ze loopt naar de woonkamer en zet het raam open. Gulzig ademt ze de frisse buitenlucht in en ze omarmt de geluiden van de straat. Ze zoekt naar sporen van een ravage, de klap was best hard, maar er is niets te zien.

Om tien uur moet ze zich melden. Ze heeft alleen geen idee hoe laat het is. Geen mobiel, geen klok, maar ook geen wekker. Dat laatste is wel een verademing.

Ze hangt uit het raam om haar nieuwe omgeving eens goed te bekijken. Ergens onder haar kronkelt een smalle straat tussen de hoge huizen door, overal daken die als kleine vlakken op een veelheid aan huizen geplakt zitten. Kleine raampjes met groene luiken. Het dorp lijkt uitgezakt in een kloof waarin aan beide zijden huizen tegen de helling zijn achtergebleven. Boven dit alles uit steekt een enorme kerk, maar hoe ze haar best ook doet, een klok kan ze niet ontdekken.

Ze moet op een adres zijn dat wel zangerig klinkt, maar haar totaal geen duidelijkheid verschaft. Had ze maar een telefoon, dan kon ze het opzoeken. De sollicitatie is haar eerste zorg. Het killgebaar van Umberto, die ze nooit zo mag aanspreken, heeft haar dat wel duidelijk gemaakt. Geen vraag, wel een bevel.

Als ze naar de keuken loopt om iets te eten te zoeken, realiseert ze zich hoe ze verlangt naar haar telefoon. Dat deed ze altijd als eerste: even een blik op Facebook, haar mail en WhatsApp. Contact met de wereld om haar heen. Daar is een harde streep doorheen gezet. Ze is afgesloten van iedereen die ze kende, van alles wat bekend was, van de plekken waar ze opgroeide. Dat was haar zogenaamde veiligheid.

Ben je veilig?

Ze weet het nog steeds niet.

Ze weet nog precies het moment dat ze haar telefoon in haar tas stopte. De vanzelfsprekendheid was toen al weg. Ze had zich slechts kort een blik op het scherm gegund toen ze de winkel van Daan verliet, daarna had ze hem resoluut uitgezet. Het zou die dag gebeuren, haar vooropgezette ontvoering. De instructies waren overduidelijk. Het doel dat ze besproken hadden, was verschillend, maar dat wisten haar ingehuurde ontvoerders toen nog niet. Eigenlijk had ze mazzel dat Raul zo schappelijk was, en zich zo makkelijk liet ompraten. Geld was de sleutel tot elke deur die ze wilde openen. Dat wist ze al sinds ze met Benny samen was. Dat Umberto op zijn zachtst gezegd *not amused* was, daar had ze niet bij stilgestaan. Maar als ze laat zien dat ze haar best doet om te integreren, zal hij wel bijdraaien.

Tien uur.

Misschien is het al veel later. Ze mikt de laatste slokken koffie in haar keel en springt onder de douche. Terwijl het water op haar schouders klettert en ze zich lekker inzeept met de douchecrème die ze gisteravond al in het kleine badkamertje ontdekt heeft, merkt ze dat ze neuriet. Ze heeft een sollicitatiegesprek! Probeer dat in Nederland maar eens op zo'n korte termijn voor elkaar te krijgen. Benny heeft haar altijd verboden om te werken. Ze was van hém, zeker nadat... Niet aan denken. Hoe mooi is het dat ze zichzelf een nieuwe kans heeft gegeven op een vrij leven.

'*Because I'm happy*,' zingt ze nu luid. En ze voelt inderdaad de vrolijke warmte diep in zich doordringen. Als ze maar eenmaal werk heeft en haar eigen geld verdient, kan ze verder bekijken hoe ze haar leven gaat invullen.

Terwijl ze zich aankleedt en baalt dat ze nu al voor de zoveelste dag dezelfde kleren aan moet, beseft ze dat geld nog wel een probleem is. Het is te hopen dat ze de baan krijgt én dat ze een voorschot kan krijgen. Het is belangrijk om een goede eerste indruk te maken. Ze kan zich nauwelijks voorstellen dat dit gaat lukken in een kleurige legging.

Met de leren handtas die ze bij de veerboot had gekregen om haar schouder en het lintje dat ze in de keuken vond om haar rode haren heen gebonden, stapt ze de voordeur uit en loopt nog enigszins onwennig het trapje af naar de straat. Ze heeft het witte vest om haar schouders geslagen, om er nog enigszins toonbaar uit te zien.

'*Buon giorno, signora.*' Een jongen van een jaar of twaalf, een wollen muts op zijn donkere haar, zit op het trapje naast het hare en grijnst haar vrolijk toe.

Sofia begroet hem vriendelijk. Moet ze zich aan hem voorstellen? Ze loopt toch maar gewoon door. De straat af naar beneden.

Het is best raar om ineens buiten te zijn. Alleen. In een vreemde plaats. Zonder de bescherming van een auto of huis om haar heen. Zou ze in de gaten worden gehouden? Ze is vast niet belangrijk, bedenkt ze, en ze schudt de muizenissen uit haar hoofd.

Met toch wat trillende knieën loopt ze over de oneffen asfaltdeken naar beneden. De zon staat nog laag, waardoor de smalle straat compleet in de schaduw ligt. Elk huis heeft een betonnen trappetje afgezet met een roestige balustrade. Zo kunnen de bewoners bij hun voordeur komen. De begane grond is een aaneenschakeling van garagedeuren. Niet zo vreemd, als je bedenkt dat er in de straat nauwelijks parkeermogelijkheid is. Er staan alleen wat compacte wagentjes, bumper aan bumper tegen de muur gedrukt.

Voor ze rechts afslaat kijkt ze nog even om en neemt de omgeving goed in zich op. Haar huis, of eigenlijk haar appartement, moet ze straks wel weten terug te vinden. Dat wordt nog een uitdaging, alles lijkt hier op elkaar: beton, trapjes en garagedeuren. Dan ontdekt ze een bordje 'Vende' aan de zijkant van haar trap. Haar huis staat dus te koop.

Boven haar raakt de zon de eerste balkonnetjes al aan. Ze staan vol met grote bloempotten waarin groene ranken naar boven reiken en kleurige bloemen enige fleur aan de straat geven.

Het liedje zit opnieuw in haar hoofd. Het feit dat ze ontsnapt is aan Benny geeft haar een boost. Vanaf nu zal ze niemand toestaan om dit gevoel van haar af te pakken. Vanaf vandaag neemt ze de touwtjes zelf in handen.

Een stukje verderop staat een enorme dadelpalm waaromheen een terrasje is gebouwd. Het maakt dat de vrolijkheid zich nog steviger in haar lijf nestelt. Ze heeft de neiging om keihard te zingen, maar houdt het voorlopig op het neuriën van de paar tonen van het liedje. Wat is het al heerlijk warm zo vroeg in de ochtend. Het leven in Modica zal vast comfortabel zijn. Zomer in april, ze kan eraan wennen.

Uiteindelijk komt ze uit op een brede straat waar nog veel meer palmen de sfeer bepalen. Op de hoek staat een man met zijn rug tegen de muur geleund. Hij lijkt verdiept in zijn mobiele telefoon. Aan de overkant kijkt een andere man in haar richting. Zodra hij haar blik ontmoet steekt hij een sigaret op en loopt dan een stukje verder, vanwaar hij haar opnieuw opneemt. De muziek in haar hoofd stopt abrupt.

Blijf onder de radar, is de belangrijkste opdracht die ze zichzelf voor vandaag heeft gegeven. Maar ze zal toch op de een of andere manier aan informatie moeten zien te komen. Het adres. Waar moet ze heen? Ze pakt het briefje erbij en prevelt de straatnaam voor zich uit.

Ineens heeft ze het heet. Ze wil een papieren zakdoekje pakken, maar realiseert zich dan pas dat ze niets heeft. Haar hoedje is ze vergeten mee te nemen. In haar tas zit niet meer dan een paspoort en een zonnebril, dat is alles. Net als ze de bril wil pakken dringt het tot haar door dat geen enkele bewoner hier een zonnebril draagt. Te vroeg in het jaar. Of gewoon nooit?

'Oké, en nu?' fluistert ze tegen zichzelf.

Ze scant opnieuw de mensen in de straat. De man staat nu een stukje verderop te roken, terwijl hij af en toe in haar richting kijkt. De ander loert continu op zijn telefoon. Er kruipt een kriebelig lachje omhoog. Stom gedoe. Door die felrode haren is ze een opvallende verschijning, zeker met een legging die de eerste de beste Anita uit de tokkiewijk nog opzij zou leggen.

Waarom wordt ze in de gaten gehouden?

Ze ademt diep uit, strijkt haar kapsel glad en steekt dan de straat over. De man volgt haar met zijn ogen. Kijk dan, wil ze hem toeroepen, ik doe precies wat me opgedragen is!

Op dat moment spot ze een vrouw met een plastic tasje met boodschappen. Die gaat ze het vragen. Nu. Zo moet het, Anne, geeft ze zichzelf een compliment. Sofia, verbetert ze zichzelf meteen. In haar hoofd repeteert ze de woorden die ze nodig heeft. Alweer is ze blij met haar redelijke kennis van de Italiaanse taal.

Als ze de vrouw aanspreekt, blijft die direct staan, alsof ze dankbaar is voor de onderbreking van haar bezigheden. In rap tempo krijgt ze antwoord. Sofia herhaalt de woorden in haar hoofd. Oké, tien uur min een kwartier. Langzaam laat ze de lucht uit haar longen ontsnappen. Ze is op tijd! Dan laat ze het adres op het papiertje zien dat Maria haar heeft gegeven. Er volgt een lawine aan woorden die over elkaar heen rollen en haar volkomen verbijsterd achterlaten. Pas na drie keer opnieuw vragen, wijzen en vooral veel glimlachen, weet ze waar ze heen moet.

Ze bedankt de vrouw vriendelijk en begint in de aangewezen

richting te lopen. Aan de andere kant van de weg stopt de man zijn telefoon weg en begint ook te lopen.

Waarom? Willen ze weten of ze in de buurt blijft? Dat moet het zijn. Dat ze daar niet eerder aan heeft gedacht. De ontvoeringszaak is uitgezet. Benny leeft nog. En dus kan er losgeld geïnd worden. Toch die dubbeldeal. Umberto heeft nu al een veel groter bedrag opgestreken, maar hij kan zonder enige moeite opnieuw geld ontvangen. Misschien zelfs wel meer. Als je vrijheid met geld kunt kopen, dan...

Benny, shit!

Stel dat Benny méér geld biedt... Is ze dan overgeleverd aan de hoogste bieder?

Ze rilt. Die nieuwe identiteit lijkt ineens zo lek als het dak van haar appartement. In plaats van een nieuw leven en een vrij bestaan, heeft ze zichzelf in een onmogelijke positie gemanoeuvreerd. Aan de ene kant zit Benny, die met zijn gewelddadige acties haar leven tot een hel maakte. Ze werd steeds afhankelijker van hem, tot ze ontdekte dat ze zijn contacten ook voor zichzelf kon gebruiken. Maar nu zit aan de andere kant Umberto. Is hij zo'n gast die mensen met een knip van zijn vingers kan laten verdwijnen? Zwijgen en gehoorzamen, daar draait het allemaal om. Dus dat gaat ze doen.

Ze schudt haar hoofd. Hoe naïef is ze bezig geweest! De vragen die ze gesteld heeft. Namen die ze hoorde en direct gebruikte, omdat ze dacht dat dit in haar voordeel zou kunnen werken. Hoe dom kun je zijn!

Het droge geluid dat Umberto met zijn tong maakte terwijl hij zijn hand snel langs zijn hals liet gaan, weerklinkt in haar oor. Dát zal hij met haar doen. Als ze vragen stelt. Als ze niet zwijgt. Als ze niet gehoorzaamt.

Het duizelt haar en ze leunt even tegen de muur. Zweet loopt over haar rug. Umberto is nog erger dan Benny.

20

'Dan zie ik je maandag.' Arturo heeft haar na hun gesprek teruggebracht naar de hoofdstraat. Ze staan in de schaduw van de hoge huizen. De temperatuur is in de korte tijd dat ze bij hem binnen was zeker tien graden gestegen. Het blijft verbazingwekkend hoe de Italianen de warmte doorstaan zonder te zweten.

Arturo is klein van stuk, wat hij compenseert met de juiste proporties aan spieren. Een prachtexemplaar, gepassioneerd zoals alleen Italianen kunnen zijn, zoals hij met brede gebaren en glanzende ogen over zijn business heeft verteld.

'Ik heb nog een vraag,' begint Sofia aarzelend.

Het was een kort gesprek waarin de man continu aan het woord was. Dankbaar zijn, gehoorzamen en luisteren, hield ze zich continu voor. Arturo had haar uitgelegd wat voor medewerker hij zocht voor zijn makelaarskantoor. Iemand die de bezichtigingen kan doen met buitenlanders die op zoek zijn naar een woning. Ze had slechts geknikt en met grote ogen naar zijn aantrekkelijke verschijning gekeken.

Voor hem wil ze wel werken. Ze zendt een kort bedankje in de richting van degene die dit voor haar geregeld heeft. Nu hij in zijn prachtige hoedanigheid naast haar staat, voelt ze nog sterker hoe belangrijk het is om haar eigen uiterlijk wat op te krikken. Ze zal toch wel representatief moeten zijn, en daarvoor heeft ze geld nodig.

Ze bloost als ze doorheeft dat hij haar al een tijdje aankijkt.

'En die vraag is?' Arturo kijkt om zich heen. Een vreemde gewoonte die haar al eerder was opgevallen. Maar als hij zijn witte tanden ontbloot in een brede glimlach, doet ze spontaan mee.

'Ik...' Iets verderop lokt de schaduw van een terrasje. Hoe heerlijk zou het zijn om zichzelf daar gewoon te kunnen trakteren op een onvervalste espresso.

'Als je liever ander werk wil zoeken...'

'O nee, zo bedoel ik het niet. Het is alleen...' Ze duwt haar simpele haarlint iets verder in haar haren. 'Zou ik misschien een voorschot kunnen krijgen? Het zit zo dat ik...' Haar stem stokt en ze laat haar handen hulpeloos zakken. 'Nou ja, ik ben hier net. En ik heb geld nodig.'

Hij opent zijn mond alsof hij haar uitgebreid wil uitleggen hoe het zit met het geld, maar zegt dan slechts: 'Natuurlijk, dat begrijp ik.'

'Ik zal er hard voor werken,' voegt ze er nog aan toe. Ze wil er nog een paar keer 'alsjeblieft' achteraan zeggen, maar ze voelt zich te goed om te smeken. Ze kan zich nog maar net inhouden om de naam Umberto achteloos te laten vallen. Ze slikt.

Gedurende enkele ogenblikken houdt Sofia haar adem in. Weer die zwervende blik, terwijl hij een hand in zijn broekzak steekt en er een pak bankbiljetten uithaalt.

'Is dit voorlopig genoeg?'

Nog voor ze gekeken heeft, schiet haar antwoord al naar buiten: 'Natuurlijk. Fijn, dank je wel. *Grazie*!'

De vier biljetten worden in haar hand geduwd, waarna hij opnieuw rondkijkt. Bijna automatisch volgt ze zijn blik waarbij nu pas de vele politiemannen op straat opvallen. Je zou er paranoia van worden. Het idee dat iedereen elkaar hier in de gaten houdt, valt echter in het niet bij de triomf dat ze geld heeft.

Hij knikt haar nog even vriendelijk toe en draait zich dan van haar af. Met zijn hand diep in zijn zak, alsof hij de rest van zijn kapitaal wil bewaken, loopt hij weg. Als een tiener blijft ze hem nastaren, tot ze in de gaten krijgt dat die brede grijns op haar gezicht weleens heel verkeerd uitgelegd kan worden.

Ze loopt direct door naar het terrasje dat ze al had gespot. Een klein stukje verder zijn rood-witte linten gespannen. Nog meer politie. Veel zelfs. De explosie van die nacht! Was het zo dichtbij? Ze onderdrukt de neiging om de plek te gaan bekijken. Onder de radar!

De plek die ze op het terrasje heeft uitgekozen, ligt lekker in de schaduw. Zodra ze zit merkt ze hoe goed het voelt dat ze zichzelf op een kop koffie gaat trakteren.

'*Prego*?' Een serveerster staat direct naast haar.

Terwijl ze haar bestelling plaatst valt haar op dat het café meer biedt dan alleen wat te drinken. Ze zit gewoon bij een *cioccolateria*! Wat geweldig. Ze gaat iets verzitten, zodat ze de toonbank goed kan zien. Maar terwijl haar gedachten teruggaan naar de rijk gesorteerde uitstalling aan bonbons, taarten en kleurrijk snoepgoed van Daan, ziet ze hier enkel kartonnen verpakkingen van chocoladerepen.

Al snel komt de serveerster haar bestelling brengen. Bij het zien van het kleine porseleinen kopje met de inktzwarte espresso waarop een klein schuimlaagje ligt, voelt ze haar smaakpapillen al reageren. Het plastic bekertje water erbij is zeer welkom.

Eindelijk kan ze alles loslaten en genieten van de magische omgeving. De bijgeleverde rappe Italiaanse tongen van de andere gasten zetten haar geleidelijk in de vakantiemodus. Een diepe zucht zakt moeiteloos naar buiten als ze genietend haar oppepper wegnipt. Plannen beginnen te landen. Ze maakt in gedachten een lijstje met dingen die ze vandaag gaat doen. Ze heeft nu geld, én nog een paar dagen vrij. Wat een geweldige opbrengst voor deze eerste dag. Maar ze wil meer. Een nieuwe garderobe bijvoorbeeld, sfeer in haar woning en wat make-up.

Ze wenkt de serveerster. 'Mag ik iets vragen?'

De jonge vrouw steunt op de leuning van een van de stoelen en knikt vriendelijk. Ze is hoogzwanger, valt Sofia nu pas op.

'Ik ben Sofia en ben pas net in Modica komen wonen.'

'Isabella,' stelt de serveerster zich voor. Ze schuift een stoel naar achteren en gaat omzichtig zitten. 'Dit is de *cioccolateria* van mijn vader. Welkom in ons sfeervolle dorp.'

'Dank je wel.' Sofia wordt positief verrast door haar vriendelijke reactie. 'Hoelang nog?' vraagt ze nieuwsgierig, met een blik op haar opbollende buik.

'Nog twee weken.'

'Je eerste?'

Ze knikt en toont een glimlach die alleen aanstaande moeders laten zien.

'Spannend?'

Isabella zucht een lachje naar buiten. 'Op dit moment is het vooral zwaar.' Ze strijkt met haar hand over haar buik, alsof ze haar baby wil geruststellen dat ze het niet vervelend bedoelt. 'Nu snap ik dat je met Arturo stond te praten. Hij heeft je zeker aan woonruimte geholpen.'

Sofia schiet in de lach. 'Nee hoor, dat had...' Ze slikt net op tijd de rest in. Geen namen! 'Dat heb ik al eerder kunnen regelen,' zegt ze snel. 'Ik was op zoek naar werk en ik kan komende maandag bij hem beginnen.'

De vrouw trekt kort haar ene wenkbrauw op; een onbewuste reactie. Sofia's ontspanning is in één klap verdwenen. 'Leuk dat je hier bent neergestreken. Heb je onze chocola al geproefd?'

'Nee, nog niet. Is chocola een specialiteit van je vader?'

'Ons hele dorp draait om chocola.'

Sofia voelt een blos omhoogtrekken. 'Dan moet ik dat maar direct eens proberen. Wat raad je me aan?'

'We hebben wel vijftig verschillende smaken. De meeste toeristen houden van de Modica-chocola met karamel-zeezout of die met rode wijn.' Met de glimlach die ze erbij vertoont kan Isabella elke smaak verkopen.

'Dan neem ik die laatste.' Sofia merkt dat alleen al de gedachte aan chocola haar ontspant. 'Ik ben gek op chocola. Mijn vriend...' Haar stem stokt. Ze slaat een hand voor haar mond, maar het is al te laat.

'Je hebt een vriend?' vraagt Isabella net zo vriendelijk als daarvoor.

‘Ja, hij maakt bonbons en de meest lekkere taarten.’ Bij elk woord dat ze uitspreekt, denkt ze nu na. Wat kan ze wel en wat niet zeggen. ‘Gewoon een vriend, hè. Geen partner of zo,’ voegt ze er snel aan toe. ‘Ik hielp hem vaak in zijn banketbakkerij.’ Ze likt over haar droge lippen en vervolgt dan snel: ‘Maar chocola met rode wijn heb ik nog nooit geproefd.’

‘Dat is dan de hoogste tijd.’ Isabella staat op, groet een ouder stel dat aan het tafeltje naast Sofia is gaan zitten en loopt naar binnen.

Als ze weer alleen is beseft ze dat ze vergeten is te vragen naar winkeltjes waar je goedkoop goede kleding kan kopen. Gelukkig heeft ze vandaag tijd genoeg.

Sofia laat zich onderuitzakken en denkt aan Daan. Het idee dat ze nooit meer met hem in contact kan komen, is lastig toe te laten. Geen gezellige onderonsjes meer, geen creatieve klussen in de bakkerij, geen enthousiaste reactie als hij haar versieringen zag. Hij stimuleerde haar om vaker te komen, zelfs om bij hem te komen werken. Ze sloeg alles af. De vrijwilligersbaan was het hoogst haalbare. Benny accepteerde geen vaste verplichtingen, geen betaalde baan voor zijn vrouw. Ze moest komen opdraven als hij haar nodig had.

Chocolade met rode wijn. Hoe zou Daan dat gevonden hebben? Hij was altijd bezig met vernieuwingen, met smaken combineren om zo de concurrentie een stapje voor te blijven. Hij zou dit geweldig gevonden hebben.

Op dat moment zet Isabella naast een nieuwe espresso ook een schoteltje neer met een kleurrijk ingepakte reep. ‘*Prego, Sofia.*’

Sofia schrikt op en bedankt dan met een schuldbewust lachje. De verpakking toont een glas wijn met een druiventros op de donkerbruine achtergrond van pure chocola. Als ze de verpakking opent, blijkt het een reep te zijn die in vier grote brokken verdeeld is. De aanblik valt haar behoorlijk tegen. De chocola is ruw afgewerkt, de afgebroken randen lijken wel grof gesteente. Heel anders dan de gladde sierstenen die Daan verkoopt. Terwijl ze een stukje afbijt, beseft ze de echte consequenties van haar gekochte vrijheid.

Daan. Shit…

De man aan het tafeltje naast haar knipt met zijn vingers om de aandacht van Isabella te trekken.

'*Un momento, por favore,*' zegt Isabella afwerend. Ze staat bij een tafeltje, haar handen tegen haar rug gedrukt. De vermoeidheid ligt zo dik op haar gezicht dat Sofia zichzelf maar nauwelijks kan tegenhouden om te helpen. Hoogzwanger en dan de hele dag op een terras bedienen, dat kan toch niet?

Niet mee bemoeien! Ze probeert zich op andere zaken te richten. Het rood-witte lint wappert langs de weg. Iedereen die langsloopt werpt een blik naar binnen. Van vakantieganger naar ramptoerist, beide rollen passen nu niet meer bij haar. Ze woont hier.

Opnieuw neemt ze een hapje van de chocola en knikt blij naar Isabella als die haar met haar oplichtende ogen vraagt of het lekker is. Dan pas proeft ze heel bewust. De bitterheid zit verpakt in een grove structuur met ongesmolten suikerkorrels. Pas als ze uitademt, herkent ze de geur van rode wijn. Ze sluit haar ogen om de bijzondere smaakbeleving nog intenser te ervaren.

De zon komt steeds hoger en de temperatuur stijgt met de minuut. Om haar heen hoort ze de zangerige klanken van de taal die ze al zo lang liefheeft en ze ruikt een palet aan geuren. Ondanks de ogen die hier overal huizen, voelt ze dat ze nu alles mag loslaten. Eindelijk vrij. Haar eerdere angst is ongegrond. Het is compleet onmogelijk dat Benny haar hier ooit zal ontdekken. Hij weet niets van Umberto. Dus haar geheim is veilig. Zelfs als Benny in Nederland uit de school klapt kunnen ze haar niets maken. Niet meer.

21

BENNY

Alle secuur opgevouwen shirtjes van Anne vliegen door de lucht. Als een roze exemplaar op zijn hoofd belandt en de geur hem waanzinnig van verlangen maakt, scheurt hij het kreng kapot.

'Waar is het geld!' Hij schreeuwt zijn frustratie naar buiten.

De laatste lade is aan de beurt. Hij graait tussen de strings waarbij zijn rechterduim eindelijk iets hards raakt. Snel trekt hij het ding omhoog. Licht trillend hangt de felgroene Tarzan voor zijn ogen. Deze keer duwt zijn vondst tranen in zijn ogen.

'Kutzooi!' Hij gooit de dildo met zoveel kracht tegen de muur dat hij een brekend geluid hoort.

Hier is hij al die tijd bang voor geweest, toch heeft het hem nooit tegengehouden zoveel cash geld in huis te bewaren. Normaal was Anne thuis, ondanks haar geringe spierkracht toch een machtige beveiliging. Nu is het weg. Het complete bedrag van tachtigduizend euro. Weg. Verdwenen.

Compleet ontredderd zit hij op de vloer van de slaapkamer. Hij is direct op zoek gegaan nadat zijn contactpersoon hem het berichtje stuurde: ze komen morgen hun deel van het geld innen. Morgen!

Benny loopt naar de woonkamer, raapt hier en daar wat papieren op die hij nog geen kwartier geleden op de grond gesmeten heeft, frommelt ze in elkaar en smijt ze opnieuw van zich af. Alles loopt ineens anders dan normaal.

Benny legt de stapel post opzij, zakt onderuit en plant zijn voeten dan op de salontafel. Hij moet zijn kop erbij houden. Zijn geld lijkt weg, en dus heeft hij een probleem. Nee, twee problemen!

Geld weg, Anne weg. Staan deze twee zaken wel los van elkaar?

Geld weg.

Anne weg?

Die gasten komen morgen hun geld halen. Fuck!

Anne en zijn geld allebei weg?

22

Nog rozig van de warmte loopt ze terug naar haar appartementje. Ze is zo in gedachten dat ze bijna tegen een vrouw opbotst. Maria!

'Ben je naar mij op zoek?'

'Ah, Sofia.' Een glimlach breekt haar gezicht open. 'Je was nog niet thuis.'

Het woord geeft haar een warm gevoel. 'Ik ben bij…' Verschrikt sluit ze haar mond, herstelt zich en begint opnieuw. 'Het sollicitatiegesprek ging goed. Ik kan maandag al beginnen.'

Maria zet een paar stappen naar een hekwerk, ze grijpt het vast. Er parelen zweetdruppeltjes op haar voorhoofd.

'Is alles in orde?'

De donkere ogen priemen tussen de hangende oogleden door. 'Je moet nieuwe kleding hebben,' zegt de vrouw dan resoluut.

Hoewel ze zelf de eerste is om dat te bevestigen, raakt die kritische opmerking haar.

'Daar heb ik geld voor nodig.' Nog voor Maria iets kan zeggen ratelt Sofia verder. Trots nu. 'Dát heb ik vanmorgen ook al geregeld. Ik heb een voorschot gevraagd en gekregen.'

In Maria's ogen ziet ze trots, maar ook wantrouwen. 'Een voorschot?'

'Natuurlijk, ik moet toch een beetje goed voor de dag komen.' Ze zoekt even naar het juiste Italiaanse woord, maar zegt dan gewoon in het Nederlands: 'Representatief.'

Maria knikt. 'Er is vandaag markt.' Ze begint te lopen. Zonder om te kijken schrijdt ze op een weloverwogen manier over het oneffen asfalt. Een vrouw van nauwelijks één meter vijftig, met een uitstraling die respect afdwingt.

Oké, ik volg je. Inwendig moet Sofia lachen. Maria is kennelijk gewend de leiding te nemen. Pas als ze weer naast haar loopt, bedenkt ze hoe tegenstrijdig dat is met een echtgenoot als Umberto.

Als ze bij Maria's auto aankomen, gaat Maria zonder overleg op de plek van de bijrijder zitten. Sofia schuift achter het stuur en draait de auto op aanwijzing van Maria door de smalle straten. Modica is veel groter dan ze dacht. Ze verbaast zich elke keer weer als ze in een volgende buurt komen. Vlak bij een grote ronde koepel, die eerder op een gevangenis lijkt dan op het plaatselijk zwembad, zoals erop aangegeven is, is het enorm druk. Veel geparkeerde auto's waar lange rijen mensen met plastic tassen vol groenten en fruit langslopen. Maria zwaait naar bijna iedereen, niet uitgelaten blij, maar gelaten. Alsof ze liever niet herkend wordt.

Zonder een woord te zeggen lopen ze even later in de richting van de vele kraampjes. Als vanzelf biedt Maria haar een arm, die ze zonder woorden accepteert. De zachte maar toch overduidelijke druk op haar arm doet Sofia denken aan de keer dat ze samen met haar moeder op een overvolle markt liep.

Ze hadden net een ijsje gegeten bij hun favoriete ijssalon Cicuto, toen ze bij de markt aankwamen. Een woensdagochtend in maart, een van de eerste warme dagen van het jaar, en dus was het drukker dan normaal. Alsof iedereen uit zijn winterverblijf kwam en de zon opzocht.

Het bevreemdde Anne dat haar moeder inhaakte, normaal liepen ze nooit zo close door de stad. Sinds Christiaan verongelukt was, was haar moeder veranderd. Ze lachte niet meer. Haar ogen waren dof en uitgeblust. Slechts heel af en toe keerden de sprankelende glimmertjes terug, maar die momenten waren kort. Anne vond het een uitdaging om deze momenten op te roepen en vooral langer te laten duren.

'Wat heb je nodig, mam?'

Een snuivend lachje. Natuurlijk moest haar moeder nu direct denken aan haar zoon. Maar Anne liet zich niet van de wijs brengen en zette opnieuw in op positiviteit.

'Zullen we wat voorjaarsbloemen kopen?'

Een blik opzij. 'Ja, prima.' Alsof ze alleen maar had gezegd dat ze even naar het toilet ging.

'Van welke kleur houd je?'

'Geel,' zei haar moeder prompt. 'Zonnig geel.'

De ochtend verstreek, ze kochten vrolijke narcissen, een geel kussentje verdween in een tasje maar zelfs de favoriete kaas van haar moeder bracht geen lachje op haar gezicht. Anne stopte bij de trap van het stadhuis.

'Wat is er, mam?'

'Niets.'

Anne zocht naar een boodschap in haar moeders ogen, naar iets anders dan de normale grauwe sluier, naar die korte oplevingen die er zelfs vanmorgen niet meer bij waren. Ze bleef net zo lang kijken, tot haar moeder haar ogen neersloeg.

Pas toen ze zag dat haar moeders ogen vochtig werden, sloeg ze haar armen om de breekbare schouders. 'Och, mam. Ik...' Haar stem brak.

In de geborgenheid van haar omhelzing, snifte haar moeder zachtjes. Pas toen ze elkaar weer loslieten, zei haar moeder: 'De artsen zeggen dat ik ziek ben.'

De woorden drongen maar langzaam tot haar door. Het ging niet om Christiaan. 'Artsen? Wanneer...?'

Aarzelend begon haar moeder te vertellen over het bezoek aan de longarts. Over de onderzoeken. De uitslagen die ze allemaal in haar eentje had aangehoord. Alle uitzaaiingen.

Het vrolijke geroezemoes van de markt verdween in een mist van ongeloof. Haar moeder, de sterke vrouw die zich altijd staande had gehouden naast haar echtgenoot, zelfs in de vele momenten dat ze qua kracht het onderspit dolf, maar mentaal rechtovereind bleef, was nu getroffen door zoiets oneerlijks als een ziekte?

Anne zocht nu steun bij haar moeder, bij de ruwe stenen van de trap die in de richting van een onbewolkte hemel wees en ze voelde tranen over haar wangen glijden. Stil en zacht. Zoals alleen intens verdriet een uitweg kan vinden. Onafwendbaar viel het over haar heen. Zwaar en overrompelend.

'Het komt goed, mam.'

Ze zag aan haar moeder dat die wist dat het anders was.

'Je hebt nu alleen blauwe kleding. Heb je nog een andere favoriete kleur?'

Het duurt even voor Sofia de zwarte sluier van zich afgeschud heeft. 'Zonnig geel,' zegt ze dan.

Weer die peilende blik in haar richting.

'Oké, dat kan wel bij jouw rode haar,' besluit Maria.

O ja, rood haar. Bij haar lichtblonde haar was geel nooit een optie geweest, zeker niet met haar bleke huid.

Wat een vreemde gewaarwording om haar leven opnieuw te mogen leven. Met een andere vrouw als moederfiguur naast haar. Op een of andere manier is er een band latent aanwezig.

'Maria, ben jij nooit bang?'

'Voor wie?' is het prompte antwoord.

Deze insteek bevreemdt Sofia, omdat ze zelf de vraag 'waarvoor?' zou hebben gesteld.

'Is Umberto goed voor je?'

De blik van Maria schiet omhoog.

'Je echtgenoot, bedoel ik.' Er dondert een reeks scheldwoorden door haar hoofd.

'Natuurlijk. In Italië zijn de mannen altijd goed voor hun vrouw.' Maria zwijgt even en voegt er dan aan toe: 'En andersom ook.' Er glijdt een lachje over haar lippen.

'Dus hij zorgt ook goed voor jou?'

'Je vraagt te veel.' Ze draait zich om naar een kraam en houdt een vrolijk jurkje omhoog. Dan bevriest de glimlach op haar gezicht.

Met opengesperde ogen en een kreun die verdwijnt in de gesprekken om hen heen, zakt Maria langzaam in elkaar.

23

Sofia drukt haar neus bijna tegen de vergeelde foto van de duomo die in een scheefgezakt lijstje aan de muur hangt. De enige onderbreking op de muur. De vele treden lijken naar de hemel te leiden. De ingang is versierd met krullen en andere tierlantijnen die uit het kalksteen zijn uitgehakt.

Met moeite rukt ze zich los en kijkt haar appartement rond. Ze heeft geprobeerd de sfeerloze leegte op te vrolijken door haar nieuwe kleding overal op te hangen. Voor nauwelijks vier tientjes heeft ze toch mooi een kleine garderobe bij elkaar gesprokkeld. Ze had nog veel meer willen kopen. Kleine snuisterijen om haar kamer op te vrolijken of een kleurige doek voor aan de muur. Maar net toen ze een mooie uitstalling van een kraam zag, was Maria flauwgevallen.

Sofia loopt naar het raam. Het uitzicht bekoort haar vandaag minder dan eerder. De zon doet vreselijk haar best, maar de eenzaamheid en het gevoel dat ze nergens bij hoort, drukken ineens haar stemming.

Met een grauw gezicht had Maria steeds herhaald dat het niets was. Dat ze in orde was. Ze had alle hulp afgeweerd. Alle toegeschoten marktbezoekers gerustgesteld. Er was niets aan de hand, het was de warmte.

Wat een onzin! Maar niemand durfde Maria tegen te spreken. Sofia had haar ondersteund gedurende de korte wandeling naar de auto en haar thuisgebracht.

Elke keer als ze terugdenkt aan Umberto die het huis uit kwam en zijn vrouw zag, grijpt de angst haar bij de keel. Die ogen. Die vurige blik. De verwijten die erin verborgen lagen. In plaats van haar te bedanken voor haar zorg, wilde hij haar te lijf gaan. Het was aan Maria te danken dat hij zich inhield. De opbollende spieren op zijn kaken lieten zien hoe moeilijk dat hem viel. Daarna gooide hij de deur voor haar neus dicht.

'Creep,' mompelt Sofia. Ineens voelt ze de pijn in haar handen. Ze knijpt veel te hard in de vensterbank. Ze buigt en strekt haar vingers een aantal keren tot de kramp wegzakt. Zou Maria wel veilig zijn? Had ze moeten blijven om ervoor te zorgen dat de vrouw haar rust zou krijgen?

Ze grijpt onwillekeurig naar het medaillon. In gedachten praat ze op die manier regelmatig even met haar moeder. Of met haar broer Christiaan. Als haar moeder nog geleefd had, zou ze nooit zijn weggegaan uit Nederland. Dan had ze zich geschikt in de situatie. De dood heeft haar moeder de vrijheid gegeven waar ze zo naar verlangd heeft. Ze is het aan haar moeder verplicht om te vechten voor een mooier bestaan.

Met die gedachte stevig in haar hoofd, stapt ze de deur uit. Haar hoofd is ineens lichter dan de afgelopen twee dagen. Eindelijk lucht en ruimte. Buiten ligt een onbekende wereld die ze moet gaan ontdekken, ook als die vijandig aandoet.

Op het trapje van het buurhuis zit de buurjongen. Hij is verdiept in zijn telefoon, maar als hij haar ziet, verschijnt er een brede glimlach op zijn gezicht.

'Ha, daar ben je weer,' zegt ze in haar beste Italiaans tegen de knul. 'Ik ben Sofia, je nieuwe buurvrouw.'

'Giorgio.' Hij doet geen poging om zijn hand uit te steken. 'Iedereen noemt me Gigi.'

'En je woont hier, Gigi?' Sofia wijst naar het pand naast het hare. Ze ziet nu pas dat het er behoorlijk vervallen uitziet. Een balkon waar de vele scheuren in de vloer aangeven dat daar nog geen bloempot op zou moeten staan. Als ze de ramen bekijkt op dezelfde hoogte als haar eigen appartement ziet ze dat gordijnslierten door een raam zonder glas naar buiten hangen.

De jongen plukt wat onkruid uit de scheuren van de betonnen trap en grinnikt. 'Ik zit hier.'

Ze bekijkt de jongen die met een olijke blik terugkijkt. Geen informatie delen, zo werkt dat hier.

'En waar komt u vandaan?'

De onschuldige vraag van Gigi verrast haar daarom. 'Van boven,' zegt ze snel. Een korte blik van verstandhouding. Van begrip.

Sofia was van plan om naar het terrasje van Isabella te gaan, maar gaat in plaats daarvan naast Gigi zitten.

'Mooi ding,' zegt ze met een knikje op de telefoon in zijn handen.

'Gevonden.'

'Dat noem ik geluk hebben.'

'Ja, ik ook.'

'Ik ben de mijne verloren.'

Hij kijkt haar even aan. 'Wilt u de mijne gebruiken?' Gigi laat zijn duim over het scherm gaan om het te activeren.

Sofia aarzelt. Ze zou er heel wat voor over hebben om één blik op Facebook te werpen, om te zien of iemand haar mist, of ze haar verdwijning als vrijwillig of als ontvoering zien, maar hoe ze dat kan doen zonder haar identiteit te verraden is haar een raadsel.

'Mag ik even iets opzoeken?'

Als Gigi haar zijn telefoon overhandigt, voelt Sofia het als een verbondje. Ik zeg niets over jouw gevonden telefoon, jij zegt niets over mijn zoektermen. Twee verloren zielen die alleen maar iets te winnen hebben.

Haar gedachten gaan razendsnel. Welke zoektermen geven zo min mogelijk prijs? Wat wil ze weten? Ze wil weten wat er in Wageningen bekend is over haar verdwijning, over Benny, en of er misschien een onderzoek loopt. Maar de naam van hun stad intoetsen wil ze niet.

Hoog en Laag. Dat is het! De naam van het plaatselijke sufferdje zal niet direct leiden tot een gevaar voor haar identiteit.

Ze scrolt door het nieuws. Zes vrouwen opgepakt bij hennepknipperij. Protest tegen campusroute door bewoners Noordwest. Natuurlijk iets over de voetbalclub Vitesse. Ze wil het al bijna opgeven als ze ineens het berichtje ziet: Geen nieuws over verdwenen Anne van Maanen. Zonder na te denken klikt ze het bericht aan en laat haar ogen over de regels schieten. In een noodvaart slaat ze de informatie op: Benny is uit het ziekenhuis, geen enkel aanknopingspunt over de verdwenen Anne en de conclusie: voorlopig gaat de politie ervan uit dat het om een echtelijke ruzie gaat.

'Goed nieuws?' hoort Sofia naast zich.

Dan pas beseft ze dat ze met een grote glimlach om haar mond heeft zitten lezen. 'Ja, goed nieuws,' antwoordt ze en ze klikt de pagina weg en geeft de mobiel terug. 'Dat had ik even nodig,' vervolgt ze in het Nederlands.

'Atte noodieggg?'

Sofia schiet in de lach. 'Ja, zoiets.'

'Welke taal is dat? Engels?'

Ze bijt op haar lip. 'Italiano is nog moeilijk voor me.'

'Ik kan het je leren?'

De ontwapenende eerlijkheid van haar buurjongen doet al haar wantrouwen smelten. 'Wil je dat?'

'Ja, natuurlijk. En ik kan je rondleiden door de stad?' Zijn blik schiet naar beneden. Zijn vingers spelen rusteloos met zijn mobiel.

'Kan ik dan iets terugdoen? Je ergens mee helpen?'

Die blije blik is een moord waard. Die sprankelende ogen vol hoop brengen haar hart in trilling. Wat heeft deze knul allemaal meegemaakt dat hij hier op dit stoepje leeft, met een gestolen mobieltje?

'Ik zou wel Engels willen leren. Dan kan ik werk vinden.'

Werk vinden. Hij kan niet ouder zijn dan twaalf. Dertien hooguit. 'Dan doen we dat toch? Het eerste woord is "*barterdeal*".'

'Barterdeal?'

'Ja, dat is als we iets voor elkaar doen zonder er geld voor te vragen.'

'*Baratto*,' zegt Gigi prompt.

Ze schieten tegelijk in de lach. 'Zie je hoe makkelijk het is?'

Als ze elkaar de hand geven, proberen ze zo serieus mogelijk te kijken. Wat natuurlijk mislukt.

Het voelt goed. Een eerste vriend in haar nieuwe leven. Eentje waarmee ze, naast de deal om elkaar de taal te leren, stilzwijgend een veel belangrijker afspraak heeft gemaakt: buren zullen elkaar nooit verraden. Terwijl Sofia naar beneden loopt en zich nog één keer omdraait om naar Gigi te zwaaien, hoopt ze dat ze die taal goed verstaan heeft.

24

'Mag ik twee koppen koffie, alsjeblieft Sofia?' Het hoofd van Arturo steekt om de hoek van zijn kantoor waar net een jong echtpaar naar binnen is gegaan.

Het is een gezellige drukte in het makelaarskantoor waar ze deze week begonnen is. Er komen veel verschillende klusjes langs. Lekker afwisselend. Ze vindt het zelfs een van de leukste klusjes om hun gasten van een overheerlijk kopje espresso te voorzien, waarbij ze steevast wat chocola presenteert. Ze heeft hiervoor bij Isabella een aantal verschillende smaken gekocht die ze thuis met een warmgemaakt mes in mooie vormen heeft gesneden. Die persoonlijke touch bevalt Arturo, want sindsdien vraagt hij altijd aan haar om de koffie binnen te brengen.

Sofia knipoogt even naar Dante, haar collega, die aangegeven heeft allang blij te zijn dat hij niet meer steeds zijn werk hoeft te onderbreken.

'Jullie ook?'

Dante knikt. Lorenzo reageert niet.

Ze moet haar vraag nog een keer herhalen voordat Lorenzo opkijkt, haar een brede glimlach schenkt en dan zo fel knikt dat zijn bril een stuk naar beneden zakt.

Terwijl ze in het kleine keukentje bezig is met het espressoapparaat dat ze inmiddels op haar duimpje kent, schudt ze langzaam haar hoofd. Die Lorenzo heeft ze in het begin compleet verkeerd ingeschat. Hij leek traag, slungelig en niet al te slim, maar ze is erachter gekomen dat hij vooral een onhandige zenuwpees is. Best vreemd voor een accountant die ze altijd in het hokje efficiënt en saai heeft geplaatst.

Dante heeft haar snel ingewijd in de gebruiksaanwijzing van al haar collega's, waarbij hij over Arturo alleen maar zei 'gewoon gehoorzamen en verder zwijgen, dan is hij zo mak als een lammetje.' Het heeft een paar dagen geduurd voor ze er toevallig achter kwam dat Lorenzo en Isabella een stel waren. Modica is een kleine en hechte gemeenschap.

Na een zachte klop op de deur loopt ze met uitgestreken gezicht het kantoor binnen.

'Vierenhalve ton is een goede prijs voor dit huis. Het is een van de mooiste panden van Modica. De belangrijkste voorzieningen zitten dichtbij en u kunt van een uitzicht genieten dat nooit zal vervelen.'

De man en vrouw kijken elkaar blij aan en houden een dialoog die niet uitgesproken hoeft te worden.

Sofia zet de koffie neer en plaatst het schoteltje met mooi gevormde chocola erbij. Net voordat ze de deur weer achter zich dicht wil trekken, hoort ze de man vragen: 'Het bedrag is eigenlijk hoger dan we wilden. Zit uw courtage er dan bij in?' De bevestiging komt zo snel dat Sofia op dat moment weet dat de deal gesloten gaat worden.

Als ze weer achter haar computer zit, zoekt ze het huis alvast op in hun bestanden. Ze zwijmelt even bij de aanblik. Ooit kan ze ook zo'n huis kopen. Of zou ze zelf ook net iets hoger gaan dan ze zich kan veroorloven om zo'n droomplek te bemachtigen? Het is zo menselijk om groter, hoger en meer te willen dan je eigenlijk kunt betalen.

Ze denkt aan haar huidige appartement. Nee, ze weet zeker dat elk huis beter is dan waar ze nu zit. Misschien kan Arturo haar goedkoop aan iets beters helpen.

Bijna heeft ze alle informatie in het koopcontract ingevuld, als ze voelt dat er iemand naast haar bureau staat. Ze kijkt op.

'Wat ben jij aan het doen?' vraagt Arturo scherp.

'Ik dacht...' Haar blik schiet naar Dante die zo diep over zijn werk gebogen zit dat ze geen oogcontact kan maken. Heeft ze iets verkeerds gedaan?

'Is de deal helemaal rond?' Haar stem schiet de hoogte in.

Hij knikt langzaam, terwijl zijn donkere ogen haar vastgrijpen.

Langzaam smelt ze in een staat die ze al jaren niet meer gevoeld heeft. 'Het leek me goed om vast het koopcontract op te maken, zodat alles snel afgerond is.' Gelukkig, haar stem klinkt weer zelfverzekerd. Ze wil indruk maken op deze man, zodat ze er zeker van kan zijn dat ze haar werk kan behouden. Dat ze zelfs meer kan dan de ondergeschikte klusjes die ze nu doet. Zelfs meer wordt dan werkneemster?

Haar wangen branden.

'Maar dat hoef jij helemaal niet te doen. Lorenzo is de man die alle financiële zaken behartigt.' Hij klinkt ineens heel vriendelijk. Hij pakt de papieren van haar aan en legt ze met een achteloos gebaar op het bureau van haar collega.

Op dat moment stapt het echtpaar het kantoor binnen. De vrouw ziet er zo gelukkig uit dat Sofia direct een dikke glimlach op haar gezicht voelt groeien. Vol blije beloftes neemt Arturo afscheid van hen, waarbij hij nog eens benadrukt dat ze alles gaan regelen om een snelle overdracht te bewerkstelligen.

Sofia beantwoordt de dankbare blik van de vrouw met een knikje. Wat prachtig om hen zo gelukkig te zien met hun aankoop. Wie had ooit kunnen denken dat werken bij een makelaar haar zo veel voldoening zou geven!

In de lunchpauze gaat ze bij Isabella langs. Daar eet ze haar broodje op, met als afsluiting de lekkerste cappuccino die ze ooit heeft geproefd. Het is grappig dat ze al na een week vaste gewoontes heeft ontwikkeld.

Als ze Isabella's bleke gezicht ziet, staat ze op. 'Ga jij maar even zitten.' Heel resoluut schuift ze een stoel voor haar naar achteren, pakt haar lege kopje op en wil weglopen.

'Maar...?' hoort ze Isabella achter zich.

'Wil je iets bestellen?' Ze probeert haar gezicht serieus te houden. 'In jouw positie zou ik je geen chocola met rode wijn aanraden, maar we hebben nog veel andere smaken.'

Het duurt slechts kort voordat Isabella erom kan glimlachen en aangeeft dat ze wel een glaasje water wil.

'*Prego*.' Sofia loopt nu naar binnen waarbij ze meteen ook de lege glazen van een ander tafeltje meeneemt.

'*Ciao* Tony,' begroet ze de oudere man die ze inmiddels heeft leren kennen als een zachtaardige man die vol passie kan vertellen over zijn chocola.

'Sofia!' roept hij blij uit. 'Maar dat hoef jij toch niet te doen? Waar is Isabella?'

Ze aarzelt slechts kort, dan zegt ze: 'Het is beter voor haar dat ze meer rust neemt. Voor haar en de baby.'

Tony kijkt schuldbewust naar beneden.

'Jij wilt toch ook niet dat er iets met de baby gebeurt?'

'Natuurlijk niet, maar...'

'Dan kom ik je toch helpen?'

'Ik...' Weer die wegvluchtende blik. 'Ik kan je niet betalen.'

Sofia schiet in de lach. 'Heb ik daar om gevraagd? Ik help graag, en al helemaal in een cioccolateria. Als ik nou elke lunchpauze help, dan kan Isabella even rusten.'

'Ze moet vanmiddag om drie uur op controle,' mompelt Tony zacht.

'En dan zit je dus zonder hulp.' Terwijl ze in gesprek zijn, loopt Sofia om de balie heen en begint de kopjes en glazen af te wassen. 'Ik zal Arturo vragen of ik mijn werktijden de komende weken wat flexibel mag invullen. Hij is vaak 's avonds nog op kantoor, dus dat zal vast geen probleem zijn.'

'Heb je nog nieuwe chocola nodig voor de makelaardij?'

Sofia moet lachen om de knullige manier om het gesprek een andere wending te geven. Tony is net als zijn dochter: ze vragen geen hulp. Ze willen alles zelf oplossen.

Terwijl ze naar de vitrinekast achter in de zaak loopt en uitgebreid tussen de repen neust welke smaak ze deze keer wil meenemen, komt er een man het café in lopen. Een felrode shawl hangt nonchalant om zijn hals.

'*Buon giorno*, Tony. Het is weer tijd.'

Het blijft stil.

Vanille, kaneel, rozemarijn, leest Sofia op de verpakkingen. Wat een gewaagde combinaties toch! Ze gaat steeds meer begrijpen van de bijzondere traditie van de Modica-chocola. Terwijl de stapel repen in haar hand groeit, voelt ze dat iemand haar van achteren opneemt. Behoedzaam kijkt ze om. De twee mannen staan tegenover elkaar, waarbij de bezoeker heel rustig met zijn nagels op de balie tikt en daarbij in haar richting kijkt. Tony heeft zijn vuisten gebald. Hij schudt verbeten zijn hoofd.

De veranderde sfeer laat de haartjes op haar armen overeind komen. Wat is dit?

Op dat moment komt Isabella naar binnen, loopt om de bar heen en gaat naast haar vader staan. 'Papa, *per favore*.'

Ademloos kijkt Sofia toe. Tony staart nukkig naar de toonbank. Ze wil net naar hen toe lopen als de man zijn hand in zijn broekzak steekt.

'Nee, wacht!' Isabella doet een greep in de kassa en stopt wat geld in een envelop

'Zie je wel,' zegt de man en hij pakt het geld aan. '*Addio*.' Hij tikt tegen de zijkant van zijn hoofd en loopt de winkel uit, de shawl vrolijk wapperend achter hem aan.

Het heeft nauwelijks vijf minuten geduurd. De stilte is om te snijden.

Sofia loopt naar het tweetal toe, legt haar hand op Tony's schouder en voelt hoe hij staat te trillen. 'Wat wilde hij?'

'Niets.' Hij schraapt zijn keel en zegt opnieuw, krachtiger nu: 'Niets belangrijks. Hij kwam gewoon wat ophalen.'

Isabella zegt niets, maar aan haar felle blik te zien is ze helemaal niet blij met haar vader. Dan sluit ze haar ogen, leunt tegen de muur en zucht een trillerige ademstoot naar buiten. ‘Waarom, papa?’

‘Het is beter dat je weer naar je werk gaat, Sofia,’ zegt Tony.

Alle vragen bevriezen in haar keel. Terwijl ze van de een naar de ander kijkt, weet ze dat ze het hierbij moet laten. Ze pakt de chocola, legt het geld op de toonbank en zegt met dichtgeknepen keel: ‘Ik ben vóór drie uur hier.’

25

Het is stil in het kantoor, de anderen zijn allemaal al naar huis, naar hun gezin of partner. Ze moet nog een paar dingen afronden voor ze ook weg kan. Ze denkt terug aan de uitdrukking op het gezicht van Isabella toen die vertelde dat het niet lang meer zou duren voor hun kindje geboren zou worden. Haar uitstraling leek met zacht satijn bekleed.

Arturo had na haar terugkomst op kantoor om haar heen gedraaid. Hij verzon steeds nieuwe taken, die ze met een glimlach accepteerde. Pas toen ze had laten zien dat ze zowel secuur als efficiënt alles afrondde wat hij vroeg, ging hij naar zijn eigen kantoor. Daar zat hij nu nog. Kennelijk was hij tevreden over haar, ook al had hij dat nog geen enkele keer gezegd.

Ze zucht tevreden. Het idee dat ze haar plek heeft gevonden, en binnen zo'n korte tijd zowel op haar werk gewaardeerd wordt, als vrienden heeft gemaakt, doet haar goed. Het is heerlijk om mensen te helpen en hun dankbaarheid te voelen. Dat heeft ze gemist in de jaren dat ze bij Benny was. Die vond alles vanzelfsprekend wat ze voor hem deed, maar stond niet toe dat ze anderen hetzelfde gaf.

De schemering valt in een hoog tempo en als het daglicht compleet verdwenen is, blijft alleen een nachtelijke stilte over waarin haar bureaulamp een cirkel van licht verspreidt. Ze staat op en knipt het grote licht aan, zodat het er iets minder sinister uitziet. Haar ogen dwalen door het ruime en stille kantoor. Op het bureau van Lorenzo ligt een stapel papieren die op de grond dreigt te glijden. Snel schuift ze alles netjes terug op de stapel die ze zachtjes kloppend herschikt.

Het is niet eens de bedoeling, maar het adres trekt haar aandacht. Het koopcontract. Wat zullen die twee blij zijn met hun nieuwe huis. Ze is nieuwsgierig of ze nog lang moeten wachten en pakt het papier op. Snel bladert ze door het contract.

Vreemd. Er staat een veel lager bedrag. Ze scant de pagina's. Weer kijkt ze op de beginpagina waar toch echt het bewuste adres prijkt. Hoe kan dat nou?

Met de papieren in haar hand, valt haar oog op de stapel die nog op het bureau ligt. Bovenaan een document waarop datzelfde adres staat. Haar blik schiet naar de deur van Arturo's kantoor. Dicht. Gelukkig.

Snel pakt ze de papieren en loopt ermee naar het kopieerapparaat. Het gezoem klinkt vreselijk luid. Het zweet breekt haar uit. Als Arturo haar maar niet ontdekt. Terwijl het apparaat pagina's blijft uitspugen, rent ze naar haar eigen bureau en pakt de brieven die ze nog moest kopiëren. Terug. Als hij nu binnenkomt, heeft ze een excuus. Hoe zwak ook.

Haar hart bonkt in haar keel als ze naar de teller staart die tergend langzaam terugtelt. Nog een paar pagina's. Ze staat klaar met de brieven in haar hand, voor het geval haar baas opeens zijn kantoor zou uitkomen.

Kom op! Wat doet dit kreng er lang over.

Eindelijk zakt het gezoem weg en liggen de gekopieerde pagina's in de lade. Ze graait ze er snel uit, en loopt naar haar bureau. Met snelle bewegingen vouwt ze ze op, en stopt ze in haar leren handtas. Ze prijst zich nu gelukkig met de zee aan ruimte in haar tas.

Langzaam ademt ze uit. Haar hart bonkt nog door.

Ze doet alsof ze de brief die voor haar ligt, opnieuw doorleest en activeert haar scherm. Wat bezielt haar om zoiets te doen? Is dat het wantrouwen dat ze heeft ontwikkeld in de nabijheid van Benny? Waarom heeft ze het idee dat ze haar nieuwe collega's moet controleren?

Het wordt tijd dat ze dit gaat loslaten. Benny kan haar niets meer doen. Hij zit in Nederland, en zij is verdwenen. Ze grinnikt zachtjes als ze denkt aan de ontvoering. Natuurlijk verbaasde het haar dat hij haar wilde verdedigen, dat hij voor haar vocht. Was hij zo bang dat ze zou praten? Over wat hij allemaal uitvoerde achter die vriendelijke façade? Was dat de reden? Of…

'Ben je klaar?' De zware stem van Arturo vliegt naar haar toe. Ze schrikt zo dat ze de brief in haar handen in tweeën scheurt.

'Shit…' sist ze zacht.

Midden in de ruimte staat Arturo, handen in de zij, zijn blik scherp als een adelaar. Als hij ziet dat ze van hem schrikt, grinnikt hij voldaan. Een lachje dat haar bevreemdt.

'Kwaad geweten?'

Bloed schiet omhoog langs haar nek naar haar wangen. 'Ik…'

'Hé, rustig maar. Ik heb je laten schrikken, hè?' De groeiende glimlach verzacht zijn gezicht.

'Ja,' zegt ze omdat ze alle andere Italiaanse woorden ineens vergeten is.

Hij pakt een stoel en gaat er achterstevoren op zitten, met zijn brede bovenarmen boven op de rugleuning. Heel even vraagt Sofia zich af of hij zo nog wel met zijn voeten bij de grond kan komen.

Arturo zucht en slaat zijn ogen naar de hemel. 'Dat heb ik nou altijd. Ontmoet ik een mooie vrouw en dan is ze bang voor me.'

Sofia buigt haar hoofd en voelt haar hart langzaam tot rust komen. 'Dat valt wel mee, hoor.'

'Denk je dat ik een harde baas ben?' Ze wil net iets zeggen als hij alweer verdergaat: 'Ik ben de goedheid zelve. Ik heb je toch vanmiddag ook een uur vrij gegeven?'

Ze wil zeggen dat het niet zozeer een vrij uur was. Dat ze dat uur nu allang heeft ingehaald, zelfs met extra overwerk. Maar ze zwijgt, dat lijkt haar beter. Haar ogen laten hem los en dwalen langs de verlaten bureaus. 'Ik ben heel dankbaar dat ik hier…'

Weer onderbreekt hij haar. 'Natuurlijk kan ik mijn moeder niets weigeren, maar in dit geval ben ík degene die dankbaar mag zijn.' Zijn glimlach is bijna verlegen te noemen.

'Je moeder?'

'Ja, Maria. Maria Russo.'

'Is Maria jouw...? En je vader is...?' Ze sluit met een klap haar mond.

'Ik dacht dat je dat wel wist. We zijn een echt familiebedrijf.' Hij staat op en loopt door het kantoor. 'Dankzij mijn ouders ben ik in het onroerend goed terechtgekomen. Zij hebben me geholpen om dit op te zetten.'

'W-wat mooi.'

'Het bedrijf blijft groeien, dus het is prettig om er iemand bij te hebben.' Hij leunt tegen het kopieerapparaat.

De hitte schiet ineens door haar lijf. Heeft ze wel alle papieren uit het apparaat gehaald? Wat stom dat ze dat niet gecontroleerd heeft! Ze slikt moeizaam en voelt de haren in haar nek omhoogkomen van angst. 'Ik ben heel blij dat ik hier mag werken.'

'Heb je al gegeten?'

Ze schudt haar hoofd. Het is niet eens in haar opgekomen, terwijl het toch al laat moet zijn.

'Mag ik je uitnodigen?'

Met een verhit hoofd stottert ze een excuus.

'Je hoeft niet bang te zijn, we eten bij mijn ouders.'

Alsof dát de situatie beter maakt. Het idee dat ze de padrone weer onder ogen moet komen, ontneemt haar al direct haar eetlust. Toch dwingt ze zichzelf tot een knikje.

'Dat is fijn. Zie het maar als bedankje voor de extra uren die je vandaag hebt gewerkt. Dat geeft vertrouwen in een mooie toekomst.'

'Toekomst?'

'Voor het bedrijf natuurlijk,' voegt hij er dan glimlachend aan toe. Arturo klopt op de deksel van de kopieerder. 'Alles draait om vertrouwen, Sofia. Alles!'

26

'Neem nog een beetje.' Maria zit aan het hoofd van de tafel en duwt de schaal met vlees naar haar toe. Sofia schudt haar hoofd. Ze heeft al veel te veel gegeten. Steeds als ze haar bord bijna leeg heeft, wordt haar weer iets nieuws aangeboden.

Aan de overkant van de tafel zit Arturo te glimlachen. Ze durft nauwelijks zijn kant op te kijken. Onderweg naar zijn ouderlijk huis zei hij dat zijn moeder erop aangedrongen had dat ze meekwam. De waarheid bleek dat Maria van niets wist, maar direct in de keuken verdween.

Arturo maakt gevoelens in haar los die ze dacht achtergelaten te hebben in Nederland. Maar na de eerste ongemakkelijke momenten merkt ze dat de wijn haar helpt om meer te vertellen over het werk, het contact met Isabella en de bijzondere chocolaatjes die ze maakt voor de klanten. Arturo put zich uit in complimenten over de maaltijd die Maria met een trotse blik ontvangt. Het is goed.

'Ik ben toe aan koffie.' Umberto werpt een blik op de bijna lege schalen. Hij staat op en loopt naar de open haard waar hij in zijn leren stoel gaat zitten. Arturo volgt hem.

'Zal ik je even helpen?' biedt Sofia aan als ze ziet dat Maria de borden begint te stapelen.

'Dat hoeft niet. Blijf lekker zitten, je bent onze gast.'

Natuurlijk luistert Sofia niet. Het is overduidelijk dat Maria moeizaam beweegt. Soms glijdt een pijnlijke trek over haar gezicht. En dus pakt ze twee schalen en loopt voor Maria uit naar de keuken. Het aanrecht staat vol afwas die keurig aan één kant opgestapeld staat. Snel gaat haar blik over de apparatuur. Waar is de vaatwasser?

'Dat doe ik vanavond wel, liefje.'

'Het is een kleine moeite.' Sofia trekt de machine open en begint hem in te ruimen. De borden zijn versierd met roze roosjes omhuld door gouden krullen. Ze spoelt het bestek af en zet het in het bakje. Het is altijd even aanpakken, maar als je het meteen doet is het ook zo gebeurd. Ze kan intens genieten als alles dan weer aan kant is.

Maria loopt achter haar met kleine trippelpasje heen en weer. Sofia vult een bak met heet water en spuit er wat afwasmiddel in voor de pannen. Ze is blij dat ze kan helpen. Deze mensen hebben al zoveel voor haar gedaan. Nu kan ze wat terugdoen.

Een vreemd geluid doet haar achteromkijken. Maria staat over het aanrecht geleund.

'Maria! Wat is er?' Ze snelt op haar af en ondersteunt haar naar een van de keukenstoelen. 'Je bent ziek,' stelt ze vast als ze het bleke gezicht ziet.

'Het gaat wel weer,' weert Maria haar af.

'Blijf maar even lekker zitten. Zal ik Umberto of Arturo even roepen?'

'Nee,' is het schorre antwoord.

Sofia gaat op haar hurken bij de kleine vrouw zitten. Ze pakt haar beide handen en voelt hoe koud die zijn. 'Het gaat helemaal niet goed, hè?'

Er blinkt angst in de bijna zwarte ogen.

'Ben je al een tijdje ziek?'

Maria knikt nauwelijks waarneembaar.

'Weet Umberto hoe je je voelt?'

Maria buigt haar hoofd en blijft een hele tijd zo zitten.

Sofia voelt hoe de vrouw trilt. Ze heeft geen idee wat ze moet doen. Maria heeft waarschijnlijk al die tijd volgehouden dat er niets aan de hand was. Het is onmogelijk om in te grijpen in deze totaal andere cultuur die tussen mannen en vrouwen heerst. Ze mag zich er niet mee bemoeien.

'Hoe kan ik je helpen?'

Maria's ogen kijken bij haar naar binnen. Maria wil al nee schudden, maar dan ziet Sofia dat haar lippen iets wijken.

'Je mag me alles vragen. Je hebt zoveel voor mij gedaan dat ik alleen maar mag wensen dat ik iets kan terugdoen. Al is het maar iets kleins. Iets wat misschien voor jou moeilijk te vragen is.'

Maria's hele gelaat drukt uit dat ze op het randje staat om te praten, maar de woorden komen niet.

'Maakt niet uit, Maria. Ik ga verder opruimen, dan kunnen we zo samen die mannen hun koffie brengen.'

Sofia wacht niet op antwoord, maar komt overeind en begint fluitend aan het restant van de vaat. Al snel is de huid van haar handen zacht en geurend, zijn de pannen blinkend schoon en heeft ze de theedoeken over het rekje gehangen.

Het koffieapparaat is een kopie van het ding op het kantoor van Arturo. Ze vraagt tussen neus en lippen door hoe Umberto zijn koffie drinkt en of Maria zelf ook iets wil, en begint de kopjes klaar te zetten.

'En Arturo heeft het liefst een dubbele espresso.' Maria's stem is alweer krachtiger.

'Weet ik.' Sofia glimlacht trots.

Voordat ze het blad oppakt, helpt ze Maria overeind. 'Weet je zeker dat je niet wilt gaan liggen?'

Een ferme ontkenning is het antwoord.

'Hier.' Ze overhandigt het blad aan Maria, omdat ze ervan uitgaat dat Maria vindt dat dit bij de vrouw des huizes hoort. Als ze de dankbare blik ziet, weet ze dat ze er goed aan doet.

Met grote bewondering ziet ze de transformatie die de frêle vrouw ondergaat als ze de woonkamer in stapt. Ze recht haar rug en stapt op de mannen af die in een diep gesprek verwikkeld zijn.

Het haardvuur verspreidt een warme gloed die op zich erg welkom is, behalve als je het ene na het andere hittebombardement in je lijf voelt. Er worden zaken besproken in het gezin die haar geen ene moer aangaan, maar Maria trekt zich niets aan van de weerstand van de beide mannen. Arturo wordt door haar aangespoord om zijn successen te benoemen. Langzaam maar zeker begint Sofia door te krijgen wat de tengere vrouw aan het doen is.

Terwijl Arturo zijn moeder laat glimmen van trots, ziet ze dat zowel de blik van Arturo als die van Maria steeds opnieuw de hare proberen te ontmoeten. Kijk eens hoe goed hij is? Zie mij staan! Het is onmiskenbaar dat beiden indruk willen maken. Op háár. Op een vluchtelinge. Op een vrouw die haar man verlaten heeft op de meest huichelachtige manier die je je maar kunt bedenken. Ze heeft hem zelfs neergeschoten.

'Hoe bevalt je woning?' De vraag van Maria is duidelijk aan haar gericht, toch kijkt ze haar zoon aan.

'Prima. Ik begin me er langzaam thuis te voelen.'

'Het is een rustige buurt,' zegt Maria.

'Nu wel, maar de eerste nacht was vreselijk,' floept ze eruit. 'Die knal, het geschreeuw en de sirenes... Alsof er een explosie was. Weten jullie wat er is gebeurd?'

Sofia ziet haar gastvrouw bevriezen, ze bemerkt het zenuwachtige haaltje van Umberto aan zijn sigaar en Arturo kijkt van de een naar de ander. 'Waarschijnlijk een gaslek,' zegt hij.

Sofia slikt de rest van de vragen in. Vanuit haar ooghoeken observeert ze Umberto, die haar al eerder duidelijk heeft gemaakt dat vragen stellen dodelijk kan zijn. Ze duwt haar lippen op elkaar en houdt haar adem vast tot ze zich licht in het hoofd voelt worden. Om zichzelf een houding te geven, pakt ze haar kopje. Leeg.

Zweet prikt in haar nek.

Tot haar grote opluchting gaat het gesprek op een kabbelende toon verder. Over huizen, de prijzen en de goede resultaten. Maria zwelt van moedertrots. Sofia mengt zich niet meer in het gesprek. Gewoon alles gelaten over je heen laten komen is veiliger. Ze ontspant.

Tot ze haar handtas ziet staan. Tot haar schrik steekt er een stukje papier uit. O, nee!

Waarom moest ze dat document zo nodig kopiëren?

Ze is een judas. Ze slijmt met de duivel terwijl ze achter zijn rug om op onderzoek uit gaat.

'Vind je niet, Sofia?'

Waar gaat het over? Ze heeft niet opgelet. Er glimmen pretlichtjes in Arturo's ogen.

'Wat? Sorry, ik...' Ze strijkt over haar voorhoofd. 'Ik ben nogal moe. Het was een lange dag.' Ze moet hier weg. Weg bij deze baas van een organisatie die zich niet bezighoudt met babybilletjes wassen.

'Arturo brengt je naar huis,' zegt Maria heel beslist.

'Natuurlijk.' Arturo springt direct op.

'O nee, helemaal niet nodig.'

'Tuurlijk wel, Sofia. Zo heb ik mijn zoon opgevoed. Hij brengt je met liefde even naar je appartement. Het zal er nu wel rustig zijn.'

Ze doet haar best om te lachen.

Arturo bukt zich en pakt haar handtas op. 'Hier, deze is toch van jou?'

De klep valt open, waardoor de papieren nog duidelijker zichtbaar worden. Slechts kort trekt hij zijn wenkbrauwen op, dan is Sofia al bij hem en neemt haar tas over. Ze ritst hem dicht en klemt hem tegen zich aan alsof het haar belangrijkste eigendom is. Wat ook zo is.

'Arturo, pak mijn auto maar.' Het klinkt ongewoon scherp uit de mond van Maria.

'Maar mama, ik heb...'

'Spreek me niet tegen. Je pakt mijn auto. En gooi dan ook even de tank vol. Ik heb hem vrijdag nodig.'

Haar zoon knikt. Tot Sofia's verbazing legt Arturo zich direct neer bij het verzoek van Maria, wat meer als een bevel klonk.

Het zit nog net even anders dan ze dacht met de verhoudingen in dit gezin. Het is duidelijk: Arturo brengt haar thuis, met Maria's auto. Zelfs Umberto, die de rest van de avond vooral zwijgzaam heeft zitten luisteren, knikt zijn zoon toe. Mama beveelt en beslist, zo lijkt het.

Als ze bij de voordeur staan en Sofia zich uitput in allerlei bedankjes, trekt Maria haar naar zich toe. Ze moet bukken om de onverwachte knuffel van de kleine vrouw in ontvangst te nemen.

'Vrijdagmiddag drie uur ziekenhuis. Oké?'

Het komt zo onverwachts dat Sofia alleen maar kan knikken, de glimlach van Maria daarna is hartverwarmend. Voor ze er erg in heeft staat ze al buiten. Op de stoep beseft ze dat Maria haar zojuist om hulp heeft gevraagd.

Pas als ze de deur achter Arturo sluit, durft ze heel diep adem te halen. Achter het verweerde glas in de deur lijkt de gestalte van Arturo nog te aarzelen. Dan loopt hij toch weg.

Wat een avond. Sofia voelt de wens van Maria haar te betrekken bij de familie, maar zelf is ze toch op haar hoede. Er was te veel aandacht voor de ongehuwde staat van Arturo. Het nadrukkelijke oogcontact. En als laatste zijn vraag of hij nog even binnen mocht komen, verlegen als een schooljongen. Is het mogelijk dat iemand zo goed acteert? Hij ziet haar wel zitten, dat is duidelijk, maar hij is de zoon van Umberto.

Bijna had ze gezegd dat ze getrouwd was, maar dat wist hij misschien niet eens. Ze is Sofia Lunedino, een nieuwe werkneemster die in haar eentje in Modica is komen wonen. Hij heeft haar nooit gevraagd naar haar verleden. Zelfs niet naar haar werkervaring.

Ze loopt in het duister de trap op. Haar lijf gloeit alsof ze de hele dag in de zon heeft gelegen. De aandacht van deze knappe Italiaan streelt haar; het is eeuwen geleden dat ze zich zo blij van binnen heeft gevoeld. Alsof haar geluk langzaam teruggekropen is in haar hart nu ze gekozen heeft voor een nieuw leven.

Kun je eigenlijk trouwen als je een nieuwe identiteit hebt?

De glimlach blijft comfortabel om haar lippen hangen, terwijl ze haar sleutels uit haar tas haalt. Haar vingers ontmoeten de papieren. Je bent een judas, Sofia, denkt ze opnieuw. Dan steekt ze de sleutel in het slot en stapt naar binnen.

Vaal licht schijnt door de deuropening van de badkamer de hal in. Haar adem stokt.

'Hallo?' Ze schraapt de schorheid weg en zegt dan nog een keer: 'Hallo!'

Als het stil blijft, knipt ze het licht in de hal aan en opent de badkamerdeur. Niemand. Met kippenvel op haar armen loopt ze naar de woonkamer. Haar nieuwe kledingstukken hangen als stille getuigen aan de muur. Alles is rustig. Alleen niet in haar lijf. Ze weet zeker dat ze het licht vanmorgen heeft uitgedaan.

27

BENNY

De kleurrijke kussens op de bank, het abstracte schilderij erboven en het vloerkleed waarvan hij altijd heeft aangegeven dat hij er het liefst zijn voeten aan afveegde, alles doet hem aan Anne denken. Het is al donker. Alleen het lampje dat binnen handbereik was heeft hij aangedaan.

Al die keren dat hij weer een vrachtwagen vol auto's richting het Oostblok zag verdwijnen, wist hij dat hij zijn meissie weer mee uit eten kon nemen. En niet naar zo'n brasserie, maar naar een restaurant met klasse.

En dan flikt ze hem dit! Het kan bijna niet anders dan dat zij er met het geld vandoor is.

Die lui staan binnenkort bij hem op de deur te rammen, en dan mag hij blij zijn als het bij de deur blijft. Hij had allang moeten betalen.

Een berichtje trekt zijn aandacht. Daan.

Ze waren gisteren bij me.

Benny weet direct dat het over de politie gaat. *Waarom dan?* typt hij snel terug

Het antwoord blijft zo lang uit, dat Benny nauwelijks meer stil kan blijven zitten. Eindelijk ziet hij dat zijn vriend begint te typen.

Anne was die ochtend nog bij me.

WTF

Ik heb precies gezegd wat jij wilde. Huwelijksproblemen.

Ondanks de geruststellende woorden, raakt de boodschap iets

in Benny. Hij wil hem uithoren, weten hoe ze die ochtend was. Of ze onrustig was, want met een tas vol geld ga je toch niet over klote kalfjes praten?

Maar Daan is hem voor: *Ik heb dus gelogen tegen de politie.*

So what?

Ik doe het voor Anne.

De woede vonkt ergens onder in zijn buik, en laait al snel op tot een brandend vuur. Als hij erachter komt dat Daan met zijn fikken aan Anne heeft gezeten… Benny heeft moeite om niet direct naar Daan te rijden om tekst en uitleg te vragen.

Zal ik ff langskomen?

Doe maar niet, appt hij snel terug. Hij weet dat hij zich niet zal kunnen beheersen en hij heeft Daan veel te hard nodig nu hij vet in de problemen zit. Hij moet Anne vinden en Daan lijkt zijn enige aanknopingspunt.

Daan kent haar beter dan wie dan ook. En daardoor was de band tussen hen ontstaan. Al die jaren op school heeft Daan hem erdoor gesleept. Geholpen met repetities of verslagen. Daan wist dat hij een broertje dood had aan lezen. Benny praatte liever, dan zag hij wat er in de ander omging. Hij wist die snaar te raken waardoor de ander ging trillen. Van angst dan. Als tegendienst had hij Daan door het eindexamenjaar gesleept. Op zijn manier. Oude schoolmaten verraden elkaar niet.

Maar ze komen ook niet aan elkaars vrouw! Het probleem is dat Daan geen vrouw heeft, nooit gehad ook. Benny komt overeind en loopt onrustig heen en weer. Daan en Anne? Fuck! Dat zal Daan toch nooit flikken? Hij laat niet met zich sollen. Anne is zíjn vrouwtje.

Op dat moment gaat de bel. Is die broodjesbakker toch gekomen? Benny rukt de deur open en kijkt recht in de loop van een pistool.

‘Het komt. Echt. Morgen zal ik...’ Benny heft zijn handen op om de man tot rust te manen. Maar hij kan niet eens meer scherp zien.

'Geen geintjes, Benny.' De stem komt ergens van boven.

Met een immense kracht raakt de vuist opnieuw zijn neus. Ergens knakt er iets in zijn hoofd. Benny zakt op de vloer voor het bankstel. Bloed druppelt op het vloerkleed waar Anne zo blij mee was.

'Jouw morgen is allang geweest, vuile klootzak. We houden niet van mensen die hun afspraken niet...'

Het laatste woord hoort hij niet meer, omdat er een regen van klappen op zijn hoofd terechtkomt. Een fikse nastoot in zijn ribbenkas, waardoor hij dubbelslaat en het bloed naar buiten spuugt.

'Jij hebt onze pecunia.'

'Nee, ik...' Hij schreeuwt het uit als twee van zijn vingers verpletterd worden onder een maat 47 legerkist. 'Stop, alsjeblieft!' De snijdende pijn waaiert door zijn hele lijf. Er is niets anders dan die ene gedachte: dit moet stoppen.

Een bankschroef knijpt zijn nekspieren aan gort. Zijn adem gaat rochelend. Hij moet bijblijven, anders is het afgelopen.

'Dus? Waar heb je het verborgen, vuile aambeienlikker.'

'Ik...'

'Geen nieuwe leugens.'

Hij zit nu op zijn knieën, zijn armen boven zijn hoofd. 'Ik heb tijd nodig.'

'Je hebt geen tijd meer. Waar is het geld?'

Terwijl hij probeert zijn belager in het zicht te houden, ziet hij opnieuw een vuist op zich afkomen. Hij knijpt zijn ogen dicht en duikt in elkaar. 'Ik heb het niet meer.'

Geen nieuwe dreun. Geschuifel naast hem.

'Volgens mij heb je wat uit te leggen.' De man klinkt rustig. Gevaarlijk dus. Benny weet dat hij het punt nadert dat de vuisten stoppen en een mes het gevecht zal beëindigen. Hij kent de regels maar al te goed, zelf hield hij zich ook aan die ongeschreven wetten.

'Mijn wijffie... Anne heeft het mee.'

Ineens is het helemaal stil om hem heen. Slechts een te zwaar ademende vent die ergens boven hem hangt. Die nadenkt. Bloedlink.

'Ze... Ze is meegenomen terwijl...' Het valt niet mee snel te schakelen. Een uitvlucht te bedenken. Als het gedreun in zijn hoofd maar stopte. Anne. Weg. Hoe? Dat moet hij bedenken. 'Ze is overvallen,' schiet zijn leugen naar buiten.

De stilte hangt dreigend boven hem. Dan barst zijn belager in lachen uit.

Benny haalt zijn handen van zijn hoofd en komt iets overeind. 'Overvallen,' herhaalt hij opgelucht.

Het moment waarin hij denkt dat het hem gelukt is zijn aanvaller tevreden te stellen, duurt misschien twee tellen. Dan valt een lawine aan klappen over hem heen. Hij schreeuwt. De pijn overmeestert hem.

'Ik heb je gezegd... leugens... achterbaks...'

Zijn wenkbrauw scheurt open.

'Accepteer geen... door een... vuile zaakjes...'

Ribben worden bewerkt.

'Geen geintjes... Lesje leren...'

Zijn lippen worden tot gort geslagen. Langzaam zakt de pijn weg. Zijn spieren ontspannen. Met een pink blijft hij hangen achter het snoer van zijn schemerlamp, waarna het licht uitgaat.

28

'Wat ben jij vroeg,' begroet Sofia haar buurjongen die al op het betonnen trapje zit.

Zijn glimlach laat haar de slapeloze nacht vergeten.

'Heb je al ontbeten?'

'Ik heb 's morgens geen trek.' Gigi trekt de wollen muts verder over zijn haren.

'Ik eigenlijk ook niet.' Sofia deelt haar broodje in tweeën, geeft hem een deel en gaat naast hem zitten.

Zoals ze al verwachtte eet de knul het met smaak op. Hij veegt zijn mond af en zucht zo diep dat het Sofia ontroert.

'Heb je gisteravond iemand bij mijn woning gezien?' vraagt ze dan.

Gigi kijkt op met een schuldbewuste blik.

'Niemand?'

'Ik...' Hij pakt zijn telefoon en wekt met een snelle beweging van zijn duim het scherm tot leven. 'Ik heb jou gezien,' zegt hij dan met een scheve grijns. 'Met jouw huisbaas.'

Ze kauwt op het taaie brood dat al van de dag ervoor is. Hoe lekker de verse witte broodjes hier ook zijn, niets komt in de buurt van het Nederlandse volkorenbrood dat wel dagen goed blijft. Met pindakaas of een plak oude kaas. Ze slikt het laatste stuk door.

'Hij heeft me thuisgebracht na het eten.'

'Hmhm.'

'Maar heb je vóór die tijd iemand gezien? Het leek alsof er iemand in mijn woning is geweest. Ik dacht dat jij misschien...'

‘Ik had stroom nodig.’ Het klinkt zacht. Gigi blijft intussen op zijn scherm turen.

Het is zo’n opluchting dat ze hem tegen zich aan trekt. ‘Och, lieverd, dat kun je altijd vragen. Geen probleem. Als ik het maar weet, want…’ Als ze de weerstand van de jongen voelt, laat ze hem los. Het blijft vreemd. Hij woont naast haar, dus waarom zoekt hij dan stroom?

‘Ik woon bij mijn oma,’ zegt hij dan ongevraagd.

Ze knikt alsof ze het begrijpt, ook al roept het alleen maar meer vragen op. ‘Waar is je oma?’

‘Ze is niet thuis.’

‘Kom je vanavond bij me eten?’ vraagt ze in een opwelling.

Zijn glanzende ogen geven het antwoord.

‘Tot vanavond dan.’

Ze voelt dat hij haar met zijn ogen volgt terwijl ze de straat naar de grote weg afloopt. Een warm gevoel nestelt zich in haar maag. Elke dag voelt ze zich een beetje meer thuis.

Het is frisser dan de afgelopen dagen. Een grijze wolkenmassa hangt tussen de heuvels. De zonnige jurk maakt veel goed en het witte vest herinnert haar aan de nieuwe kansen die ze zichzelf heeft gegeven.

Het terras van Isabella ligt er verlaten bij. De koffiedrinkende ontbijters hangen meestal aan de bar, maar ook die zijn vandaag afwezig. Als ze bij de deur staat, hoort ze de opgewonden stem van Isabella, hoog en schel. Gebrom als antwoord.

‘*Buon giorno*,’ roept ze zodra ze de ruimte binnenstapt. ‘*Come stai*?’

‘*Ciao*, Sofia. Die man is echt zo koppig als een ezel,’ moppert Isabella van achter het koffieapparaat.

Tony schuifelt dichterbij, pakt een stoel en duwt zijn dochter erop. ‘Koppig? En waarom luister jij dan niet naar je oude vader? Neem je rust.’ Hij richt zich tot Sofia en zucht: ‘Waarom zijn vrouwen van die eigenwijze wezens?’

Sofia bekijkt het gekibbel tussen vader en dochter met een glimlach. Ook al is haar tweede week in Modica pas ingegaan, toch merkt ze dat ze haar niet meer als klant beschouwen. Het is prettig om te helpen.

'*Grazie*, Tony,' zegt ze als de man een kop cappuccino voor haar neerzet nadat hij met zorg een hartje in de melk gevormd heeft. 'Volgens mij is Isabella gewoon een dochter van jou.'

'Ze moet rust nemen. De baby kan elk moment geboren worden.'

'Ik kan jou niet alleen laten,' zegt Isabella vanaf haar gedwongen zitplaats.

Tony bromt wat onverstaanbare klanken. Hoewel Italiaans haar best goed afgaat, kan Sofia van ingeslikte woorden echt niets maken.

'Papa, je werkt jezelf in de problemen.' Isabella staat op, duwt haar vader opzij en gaat naast Sofia zitten.

'Wat voor problemen? Ik kom elke dag helpen, dus misschien kan ik hem ook wel een beetje in de gaten houden.' Ze knipoogt naar Tony.

Tony schuift kopjes heen en weer die allang op de goede plek staan, loopt dan naar een doek waar hij uitgebreid zijn handen aan afveegt. Onderwijl blijven zijn ogen op zijn dochter gericht. 'Het is niets. We komen er wel uit,' zegt hij dan. 'Als het aan mij ligt, blijft Isabella vanaf nu thuis. Ze moet zorgen voor die kleine in haar buik.'

'Ik kán je niet alleen laten.' Isabella heft haar handen in de lucht. 'Papa, zie dan wat er gebeurd is. Als je zo verdergaat ben jij de volgende!'

Tony's ogen knijpen samen, hij schudt zijn hoofd en loopt naar achteren. Volkomen verbaasd kijkt Sofia hem na. Als ze gesnif naast zich hoort, merkt ze dat Isabella huilt. 'Wat is er gebeurd?'

'Het is alweer even geleden.' Isabella pakt een servet van de toonbank en veegt de tranen weg. 'Mijn vader is zo eigenwijs. Hij denkt zeker dat hij anders is. Dat hij geen gevaar loopt.'

'Waarom loopt hij gevaar?' Haar stem trilt.

'Signor Bianchi...'

Sofia voelt dat er iets aankomt wat belangrijk is. Alsof ze in een familiegeheim wordt ingewijd. Met droge mond wacht ze af.

Vanuit de werkplaats, die Tony zelf zijn laboratorium noemt omdat hij daar zijn chocola maakt, hoort ze de voor haar al bekende geluiden waarmee de chocola fijngeperst wordt.

'Hij heeft het niet overleefd. *Bastardi*!'

'Heeft wát niet overleefd.'

'Hij weigerde te betalen.'

Sofia ziet de man met de sjaal weer voor zich. De rechte rug van Tony die trilde als een rietje.

'Als ik er niet ben om te betalen, komen ze terug. Steeds weer. Tot ze het zat zijn, zoals bij signor Bianchi. Hij woonde een paar huizen verderop. Tot zijn huis verwoest werd.'

Het harde gerammel van de metalen bakjes, waarin de zacht gemaakte chocola zijn uiteindelijke vorm krijgt, gaat continu door. Gerammel. Dreunend. Feller dan anders.

'De explosie,' mompelt Sofia voor zich uit. Het was helemaal geen gaslek, het was een gerichte aanslag.

29

Het is die ochtend lastiger dan anders om haar gedachten bij het werk te houden. Steeds opnieuw denkt ze aan de klap, het geschreeuw en de sirenes. De angst op het gezicht van Isabella, de afweer bij haar vader. 'Hij kan het nauwelijks meer opbrengen, we hebben het geld hard nodig,' gaf Isabella nog aan. 'Als hij een vervanger voor mij moet betalen, is het onmogelijk om die bescherming...' de spottende toon zei alles, 'te betalen.'

'Heb je me niet gehoord?'

Ze schrikt als Arturo ineens een hand op haar schouder legt. 'Sorry, koffie? Hoeveel? Ik zal...' Ze schuift haar stoel met zo'n kracht naar achteren dat hij omvalt.

'Drie graag.'

Ze vlucht weg van de verontruste blik van haar baas die ineens te dichtbij komt. Pas bij het gesis van het koffieapparaat komt ze tot rust. Gewoon blijven uitademen, dan verdwijnt de spanning.

Ze blaast met getuite lippen de lucht uit haar te volle borstkas. Wat stom, ze is ook nog vergeten nieuwe chocolaatjes te maken. Met een schuldbewuste blik loopt ze naar binnen, vangt een bezorgd knikje van Arturo en stamelt een excuus.

Achter haar computer komt ze langzaam tot rust. Het is elf uur, nog een uur, dan kan ze naar Isabella om haar de noodzakelijke pauze te geven. Het liefst zou ze Tony op andere gedachten brengen, maar ze begrijpt dat het niet zo simpel ligt. Criminele praktijken. Bescherming aanbieden, die de ondernemers alleen maar nodig hebben omdat ze door die lui bedreigd worden. De enige manier om dit te laten stoppen, is ertegenin gaan. Maar doe je dat als je daardoor gevaar loopt?

Ze veegt de klamme warmte van haar voorhoofd. Hoe kan ze toch helpen? Het beste is om zich niet met deze zaak te bemoeien, en alleen maar zo veel mogelijk te ondersteunen in de bediening. Maar is dat wat ze nodig hebben?

Ineens heeft ze in de gaten dat Lorenzo haar over zijn montuur zit aan te kijken. Ze doet alsof ze heel druk is met de brieven die ze nog moet beantwoorden, maar ze heeft geen idee waar die over gaan.

De kopieën die ze gemaakt heeft, liggen nog ongelezen in haar appartement. Is Lorenzo ook met iets bezig wat niet voor andere ogen bestemd is?

Stiekem gluurt ze weer in zijn richting. Een vriendelijke glimlach is het antwoord. Wat een zielig figuur is het eigenlijk, smerig lachen en ondertussen de boel oplichten.

'Ik lust ook wel een koffie,' zegt hij.

Ze schiet overeind. Waar is ze toch met haar gedachten? 'Natuurlijk. Jij ook, Dante?'

Als ze met de kopjes terugkomt, neemt Arturo net afscheid van het stel dat bij hem aan de tafel zat voor de laatste details.

'U zult zien dat het goed komt. Het is echt een nette prijs en over een paar jaar heeft u vast geld verdiend met deze prachtige belegging.' Nadat de deur achter hen gesloten is, komt hij met een zelfvoldane grijs terug en legt de papieren bij Lorenzo op de stapel.

'Contract opmaken?'

'Ja, graag.' Arturo slaat hem kameraadschappelijk op zijn schouder. 'Maak er maar een mooi contract van.'

Terwijl Sofia aan haar koffie nipt, draaien de radertjes als een idioot rond. Haar gedachten komen steeds bij een andere schuldige uit. Wie besodemietert wie? Met kracht drukt ze de vragen de kop in. Niet aan denken. Je werkt hier, meer niet. Ze is te zeer besmet met criminele acties van Benny, dat moet het zijn.

Het had niet veel gescheeld of ze was te laat bij Maria geweest. Isabella was naar huis gegaan, vertelde Tony, en ze had nog geen halfuurtje daarna opgebeld dat de weeën begonnen waren. Hij klonk gelaten, maar ze zag een spiertje rusteloos samentrekken onder zijn linkeroog.

Ze had na haar lunchbaantje nog net tijd gehad om zich bij Arturo af te melden voor de rest van de middag. Pas toen ze aangaf dat ze met zijn moeder naar het ziekenhuis ging, had hij geknikt. Het had haar een zoveelste compliment opgeleverd. Terwijl zij alleen maar kon denken aan het bedenkelijke contract.

Maria zit stil naast haar in de auto en zegt alleen links of rechts als dat nodig is. Vanaf het moment dat ze de borden 'Ospedale' ziet staan, doet ze er het zwijgen toe.

'Hoe voel je je?' Sofia blikt kort opzij, voor ze de parkeerplaats op draait.

'Goed, hoor.'

'Niet zenuwachtig?'

'Nee, hoezo?'

'Is het een controle?'

'Zoiets.'

Typisch Siciliaans die antwoorden. Sofia haalt haar schouders op en helpt Maria uitstappen. De vrouw beweegt moeizaam. Sofia pakt haar hand en steekt die door haar arm. Even denkt ze terug aan haar moeder die ze op eenzelfde manier naar controles heeft begeleid, maar dan valt haar weer op hoe klein Maria is in vergelijking met haar moeder. De tred is echter vergelijkbaar: alsof ze op scherven loopt.

Het zwarte vestje van Maria hangt losjes over haar schouder. Een huidkleurig bh-bandje snijdt diep in het zachte vlees. Wat voor ziekte zou de vrouw hebben? Net als haar moeder een vorm van kanker?

Ze schudt haar hoofd alsof ze daarmee het onheil kan afwenden. Onbewust raakt ze het medaillon aan dat een warm plekje bij haar linkerborst heeft gekregen sinds ze weer een bh bezit. *Je bent er nog, mam.*

Het is rustig in de wachtkamer; er staan zwarte plastic stoelen tegen de lichtgele wanden. Een enkel schilderij probeert tevergeefs de deprimerende sfeer te verhogen. Vanaf het moment dat ze de ingangsdeuren gepasseerd zijn, heeft de geur van ontsmettingsmiddelen zich vastgezet in haar neus. De herinneringen dringen zich onafwendbaar op, ook al doet ze haar best om aan andere zaken te denken.

Maria zit met haar handen in haar schoot, het hengsel van haar handtas om haar pols. Lijdzaam wachtend. Op wat? Een uitslag? Het oordeel? Of op een behandeling?

De enige andere patiënt in de wachtkamer wordt binnengeroepen. Als ze met z'n tweetjes zijn overgebleven, zucht Maria diep.

'Hoe was het in Nederland?' vraagt ze dan. 'Heb je daar nog familie?'

De vraag komt onverwachts. Sofia's gedachten vliegen terug naar haar vorige leven. Ze begint te vertellen, over haar vader en moeder, en zelfs over Christiaan. De wachtkamer verdwijnt als ze vertelt hoe ze haar moeder bij haar vader heeft weggehaald toen bleek dat ze ziek was. 'Ik wilde haar verzorgen, omdat ik wist dat niemand anders dat zou doen,' voegt ze er zacht aan toe. Ze was in de periode voor die bewuste dag elke dag langsgegaan en zag haar moeder wegkwijnen. Haar vader bleef zijn leventje leven, zijn eigen verzorging opeisen en klappen uitdelen, wat haar moeder allemaal zonder te klagen onderging. Tot ze haar moeder op de grond had aangetroffen. Alleen. Met een bloedende lip. Ze had haar overeind geholpen en direct in haar auto gezet.

'Ze had al zoveel pijn en die man wilde dat niet begrijpen.'

'Je bent een lieve dochter.'

'Mijn moeder verdiende een paar rustige maanden.' Dat het weken bleken te zijn zegt ze er maar niet bij.

'En je man?'

Sofia ziet haar vent weer voor zich. De eeuwige donkerblauwe pakken met pastelkleurige overhemden, die er gladgestreken moesten uitzien. Zijn strikte regels, de routine tot in zijn teennagels en zijn voorliefde voor bier die hem liet veranderen van trotse vent in een geflipte lover. De vuisten die wisten waar ze haar moesten raken zodat het niet te zichtbaar was voor de buitenwereld. Wat niet altijd lukte.

'Hij leek op mijn vader,' zegt ze simpel.

'Hield je van hem?' De stem van Maria is fluisterend.

Sofia heeft niet direct een antwoord. Natuurlijk hield ze van Benny, die haar in het begin zo verwende tot het ongemakkelijk werd. Veranderingen krijg je pas door als het te laat is. Die ene dag was hij te ver gegaan en toen viel haar pas de grote tegenstelling met Daan op.

'Ik heb hem neergeschoten,' zegt ze zacht, terwijl ze de klap weer voelt waarmee het wapen terugsloeg. Zijn blik zal haar altijd bijblijven.

'Soms is dat de enige oplossing.'

Met een ruk kijkt ze opzij.

'*Tagliare la testa al toro*.'

Sofia probeert het te vertalen, maar komt niet ver.

'Letterlijk betekent het de kop van de stier afhakken.' Maria zegt het op een toon alsof ze toegeeft dat ze haar afval niet scheidt. 'Een bekende uitdrukking hier.'

Sofia weet maar al te goed dat achter het frêle uiterlijk een keiharde binnenkant schuilt. In het begin had ze alleen de zachtheid gezien, maar ze ontdekt steeds meer de typische echtgenote van een padrone op Sicilië die niet bang is om knopen door te hakken. *Het leven is hier hard.*

'Heb jij ooit... Is het ooit voorgekomen dat jij voor die keuze stond?' De woorden blijven hangen in de lege wachtkamer. De strakke klok die aangeeft dat de tijd blijft lopen, tikt ineens luider dan eerst.

'Ik zie het niet als een keuze,' herhaalt Maria de woorden van Sofia. 'Dan is het een noodzaak geworden.'

'En wat doe je dan?' Ademloos wacht ze af.

'Ik doe niks.'

Er ligt een schat aan informatie in dit antwoord verscholen. Sofia probeert te slikken, maar haar mond is te droog. Opdracht geven is minstens zo strafbaar. Zou Maria ook betrokken zijn bij de dood van signor Bianchi?

Ze ziet weer de wanhopige blik in de ogen van Isabella toen die besefte dat haar vader hetzelfde lot wachtte als hij zo onverzettelijk bleef. Isabella, die misschien wel in ditzelfde ziekenhuis het leven schenkt aan een nieuwe Italiaanse burger.

Leven met de dood dichtbij. Ze schudt haar hoofd omdat ze het onmogelijk kan bevatten.

30

UMBERTO

Als Umberto het gezicht van zijn vrouw ziet weet hij hoe laat het is.

'Hoelang nog?'

Maria haalt alleen haar schouders op.

Hij vraagt niet verder. Geheel tegen zijn gewoonte in pakt hij nu al een sigaartje. Te vroeg in de middag, maar tijd is ineens een relatief begrip.

Zijn vrouw gaat moeizaam op de bank zitten, zet haar handen naast haar heupen alsof ze direct weer overeind wil komen. 'Ben je al aan koffie toe?'

De doodnormale vraag knijpt de gal uit zijn maag. Net als hij wil knikken ziet hij een glans in haar ogen die hij niet eerder heeft gezien. Angst.

'Dat komt wel,' antwoordt hij schor. Hij weet dat ze niet zal accepteren dat hij de koffie maakt. De trots van een padronevrouw is groter dan welke pijn dan ook.

'Sofia was mee naar het ziekenhuis.'

Als hij de lucifer bij het uiteinde van zijn sigaar houdt, ziet hij dat het vlammetje trilt. Snel zuigt hij de prikkelende lucht naar binnen en herhaalt de handeling zo vaak dat hij een rookgordijn om zich heen heeft opgetrokken. Dan schudt hij het vlammetje uit en blaast de rook naar het plafond.

'Sofia dus.'

'Ja,' zucht Maria. Ze hangt nu onderuit in de kussens.

'En Arturo?'

'Hij heeft haar niet nodig.'

Umberto neemt een diepe haal, en houdt de rook langer in zijn longen dan normaal. Hij heeft die tijd nodig, omdat hij nu, na al die jaren samen, niet direct begrijpt wat ze bedoelt.

'Op zijn werk?'

Pas als hij haar ijskoude blik ziet die de hitte uit zijn hart duwt, begrijpt hij wat ze bedoelt. Hij knarst zijn kiezen over elkaar. Het is een stap naar een ander leven. Of eigenlijk naar het verliezen daarvan. Niet meer elke dag met z'n tweetjes. De makkelijke routine met hun bijna woordeloze communicatie. Hij weet ook dat dit nu al besloten is.

'Wanneer komt ze?'

31

Fluitend droogt ze de borden af. Het is bijna niet te bevatten hoeveel dat kleine joch naar binnen heeft gewerkt. Twee volle borden spaghetti met champignons.

Het was gezellig. Gigi vertelde honderduit over zijn mooie woonplaats Modica, de grote hoeveelheid kerken die hij stuk voor stuk bij naam noemde en de heiligen die hieraan verbonden waren. Maar toen ze over zijn oma begon, viel hij stil.

Sofia zet de sauspan in het kastje en hangt de theedoek te drogen. Haar vermoeden dat die hele oma niet bestaat wordt steeds sterker.

Met een kopje espresso loopt ze naar de woonkamer waar ze zich na twee weken echt thuis voelt. Ze gaat aan de oude eettafel zitten, zodat ze de vele lichtjes van het dorpje kan zien. Dit plekje bij het raam is haar vaste stek geworden. Ze weet zelfs al waar het kantoor van Arturo ligt in de veelheid van huizen die tegen de rotswand liggen.

De afgelopen week heeft ze hem weinig gezien. Hij was vaak weg op de momenten dat zij aan het werk was, en hij bleek net op kantoor te zijn tijdens de uren dat zij Tony door de drukke lunchtijden heen hielp. De paar momenten dat ze elkaar zagen, waren verwarrend. Hij was haar baas, meer niet, hield ze zichzelf voor. Maar in zijn ogen las ze iets anders.

Ze loopt linea recta naar haar slaapkamer. Ze moet het nu weten.

De papieren heeft ze onder haar matras gelegd. Met de gekreukte judasbuit in haar handen loopt ze terug naar haar plek bij het raam. Minutieus spelt ze alle woorden. Het adres, de namen en als laatste de bedragen die opgenomen staan in beide contracten.

Ademloos laat ze de papieren zakken en staart naar buiten. Wat ze op die bewuste avond al aanvoelde, heeft ze nu in harde bewijzen.

'Waar ben je nu weer in verzeild geraakt,' fluistert ze tegen zichzelf.

Het is of haar leven in de *rewind* gaat. Terug naar haar huwelijk waarbij elke vraag met een vuistslag beantwoord werd. Ze wil niet steeds opzij moeten kijken, wegduiken om de klappen te ontwijken die zij elke keer onterecht te verwerken kreeg. Ze wil iedereen recht in de ogen kunnen kijken, zonder de leugens weg te knipperen.

Het mooie huis en de gelukzalige glimlach van de kopers duiken steeds opnieuw op.

Viereneenhalve ton is een goede prijs voor dit huis.

Dat zei Arturo.

Terwijl de lichtjes langzaam wazig worden, weet ze dat ze er niet onderuit kan. Anne had vast haar kop in het zand gestoken, maar Sofia is anders. Die staat op tegen onrecht, in plaats van weg te duiken als het moeilijk wordt. Ze zucht diep als ze beseft dat ze haar nieuwe identiteit niet mag verloochenen.

Het warme water klettert op haar rug. Met haar vingers kneedt ze de spieren in haar schouders om de spanning kwijt te raken die er in het laatste uur in geslopen is.

De zoete geur van jasmijn hangt om haar heen. De douchecrème is een van de luxe zaken waarmee ze zichzelf verwend heeft nu ze zelf weer geld heeft. Voor de rest is ze vooral aan het sparen, zodat ze straks een telefoon of computer kan kopen. Af en toe op de – waarschijnlijk gestolen – telefoon van Gigi neuzen is niet ideaal.

Als ze de kraan uitzet, blijft de warme stoom nog even comfortabel om haar heen hangen. Het douchegordijn zakt bij haar lichaam weg, alsof een magnetisch veld langzaam in kracht afneemt.

Net als ze haar handdoek wil pakken, klinkt er een ferme klop op haar voordeur. Ze verstijft. Met ingehouden adem wacht ze af. Wie kan dat zijn? Is het Gigi? Is hij wat vergeten?

'Sofia, doe eens open?'

Ze herkent de stem van Arturo uit duizenden. '*Un momento*.'

Shit, wat doet hij hier? Ze droogt zich razendsnel af, aarzelt wat ze aan moet trekken, maar kiest dan voor een slipje en de grijze ochtendjas die ze op de eerste dag in haar kast gevonden heeft. Niet echt charmant, maar daar kan ze niets aan doen.

Bij de voordeur houdt ze even in. Sinds haar laatste woorden is het stil gebleven. Ze is dankbaar dat hij niet naar binnen gestormd is, terwijl hij geheid een sleutel in zijn bezit moet hebben.

'Arturo?' Ze duwt haar oor tegen de deur, maar deinst direct achteruit als ze zijn harde stem hoort.

Snel opent ze de deur. Arturo staat ontspannen tegen de muur aan geleund alsof hij alle tijd van de wereld heeft. De angst dat er iets met Maria is, lekt weg onder de geamuseerde blik die hij over haar lichaam laat gaan.

'Ik... Ik stond onder de douche.'

'Grijs flatteert je.'

De warmte stijgt naar haar wangen, snel stapt ze opzij om hem erlangs te laten. 'Kom binnen.'

Arturo bekijkt haar appartement alsof hij er nooit eerder geweest is. Loopt rond en knikt bij de kleurige kleding die ze als schilderijen aan haar muur heeft hangen. Bij de gele jurk stopt hij en hij voelt aan de stof zoals vrouwen dat doen op de markt.

Sofia voelt het zweet uitbreken. Kon ze maar wegvluchten naar haar slaapkamer en die dikke badstoffen badjas in een hoek smijten.

'Wil je wat drinken?' Haar blik schiet naar de tafel, terwijl ze zeker is dat ze de papieren weer opgeborgen heeft. Haar voornemen om te onderzoeken of Arturo weet dat er met de contracten geknoeid wordt, stelt ze uit tot ze niet meer in deze onvoordelige positie zit. Ze trekt de badjas nog wat dichter om zich heen.

Hij draait zich met een sierlijke draai naar haar om. 'Ik wil je niet storen.'

'Geen probleem. Ik vind het leuk dat je er bent. Wijntje?'

'Ik kwam je eigenlijk alleen maar iets vragen.'

'Met een wijntje erbij praat het makkelijker.' Net als ze zich heeft omgedraaid om naar de keuken te lopen, kijkt ze hem opnieuw aan. 'Heb je vijf minuten? Dan trek ik even iets anders aan.'

'Dat zou ik jammer vinden.'

Pas in de keuken vraagt ze zich af of zijn opmerking op het omkleden slaat of op die vijf minuten. Ze rent naar haar slaapkamer en trekt snel de jurk weer aan die ze ook tijdens haar etentje met Gigi aanhad. Ze kamt haar haren met haar vingers en trekt een gezicht naar de spiegel die haar vraagt wat make-up op te doen. Geen tijd.

Met twee glazen witte wijn loopt ze zo nonchalant mogelijk terug naar de woonkamer.

De kamer is leeg.

Geen Arturo.

Pas als ze de glazen wil neerzetten ontdekt ze een briefje op tafel.

Mijn moeder verwacht je maandag om 10:00 uur.

32

Met haar ogen dicht probeert Sofia de droom zo lang mogelijk bij zich te houden. Haar moeder zit tegenover haar, haar hand op haar hart alsof ze haar liefde niet genoeg kan benadrukken.

Ik ook van jou. Ze vormt de woorden met haar lippen. De brede glimlach om haar mond vertelt haar dat dit in de laatste week van haar moeders leven geweest moet zijn. Een dierbaar cadeau. De woorden herhaalde ze bijna elk uur.

Een traan ontsnapt uit haar ooghoek. Het idee dat ze haar moeder op het eind van haar leven zo gelukkig heeft gemaakt, is pijnlijk en bevredigend tegelijk. Haar moeder had meer verdiend.

Met de rug van haar hand strijkt Sofia over de zijkant van haar gezicht. Haar moeder is weer verdwenen in haar herinneringen. Haar oogleden maken zich met moeite van elkaar los. Haar oogvocht weekt de laatste weerstand weg. Een nieuwe dag in Modica.

Nog geen uur later loopt ze het trappetje voor haar huis al af. De traptreden zijn leeg. Gigi is laat. Of misschien heeft zijn volle maag hem wel respijt gegeven.

'*Buon giorno*, Tony.' Ze loopt direct door naar de balie en maakt voor zichzelf een cappuccino. 'Hoe gaat het met de gelukkigste opa van het dorp?'

De droge lippen van Tony laten direct een immens brede glimlach zien. 'De kleine Pietro heeft een sterk karakter.'

Sofia schiet in de lach. 'Dan kan hij jou mooi helpen als hij ouder is.'

Zijn gelaat verstrakt. 'Alleen God weet of ik die tijd van leven heb.'

Voorzichtig nipt Sofia aan haar koffie. 'Is die man weer teruggekomen?'

Ze ziet de angst in de ogen van Isabella nog voor zich. *Hij is de volgende.* Ze heeft haar beloofd een oogje in het zeil te houden, maar hoe kan ze hem beschermen, als Isabella daar al moeite mee heeft? Betalen voor bescherming, ze weet dat dit hier gebeurt. Maar ze begrijpt ook dat Tony zijn hoofd niet wil buigen voor dit soort acties, zeker nu hij het financieel nauwelijks kan redden.

'Ben je hier weer rond lunchtijd?' Tony vraagt het met enige aarzeling in zijn stem.

'Natuurlijk, probeer me maar eens weg te houden.'

'Ik zou graag…'

Dan begrijpt Sofia wat hij wil. 'Natuurlijk! Het lijkt me een prachtige uitdaging om de zaak een keer alleen te draaien.'

Slechts die dankbare flikkering in zijn ogen geeft aan dat ze het goed geraden heeft.

Pas als ze de straat uit loopt naar de villa van Maria, beseft ze dat Tony haar vraag niet beantwoord heeft. Ze heeft geen idee hoe vaak die lui komen en hoeveel geld ze eisen. Als ze de straat oversteekt denkt ze Gigi te zien. Een flits van een grijze muts met donkere krullen achter een palmboom. Maar als hij niet tevoorschijn komt, neemt ze aan dat ze zich vergist heeft.

De deur opent zich op een kiertje. Een neus duikt op, waaronder een grijze snor hangt. Sofia doet onbewust een stap achteruit. Ze wil zijn naam noemen, maar herstelt zich snel.

'Is Maria er?'

Als de deur verder openzwaait blijft Umberto erachter staan, waardoor ze alleen de lege hal voor zich ziet liggen. Ze heeft geen idee waarom ze bij Maria moet komen, toch stapt ze naar binnen. Met een klap sluit de deur achter haar. Umberto keurt haar geen blik waardig en loopt langs haar heen naar de woonkamer.

'Ben jij daar, Sofia?' De stem van Maria komt over de marmeren plavuizen uit een zijkamer naar haar toe.

'Ja, ik ben het,' antwoordt Sofia snel.

Complete stilte. En nu? Kan ze daar zomaar naar binnen lopen of zal Umberto dat als een enorme inbreuk op zijn privacy zien?

Ze loopt door de gang, langs de grote abstracte schilderijen met grijze vormen, en stopt voor een deur die net achter de trap verscholen ligt. Sofia streelt met haar vingers over het sierlijke houtsnijwerk van de trapleuningen.

'Ze wacht op je.'

Van schrik maakt ze een sprong opzij. Umberto staat in de deuropening van de woonkamer, een dunne sigaar tussen zijn lippen geklemd. Terwijl ze zich omdraait voelt ze zijn ogen op haar lichaam. Ze rilt. Onbewust schudt ze met haar schouders om het onheilspellende gevoel kwijt te raken.

De deur staat op een kier. Ze voelt zich een indringer in het heiligdom van de grote baas. Het is duidelijk dat Maria naar haar gevraagd heeft, maar waarom?

'Maria?' Sofia tuurt om de deurpost. Het eerste wat ze ziet is een groot hemelbed met roze sluiers die sierlijk langs de metalen staanders zijn gedrapeerd. Weggezonken in de satijnen kussens ligt Maria, haar armen boven op het dekbed waarop grote rozen afgebeeld zijn.

'Wat fijn dat je er bent, liefje.' Een breekbaar aandoende Maria kijkt haar met glanzende ogen aan. Ze wil net zeggen dat ze haar altijd wil helpen als Maria alweer verdergaat. 'Arturo zei dat het niet zo druk was op de zaak.'

'Dat zou kunnen.'

'Dus heb ik hem gevraagd of ik je vandaag mocht lenen.'

Sofia begrijpt niet direct wat Maria bedoelt, dus ze knikt alleen maar.

'Is hij gisteravond bij je op bezoek geweest?' De hoop die in de vraag verborgen ligt, is onmiskenbaar.

'Ja.' Ze wil er nog aan toevoegen dat hij netjes geklopt heeft, maar ze houdt zich in.

'Was het gezellig?'

Haar lach is nauwelijks te verbergen, als ze terugdenkt aan zijn onverwachte vertrek. In het Nederlands had ze er een woordgrap over kunnen maken, maar haar Italiaans is daar niet toereikend voor. Ze knikt dus vriendelijk. 'Hoe gaat het met je?' Een veiliger onderwerp.

Het smalle gezicht van Maria vertrekt van pijn. 'Goed,' zegt ze dan en ze knijpt haar ogen iets samen terwijl ze Sofia aanstaart. Ze weten beiden dat het een leugen is.

Maria wijst naar een stoel naast haar bed en Sofia gaat gehoorzaam zitten. Op audiëntie bij de koningin. Met haar handen in haar schoot wacht ze af.

'Arturo wil graag...' Maria stopt en likt over haar droge lippen. 'Je moet begrijpen dat het niet makkelijk is om op te groeien in de familie Russo. Mensen hebben snel een mening klaar. En Arturo is... is anders.'

Maria is ineens moeder geworden. Een glimlach maakt haar gezicht zacht.

'Arturo is een goed mens, maar...' een snelle blik in haar richting. Schuldbewust bijna, alsof ze uit de school klapt. 'Maar ik zou willen dat hij wat meer van jouw kracht had. Hij is te goed van vertrouwen, waardoor hij makkelijk slachtoffer kan worden van mensen die het niet zo nauw nemen met de regels en hem een loer willen draaien.'

Het contract is terug in haar hoofd. Ze weet nog steeds niet wat ze ermee aan moet. Kan ze vragen aan Maria hoe een makelaardij werkt op Sicilië? Of is het beter om voorlopig zwijgend te leren? Ze besluit voor het laatste.

'*Nelle botti piccine ci sta il vino buono.*' Maria articuleert de woorden met grote lipbewegingen.

Vooral de laatste woorden landen, maar Sofia begrijpt niet direct waar dit op slaat.

'In de kleinste vaatjes zit de beste wijn,' vertaalt Maria met een gelukzalige glimlach. Daarna schenkt ze haar zo'n dikke knipoog dat Sofia niet anders kan dan blozen om de openlijke manier waarop een moeder haar zoon aanprijst.

'Kan ik wat water voor je inschenken?' Sofia kijkt snel om zich heen. Geen fles of glas te bekennen.

'Water graag. In de keuken. *Grazie*, Sofia.'

Terwijl Sofia zachtjes naar de keuken sluipt, hoort ze Umberto telefoneren in een van de afgesloten kamers. Zijn stem is zwaar, zijn woorden kortaf.

Maria is verzwakt, dat is haar direct duidelijk. Ze heeft hulp nodig, want Umberto is niet echt de aangewezen persoon om met sapjes en washandjes om zijn vrouw heen te draaien. Maar de wens om dan maar háár hierheen te halen is best vreemd.

Het gaat goed. Ondanks dit positieve antwoord van Maria weet Sofia dat haar gezondheid in die paar dagen dat ze haar niet gezien heeft een stuk achteruit is gegaan, alsof ze zich bij haar lot heeft neergelegd.

'*Prego*, Maria.' De gulzigheid waarmee Maria het koele water naar binnen slokt ontroert haar. Ineens weet ze waarom ze hier is. Ze hebben bedacht dat zij de aangewezen persoon is om Maria te ondersteunen. Het maakt niet uit of Maria het idee heeft voorgedragen of dat Arturo met het voorstel op de proppen kwam. Zij mag haar verzorgen.

'Kan ik verder nog iets voor je doen?' Sofia voelt zich warm van binnen worden als ze de dankbare glimlach ziet.

Maria zegt niets, maar reikt haar alleen het halflege glas aan. 'Fijn dat je blijft.'

En daarmee zijn de taken verdeeld.

'Ik heb vannacht van mijn moeder gedroomd,' zegt ze zacht, als ze denkt dat Maria slaapt. Al die tijd heeft Maria haar met een blik omarmd waaruit dankbaarheid sprak. Sofia heeft het met een knikje ontvangen.

Ze heeft haar stoel dichter bij het bed geschoven en houdt de hand van Maria vast. Soms gaan er kleine schokjes doorheen.

'Het was alsof ze weer tegenover me zat. Ze...' Tranen knijpen haar keel dicht. 'Ze was toen al ziek.' Haar blik rust op het gezicht waarvan ze nu de lijnen uitgebreid bestudeert. De licht trillende wimpers, de iets geopende lippen waardoor de ademhaling duidelijk hoorbaar is.

Het is bizar hoe haar leven zich lijkt te herhalen, alsof dit de weg is naar een nieuw leven. Al die jaren heeft haar moeder gezegd dat ze voor zichzelf moest kiezen, dat ze niet de fouten moest maken die ze zelf had gemaakt. Het is alsof haar moeder in het lichaam van deze kleine Italiaanse vrouw opnieuw tot leven komt en ze haar levenseinde opnieuw mag begeleiden. Wanhopig blijven vasthouden of vredig het leven verlaten, zal deze Italiaanse mama ook een keuze mogen maken?

Sofia grijpt naar haar borst waar ze haar moeder vanaf dat moment bij zich weet.

Leeg.

Geen medaillon.

Ze zoekt opnieuw, maar haar hartstreek is leeg. Behoedzaam maakt ze de hand los en zakt achterover in de stoel. Compleet verbouwereerd probeert ze na te gaan wanneer ze het sieraad voor het laatst om had. Is ze het onderweg verloren?

De uren draaien terug. Dan ziet ze haar moeder weer voor zich in haar droom, een hand op haar hart. Haar moeder heeft geprobeerd haar te waarschuwen.

33

UMBERTO

Met zijn telefoon nog aan zijn oor, loopt hij door de gang. Het liefst zou hij nu direct actie ondernemen, maar daarvoor heeft hij Maria nodig. '*Bastardo*.' Hij klikt het contact weg. Als hij de deur van hun slaapkamer opengooit, kijkt hij recht in het verschrikte gezicht van die Nederlandse vrouw.

'*Porca miseria*!' Dat mens zit hier. Het is hem compleet onduidelijk wat Maria in haar ziet en waarom ze zo nodig hier in huis moet rondhangen. Hij negeert haar compleet en loopt direct naar Maria toe die er slaperig uitziet. Sliep ze?

'Sofia, twee espresso,' verordonneert hij. Tot zijn voldoening ziet hij hoe de vrouw opspringt, die belachelijk rode haren achter haar oor duwt en al bij de deur staat.

'Wacht even.' De hand van Maria steekt vanuit het bed omhoog. 'Voor mij graag met wat melk erin, mijn maag...' ze slikt even. 'En voor mijn man een...'

'Dubbele espresso,' antwoordt Sofia direct. 'Zo vader, zo zoon.'

Umberto trekt zijn wenkbrauwen op en wacht tot Sofia de deur uit is.

'Mijn liefje, hoe gaat het met je?' Hij buigt over haar heen en duwt een kus op haar tere lippen. In een flits dringt tot hem door hoe zwak ze geworden is. Alsof ze zich bij dat ontijbericht van de arts heeft neergelegd.

'Goed.' Ze schraapt haar keel om de boodschap kracht bij te zetten.

'Goed,' herhaalt hij. 'Dat is fijn.'

Gedurende een aantal ogenblikken blijft de stilte tussen hen in hangen. Er worden woorden uitgewisseld die niemand kan horen. Umberto registreert het lichte trillen van een spiertje onder haar ooglid, en de vouwen in haar linkerwang die normaal alleen 's morgens vroeg te zien zijn. Dat goddelijke ochtenduurtje samen met haar in bed, waarin hun lichamen versmelten en waarin ze beiden hun handtekening zetten onder hun ooit gedane gelofte: wij zijn één. Zullen ze dat ooit weer beleven? Of is hun verhitte ochtendfeestje, nu alweer negen dagen geleden, de laatste keer geweest? Die gedachte komt keihard binnen, alsof hij ineens bewust wordt dat ze als twee geliefden afscheid namen terwijl ze onwetend waren van het feit dat ze elkaar nooit meer terug zouden zien.

Umberto schudt zijn hoofd om de nare gedachten kwijt te raken. 'Heb je nog iets nodig?' Terwijl hij het zegt denkt hij aan zijn gesprek met Raul. Het is een watje eerste klas, dat heeft hij al vanaf het begin tegen Maria gezegd, maar zij wilde hem in hun business houden.

'Dat doet Sofia.'

'Wat doet Sofia?' vraagt hij, terwijl hij op het voeteneind gaat zitten.

'Maakt niet uit. Wat is er?'

Umberto ziet tot zijn grote opluchting dat de scherpe blik van zijn vrouw teruggekeerd is. Met haar hoofd is niets mis. Gelukkig maar.

'Hij heeft nog steeds geen contact gezocht. Niets. Hij voert daar geen flikker uit, terwijl ik hier...'

'Wie?' De vraag snijdt zijn woordenbrij door.

Op dat moment hoort hij een zacht klopje op de deur.

'Kom maar liefje.' De glimlach van Maria grijpt zijn hart beet. Zo lacht ze normaal gesproken alleen naar hem. En soms naar Arturo, hoewel die er de laatste jaren beklagenswaardig afkomt.

Sofia sluipt naar binnen. Wat een schriel ding is het toch, met dat bleke gezicht en die te blauwe ogen. Als ze nou gewoon donker haar zou hebben, en die pony niet zo belachelijk kort afgeknipt was, dan zou er misschien nog een lichte kriebel ontstaan.

'Uw espresso,' Sofia reikt hem tot zijn verbazing zijn eigen kopje aan.

'*Grazie*.' Het komt slechts als een zachte sis naar buiten.

Hij nipt aan zijn koffie. Daarna strijkt hij met duim en wijsvinger de restanten uit zijn snor. 'Je kunt wel gaan,' zegt hij tegen Sofia en hij wuift tegelijk met zijn hand in de richting van de deur.

'Je kunt gewoon hier blijven, liefje.' De ogen van Maria boren zich diep in de zijne, als ze eraan toevoegt: 'We hebben geen geheimen voor jou.'

Umberto loopt naar het zitje achter in hun slaapkamer. Hij schuift een van de fauteuils iets achteruit en blijft achter de ronde leuning staan. Hij moet toegeven dat ze slim is; de vrouw rent bijna op hem af, en gaat dan scheef op de stoel zitten met haar gezicht naar hem toe.

Keer nooit je rug naar de vijand.

'*Va bene*.' Hij kan niet anders dan haar een waarderende glimlach schenken voordat hij terugloopt naar het bed.

Als hij de glimlach van zijn vrouw ziet, duwt hij zijn lippen strak op elkaar. Maria is nog steeds mooi als ze haar kracht laat zien. Het idee dat hij straks alleen verder moet, vreet scherpe randjes aan zijn maag. Nee, dat is onmogelijk. Maria komt hierdoorheen. Dat kan niet anders.

'Wat is er aan de hand?' vraagt Maria.

'Hij heeft nog niets gedaan.' Umberto voelt de irritatie direct toenemen. 'Hij denkt zeker dat het vanzelf betaald wordt.'

'Het losgeld?'

'Alsof die klojo uit zichzelf met een koffertje geld naar hem toe gaat.'

'Had je hem aan de lijn?'

'Ik zat al dagen te wachten. Dat mens...' Hij dimt zijn stem en knikt even in de richting van Sofia die naar buiten staart, een hand op haar borstkas alsof ze het bonzen van haar hart wil tegengaan.

'Zij is hier onder valse voorwendselen gekomen. Leugens moeten afgekocht worden.'

'Dat heeft ze gedaan. Ze heeft je zelfs een extra deal in handen gelegd. Ze levert behoorlijk geld op, dus je moet niet doen alsof...'

'Oké.' Hij heft zijn beide handen op. 'Daar heb je een punt, maar nu moet hij wel doorpakken. Het is een zwakkeling.' De benaming die hij sinds vanmorgen in zijn hoofd heeft als hij aan Raul denkt, slikt hij wijselijk in. Maria moet niet denken dat hij zijn bedrijf niet kan leiden.

'Natuurlijk.'

'Ik ben helemaal klaar met hem.'

'Je hebt hem nog nodig voor je business.'

'Hij is niet te vertrouwen.' Hij schreeuwt het bijna uit, zo gefrustreerd is hij. Dat Maria dat niet begrijpt.

'*Tempo al tempo*.'

'Alles op zijn tijd? Ik heb geen tijd meer. Hij moet nú over de brug komen. Ik had er nooit mee moeten instemmen.'

'Daar is het te laat voor.'

'Je weet niet alles.' Zijn blik schiet naar beneden waar zijn voeten verdwijnen in het hoogpolige tapijt. Door de haast waarmee hij moest beslissen, had hij verzuimd grondig onderzoek te doen. 'Die vent van haar is geen lieverdje. "De Muis" wordt hij genoemd, dat is vast niet voor niets. Zo'n klein onderkruipsel dat door de kleinste openingen kruipt om zijn eten te vinden. Straks staat hij hier op de stoep; hij heeft zijn connecties.'

Het blijft stil. Een irritant zoemende vlieg klapt elke keer weer tegen het raam waarachter de zon hun mooie tuin verlicht. Hard gebrom onderbroken door stilte. Steeds opnieuw.

'We hebben ons nog nooit laten tegenhouden,' fluistert Maria met een felle ondertoon. 'Je hebt je verdediging toch op sterkte?'

Umberto loopt naar het raam. De vlieg zit stil op het glas en veegt met zijn achterpoten over zijn vleugels. 'Natuurlijk. Ze worden allebei in de gaten gehouden.'

'Mooi. Paniek is gevaarlijk, rust wordt beloond.'

Hij draait zich om. Maria is onderuitgezakt en heeft haar ogen gesloten. 'De tijd is deze keer niet op onze hand. Zal ik...?'

Ze opent haar ogen die flets de kamer in kijken. 'Nog niet. Geef hem een duwtje en zet onze andere man naast hem om een oogje in het zeil te houden.'

Hij knikt, ziet dat Maria al weggezakt is en pakt een oude krant van het nachtkastje. De kop schreeuwt DODELIJKE EXPLOSIE DOOR GASLEK. Umberto grijnst en loopt naar het raam.

Met de punt van de krant duwt hij tegen de vlieg die direct opvliegt en weer op het raam knalt. En opnieuw. Steeds als de vlieg blijft zitten om uit te rusten, geeft hij hem een duwtje. Het insect vecht door, maar is uiteindelijk zo moe dat hij uitgeput op het kozijn blijft zitten.

'Dat zal je leren.' Hij heft de krant op en slaat met kracht op het raam. Net boven de vlieg, die met zijn laatste krachten door het raam in de verlokkelijke tuin probeert te komen. 'Dit ga ik met je doen, mannetje. De dood is inderdaad te makkelijk.'

34

Tony staat voor de ingang van zijn cioccolateria en hupt van het ene been op het andere. Zijn gezicht straalt als hij haar ziet aankomen. Het is gewoon aandoenlijk hoe hij popelt om naar zijn kleinzoon te gaan. Italianen zijn dol op kinderen.

'Ga maar gauw,' zegt ze als ze haar tas achter de balie zet. Ze ziet nog net zijn witte schort achter hem aan fladderen als hij de hoek om slaat. 'Je schort,' zegt ze, ook al weet ze dat hij allang buiten gehoorsafstand is.

Het is fijn om even alleen te zijn. Ze pakt een glas water en klokt het achter elkaar naar binnen. In de afgelopen uren is haar zelfbeheersing behoorlijk op de proef gesteld. Waarom laat Maria haar binnen in het kleine kringetje van haar belangrijke familie? Ze kennen elkaar nog geen drie weken, toch lijkt de vrouw haar volledig te vertrouwen. Zelfs de problemen in hun business hebben Umberto en Maria in haar bijzijn besproken. Over het losgeld. De nauwelijks te sussen woede van Umberto. Hun akelige discussie over hoe ze Raul willen aanpakken. Alsof hij geen mens is, maar een pion die gewoon van het schaakbord geslagen kan worden.

Maar het meest beangstigende is dat het hele gesprek feitelijk over háár ging, en heel even kruipt het duiveltje op haar schouder dat fluistert dat Maria doelbewust haar aanwezigheid heeft georganiseerd. Die lieve breekbare vrouw is in werkelijkheid een furie.

Natuurlijk wist ze meteen dat het over Raul ging, daarvoor hoefden ze zijn naam niet te noemen. Losgeld, haar gedraai omtrent de ontvoering die een nieuwe identiteit werd en daarna het voor de neus weg noemen van de enige naam die ze moeiteloos kon opvangen: de Muis. Ondanks de warmte in de lunchroom, rilt ze. Benny's bijnaam. Zelf had ze hem al te vaak in gedachten verbasterd tot de Rat, zeker op die momenten dat de alcohol zijn emoties te hoog liet oplaaien. Zou Benny echt in staat zijn om haar hier te vinden, zoals Umberto dacht?

Sofia zucht diep. Ze moet het allemaal loslaten en maar laten gebeuren. Op geen enkele manier heeft ze er nog vat op. Het is haar eigen keuze geweest om te vertrekken op deze ongebruikelijke manier, dus zal ze er het beste van moeten maken. En als ze rondkijkt door de ruimte met de vele vitrinekasten vol chocola, de glimmende koffiemachine en het terrasje waar ze zomaar mag bedienen, is ze eigenlijk heel tevreden. Aan de muur hangt een bordje met een spreuk: SAVE THE WORLD. IT IS THE ONLY PLANET WITH CHOCOLATE. Natuurlijk in donkerbruine letters. Ze glimlacht en voelt het geluk terugstromen in haar lijf. Ze zit op de goede plek.

Buiten arriveren de eerste lunchgasten. Terwijl haar gedachten af en toe terugflitsen naar wat er die ochtend gebeurde, neemt ze hun bestelling op en verkoopt aan beiden een cannoli, waarbij de zoete ricotta in een knapperige wafel gerold is. Natuurlijk probeert ze de favoriet van Tony, chocola met rozemarijn, erbij te verkopen.

'*Maybe later*,' antwoorden de twee Engelse toeristen met een vies gezicht.

'Ik kan ook een chocoladesurprise maken?'

De vrouw kijkt haar man met die typische blik aan waardoor alle mannen smelten.

'Twee chocoladesurprises,' besluit Sofia, terwijl de man nog aan het nadenken is. De vrouw is nu haar bondgenoot en zij creëert zo de mogelijkheid om haar eigen klantenschare op te bouwen.

Terwijl ze de sneeuwwitte zachte Italiaanse kaas in de wafels spuit, bedenkt ze dat Benny in Nederland bezoek zal krijgen. Losgeld om haar terug te krijgen. Een uniek plannetje leek het. Pas vlak voor haar vertrek had ze bedacht dat ze dan wel iets nodig had waardoor hij die optie zelfs maar in overweging zou nemen. Vandaar dat ze zich, naast het toegeëigende geld, bewapend heeft met een levensverzekering. Hij moet bloeden voor elke vuistslag die hij haar heeft gegeven. En nu moet hij dat losgeld wel betalen, anders zal hij zelf moeten onderduiken. Zijn zogenaamde partners zullen haar plannetje niet leuk vinden.

Behoedzaam legt ze de gevulde cannoli op een schoteltje en legt er een mooi opgevouwen servetje bij. Op de rand van de bordjes brengt ze als versiering met gesmolten chocola wat achtvormige krullen aan. Haar handtekening. Ze kijkt tevreden naar het geheel.

'*Molto bello*,' herhaalt ze de woorden die Isabella de eerste keer dat ze het zag bewonderend had uitgesproken.

Vlak voordat ze het dienblad oppakt, raakt ze de plek aan waar haar medaillon hoort te zitten. Het ligt in haar badkamer, weet ze inmiddels bijna zeker. Dat moet wel. Op het glazen plankje boven de wastafel. Door de haast heeft ze hem na het douchen vergeten om te doen. Ze kan zichzelf wel voor haar kop slaan dat ze zo onvoorzichtig is geweest. Toch vindt ze het vreemd dat ze hem die ochtend niet gezien heeft. Twijfel knaagt.

'Laat het u smaken!'

De blij verraste glimlach is haar fooi.

Twee uur vol passie werken doet haar bijna vergeten waarom ze zo snel naar huis wil. Het aantal lunchgasten is lager dan anders, zodat ze zelfs tijd heeft om in het laboratorium wat in het voren te maken. Haar chocoladesurprise slaat aan, waardoor ze die alleen vandaag al meer dan tien keer verkocht heeft. Terwijl ze het terras in de gaten houdt, kan ze ongestoord haar gang gaan. Normaal heeft ze altijd het idee dat Tony het maar niks vindt dat ze de door hem gemaakte Modica-chocola verder bewerkt. 'Het wordt hier gemaakt volgens het recept van de oude Azteken,' zegt hij dan. Nu zijn er geen argwanende ogen die haar handelingen volgen.

Met een tevreden gevoel in haar buik kijkt Sofia naar het blad vol sierlijke vormen. Door de boel een beetje extra te verwarmen, is het mogelijk om de chocola in een andere vorm te kneden dan de ruwe brokken, die volgens de traditie altijd uit vier stukken bestaan. Variatie maakt het aanbod altijd aantrekkelijker.

Ineens is Daan er. Met zijn gave om steeds nieuwe creaties te bedenken was hij de meest succesvolle banketbakker uit de regio. En misschien nog wel verder.

'Stilstaan is achteruitgang,' zei hij met een trotse klank in zijn stem als hij weer eens een nieuwe kleur had gemaakt met enkel en alleen natuurlijke materialen.

Ze veegt haar handen af aan een doek en legt haar chocoladefiguren in de koeling. Morgenochtend zal ze ze ophalen om mee te nemen naar het kantoor. Met een glimlach om haar lippen bedenkt ze dat Maria er vast en zeker ook van zal smullen.

Met een steelse blik kijkt Sofia naar de klok. Het is bizar dat ze niet eens weet of Arturo haar die middag nog op kantoor verwacht of dat ze terug moet naar de villa. Maria sliep toen Sofia uit de slaapkamer wegsloop. In de achterkamer bromde de stem van Umberto die ze voor geen goud wilde storen. Ze wist niet hoe snel ze de voordeur achter zich dicht moest trekken.

De traptreden voor haar appartement zijn leeg. Na de drukke uurtjes in de lunchroom valt de stilte in haar straat haar op. Het is eigenlijk een perfecte plek om te wonen, dicht bij het centrum en toch rustig. Ze heeft geen idee hoe het gaat met de huur, daar moet ze het eens met Arturo over hebben. Wie betaalt dat? Of is ze een soort onderhuurder die het pand bewoonbaar houdt tot het verkocht is?

De voordeur staat op een kier.

Ze houdt haar adem in als ze zacht tegen de deur aan duwt. Ook al weet ze dat er verschillende sleutels in omloop zijn, ze sluit haar appartement altijd af als ze weggaat. Ook vanmorgen.

'Hallo?' Haar stem galmt door de hal.

Haar hart bonkt in haar keel als ze verder sluipt. Het moet niet gekker worden dat ze bang is om haar eigen woonruimte in te gaan, scheldt ze in gedachten zichzelf de huid vol. Dat komt van al die lugubere gesprekken.

De deur naar haar badkamer zit dicht. Dus loopt ze door naar de woonkamer en zwaait de deur open.

Haar mond zakt open. De kale ruimte staart haar aan alsof ze een aantal weken in de tijd teruggezet is. Haar kleren hangen niet meer aan de muur, de kaarsjes en de kleine boeddha die ze op tafel had gezet zijn weg, zelfs dat enigszins verkleurde kussentje dat ze bij een vuilnisbak gevonden had, is verdwenen. Waar zijn haar spullen?

Ze rent door naar haar slaapkamer, rukt de kastdeur open. Alles is weg. De koelkast staat zelfs uit. Druppels uit het opwarmende vriesvak vormen een klein plasje water op de bodem.

Het duurt zeker een aantal minuten voor ze beseft dat haar complete appartement is leeggehaald. Haar spullen zijn weg. Alles!

Alles?

De haren op haar armen staan ineens rechtop.

'Nee!' Haar gil kaatst tegen de lege wanden van haar woonkamer en begeleidt haar naar de badkamer. Geen toiletspullen. Geen handdoeken. Zelfs de oerlelijke grijze ochtendjas is weg. Het is alsof ze hier nooit heeft gewoond.

Maar pas als ze het glazen schap boven de wastafel ziet, zakt ze op de grond. Niet in staat om te geloven wat ze ziet, staart ze naar de plek waar ze haar medaillon heeft achtergelaten toen ze ging douchen. Het schap is leeg.

35

Haar voetstappen weerklinken op de trap als ze haar appartement verlaat. In haar hoofd hangt een zwerm zoemende bijen die elke logisch gedachte tegenhoudt. Wezenloos staart Sofia voor zich uit. De grijze huizen richten hun oranje hoeden naar de late zon. Een adembenemend uitzicht, maar nu op een totaal andere manier.

Haar medaillon is weg. Ze weet nog hoe het voelde toen ze het gered had uit haar handtas. Ze kan de ronde vorm met al de sierlijke details zo uittekenen. De kleur van barnsteen met de prachtige stervorm eroverheen gevlochten. Als ze hem openklapte zag ze direct de foto van haar moeder én haar broer. Het is voor haar veel meer dan een sieraad.

Beneden aan de trap zit Gigi die haar bestudeert terwijl hij één oog tegen de zon toeknijpt. Er piepen wat donkere krullen onder zijn muts uit. Gek hoe ze toch deze details registreert terwijl ze zich zo lamgeslagen voelt.

'*Tutto bene*?'

'Niet echt,' antwoordt ze en ze laat zich te hard op het beton vallen.

Ze legt haar tas tussen haar voeten op de trap en frummelt aan het leer. Dit is het enige wat ze nog heeft, een tas die ze niet eens zelf heeft uitgekozen. Door Raul was ze nog enigszins zichzelf gebleven, misschien wel vooral door die twee kleine snuisterijen die ze achterover had kunnen drukken.

Misschien had hij het wel door, ook al heeft ze al die tijd het idee gehad dat ze hem om de tuin had geleid. Een crimineel had haar waarschijnlijk nooit op de achterbank laten zitten, die had haar al die tijd in de kofferbak gelaten, zodat de kans op ontdekking zo klein mogelijk was geweest. Ze moet Raul dankbaar zijn. Hij is misschien wel als enige, mens gebleven in deze harde wereld.

Ineens dringt er woede omhoog. 'Klotezooi,' moppert ze hardop. '*Cazzo*!'

Het besmuikte gegrinnik van Gigi laat haar opkijken. '*Cazzo*,' zegt ze nog een keer om het scheldwoord de kracht te geven die het verlangt.

'Je scheldt als een echte Italiaan.'

'Ik bén een echte Italiaanse,' moppert ze verder.

'Ja hoor, en mijn oma is een heilige,' antwoordt Gigi gevat, waarna hij zijn muts beschaamd over zijn hoofd trekt. 'Ik bedoel...'

'Maakt niet uit, Gigi. Ik begrijp het.'

Zijn bijna zwarte ogen nemen haar argwanend op.

'Je hebt geen oma meer. Ik heb geen idee waar je woont, maar ik zal je niet verraden.'

Hij zwijgt en pakt een stokje waarmee hij in de barsten van het beton wroet. Ze heeft geen idee hoe het hier in Italië werkt, maar in Nederland zou zo'n knul door Jeugdzorg in een tehuis of pleeggezin geplaatst zijn.

'Ik zou je vanavond wel weer te eten willen uitnodigen, maar...' Ze zucht diep. 'Volgens mij zitten we in hetzelfde schuitje.'

'Het is nog steeds jouw huis.' Gigi trekt een mondhoek op. Het blijft een aandoenlijke knul.

'Een huis zonder spullen. Alles is weg, wist je dat?'

Gigi buigt zijn hoofd.

Terwijl ze op de binnenkant van haar wang kauwt, vertaalt ze zijn zwijgen. 'Jij weet meer.'

Geen antwoord.

'Jij hebt gezien welke klootzak dit op zijn geweten heeft!'

Nu knikt Gigi, waarna hij zijn schouders ophaalt. 'Ik kon er niets tegen doen. Ze waren met z'n drieën.'

Bloedlink is ze. Met ferme stappen loopt ze door de Corso Umberto. Haar schoudertas slaat wild heen en weer. Wat denkt hij wel niet. Eerst verordonneert hij haar bij zijn moeder en dan ziet hij de kans schoon om haar schamele bezittingen te jatten?

'*Bastardo*!' roept ze gefrustreerd uit. Ze doet alsof ze de verstoorde blikken niet ziet. Lekker belangrijk. Ze mogen weten dat ze niet met zich laat sollen. Ook al is die klootzak van een Arturo de zoon van de padrone, dan heeft hij nog het recht niet om met zijn fikken aan haar spullen te komen.

En wat had ze helemaal? Een paar jurken, een versleten kussen en wat toiletspullen. Zelfs de inhoud van haar koelkast gaf haar niet meer dan een simpele maaltijd. Daar gaat het haar ook niet om. Als hij inderdaad haar medaillon heeft gepakt, dan moet ze naar hem toe. En snel ook!

Het is meer dan alleen een sieraad met herinneringen, het is haar levensverzekering. Dat laatste wapen mag hij niet uit haar vingers slaan.

Het is maar goed dat het zo'n eind lopen is. Enigszins afgekoeld komt ze bij de makelaardij aan. Maar als ze het kantoor binnenkomt en Lorenzo en Dante synchroon en met eenzelfde blik opkijken, weet ze wie er aan haar spullen hebben gezeten. Toch dendert ze direct door naar achteren, waar ze zonder te kloppen het domein van Arturo binnenvalt.

Zodra hij haar ziet, springt hij op. 'Sofia, ik…'

'Ben jij…' Trillend staat ze naast de overlegtafel. Ze probeert haar opgejaagde ademhaling tot rust te brengen om hem heel duidelijk te kunnen maken wat ze van hem vindt. 'Vuile dief,' spuugt ze dan naar buiten.

'Relax.' Arturo heft zijn handen afwerend naar haar op.

Het voelt ineens goed om groter te zijn dan hij. Ze gaat op haar tenen staan om het effect nog wat te versterken.

'Ik heb niets! Een paar jurken, niets van waarde. En jij…' Ze laat haar blik geringschattend over zijn lijf gaan. 'Waarom?' eindigt ze uiteindelijk, omdat de hitte haar totale woordenschat heeft verschroeid.

Tot haar verbazing barst hij in lachen uit, loopt langs haar heen en sluit de deur. 'Denk jij dat ik geïnteresseerd ben in jouw spullen?'

Ze zou met liefde die zelfvoldane grijns van zijn gezicht meppen, maar iets in zijn stem maakt dat ze zich inhoudt. 'Ja, dat denk ik,' antwoordt ze dus.

'Maar lieve Sofia...'

'Ik ben je lieve Sofia niet,' zegt ze in rasecht Wagenings.

'Heb je het dan niet begrepen?'

Ze duwt haar lippen op elkaar. Ondanks de intense woede, ziet ze dat zijn ogen zacht en meelevend staan.

'Ik moest echt weg, daarom had ik dat briefje neergelegd.'

Ze sluit haar ogen en zoekt in gedachten naar een briefje. 'Er was geen briefje. Er was helemaal niets meer. Je hebt gewoon alles meegenomen!'

'Ach Sofia, ik bedoel de avond ervoor. Ik had graag een glas wijn met je gedronken, maar ik had geen tijd meer.'

'Maar...'

'Je hebt mijn moeder met je beslissing erg gelukkig gemaakt. Ze hing direct na de lunch al aan de telefoon.'

'Beslissing?' Sofia's mond is zo droog dat ze moeite heeft met articuleren.

'Maar waarom ben je eigenlijk hier?'

Compleet verbouwereerd staart ze Arturo aan, die nu schuin op de overlegtafel is gaan zitten. 'Waar zijn mijn spullen?'

'In mijn ouderlijk huis. Ik dacht dat je dat wel begrepen had.'

'Bij...' Ze probeert te slikken. 'Bij Maria?'

'Ja, natuurlijk. Je dacht toch niet...?' Arturo pakt haar bij de schouders en kijkt haar zo doordringend aan dat ze het er warm van krijgt. 'Liefje, vanaf vandaag wordt alles beter.'

'Betekent dit dat ik bij haar ga... ga wonen?'

'Goed geregeld, toch? Ik zag het al tijdens het etentje laatst. Dat ze jou in haar domein toeliet, de manier waarop ze naar je kijkt. Mijn moeder is gek op je.'

Ze klampt zich vast aan de rand van de tafel. Wonen bij de grote padrone die haar als een gevaar voor zijn business ervaart. Die vindt dat haar leugens afgekocht moeten worden en die duidelijk heeft gemaakt dat hij haar liever kwijt dan rijk is.

'Mag ik wat water?' vraagt ze dan benepen.

'Gaat het wel goed met je? Je ziet zo bleek.' Arturo loopt naar zijn bureau. 'Alsjeblieft. Ga maar even zitten.'

Terwijl ze zich als een drenkeling aan het glas water vasthoudt, zakt ze op een van de stoelen. Gulzig drinkt ze een paar slokken van het koele vocht. Dan kijkt ze omhoog. 'En nu?'

'Ik zal je naar huis brengen.' Hij staat op, pakt zijn leren portefeuille uit een bureaula en helpt haar voorzichtig overeind. 'Je zult je er snel thuis voelen. Net zoals ik.'

Als ze aan de arm van Arturo tussen de bureaus door loopt, ziet ze Lorenzo haar kant op kijken. De hitte schiet omhoog. Ze ziet zichzelf de kopieën weer onder haar matras schuiven. Het bewijs dat er gerotzooid wordt met contracten ligt nog in het lege appartement. Hoopt ze.

Vanavond moet ze terug, al was het alleen al om zichzelf buiten de vuurlinie te houden.

36

BENNY

Het heeft dagen geduurd voor hij weer zonder knoeien bier kon drinken. Als een baby slurpte hij aan zijn glas en hij kon niet voorkomen dat het kostbare goudgele vocht langs zijn kin omlaag druppelde. Vanmorgen kon hij gelukkig weer een beetje door zijn dichtgeslagen oog kijken. Zijn blauwe plekken waren groen geworden zag hij in de spiegel.

De nastoot kwam vanuit onverwachte hoek. Van Anne. Die meid heeft hem gewoon een afscheidsbrief gestuurd. Daar kwam hij net achter toen hij zijn post openmaakte. Zo'n gewone witte envelop, met een handschrift dat hij direct herkende. Hij scheurde hem open en vond haar briefje.

Ik heb iets van jou, jij weet iets van mij
Als je mij met rust laat, zal ik mijn mond houden

Hij sprong op alsof zijn achterste in de fik stond en ging direct op zoek. Maar natuurlijk was de secuur opgeborgen informatie weg. Zoals ze al schreef. Ze had het gewoon meegenomen. Die stomme teef. Nu weet hij: hij is compleet nat. Die gasten waren spoorloos verdwenen. Met Anne. En hij wist waarom ze zijn informatie had meegenomen. Als levensverzekering.

37

BENNY

In het licht van een van de weinige straatlantaarns die het bedrijventerrein in Ede rijk is, dansen muggen die op zoek zijn naar een laatste restje warmte voor ze neerdwarrelen en sterven. De warmte van de zon is allang vervlogen en het vocht van de Nederlandse aprilnacht hangt om hen heen. Bij elke stap die Benny zet, verbijt hij de pijn. Zijn lijf is nog niet toe aan lange wandelingen en al helemaal niet aan vechtpartijen. Toch kan het daar zomaar op uitdraaien tijdens het afleveren van het losgeld, want dat ze de centen van Daan vrijwillig gaan afgeven staat niet in zijn planning.

Die middag ontving hij tot zijn verbijstering een appje van Anne. Hij kan de ruis in zijn kop zo weer oproepen. Hoe kon ze contact met hem opnemen? Maar het was die vermaledijde ontvoerder, die haar telefoon gebruikte om hem af te persen. Of hij maar effe wat losgeld wilde betalen. Veertigduizend keiharde pegels.

Het gekke was dat hij zich eerst oprecht blij had gevoeld. Anne leefde nog en hij zou haar weer thuis kunnen krijgen. Het leven zou weer verdergaan in de normale harmonie. Zelfs het briefje zou hij haar vergeven. Het probleem was het geld; hij had geen cent meer. Maar Daan had vast nog wel ergens een spaarcentje liggen. Het losgeld kon hij mooi gebruiken om Anne terug te vinden.

Het plan dat hij direct aan zijn maat had voorgelegd was te mooi om te laten liggen. Daan stelde een deel van het geld beschikbaar en Benny verzweeg dat hij zijn deel nooit kon bijlappen. De enige voorwaarde van Daan was dat hij zelf het geld zou overhandigen.

'Waar moeten we zijn?' vraagt Daan al voor de derde keer.

'Hier rechtsaf.' Voor Benny de hoek om slaat, houdt hij zijn pas in. Natuurlijk is hij niet bang, hij is gewoon alert. Hij laat zijn blik rondflitsen en voelt dat ze alleen zijn. Hij kijkt op zijn mobiel. Bijna middernacht. Mooi, ze zijn op tijd.

Hij sist naar zijn maat die zich direct naar hem omdraait. Hij werpt een knikje naar een donkergrijze loods die wat verder naar achteren ligt.

'Moet ik daarheen?' Daan strijkt nerveus met zijn vingers onder zijn neus. Hij trekt zijn zwarte muts nog wat verder over zijn hoofd. Zijn ogen flitsen ongedurig heen en weer.

Ineens twijfelt Benny. Daan kan alles zomaar verpesten. Hij moet zelf de controle houden. Als hij het slim aanpakt, kunnen ze achter waardevolle informatie komen én houden ze het geld in eigen hand.

'Geef mij het geld maar,' bromt hij daarom. Hij kijkt even om zich heen en pakt dan Daans schouder. 'We gaan ze een beetje verrassen. Luister goed, dit is het plan.'

Er zijn nauwelijks vijf minuten verstreken als hij rustig op de loods afloopt. Benny is trots op zichzelf. De envelop met geld zit in zijn binnenzak, het mes ligt er direct onder, klein en handzaam.

Het is alleen maar een voordeel dat Daan vooral briefjes van tien en twintig had, daardoor is het een dik pakket geworden dat zomaar in de richting van die veertigduizend euro kan komen. Niemand die direct doorheeft dat het maar een kwart van het bedrag is. Als zijn plan lukt, komt het niet eens zover.

Zijn voetzolen kraken op het zand. Hij weet dat ze hem kunnen horen aankomen. Prima. Maar ze zijn er niet op voorbereid dat het weleens anders kan gaan dan ze denken.

Veertigduizend voor zijn meissie. Hij was gek op haar. Vooral op haar mond, die voor magie zorgde in bed. Soms had hij geen idee hoe ze het deed, of het haar tong was of dat haar lippen die krachtige bewegingen veroorzaakten. Sjezis wat kon ze hem geil maken.

'Fuck, Benny. Houd je kop erbij,' mompelt hij zachtjes.

Nu hij dichterbij komt, kan hij een deur onderscheiden in de grote grijze loods. Daar is het. Geen licht te zien. Geen idee of er iemand is. Zijn spieren zijn tot het uiterste gespannen als hij de deurklink naar beneden duwt. Hij staart in een zwart gat. Nergens enige beweging. Snel stapt hij naar binnen en sluit de deur achter zich. De harde klik galmt na in de lege ruimte.

Benny durft nauwelijks adem te halen. De omringende duisternis voelt prettig. Hij houdt er niet van om als een schietschijf tegen het licht af te steken. Hij weet hoe het werkt. Hij probeert wat geluiden op te vangen. Geschuifel. Een ademhaling. Iets. Maar het enige wat hij hoort is zijn hart dat als een malle bonkt.

Net als hij zijn mes wil pakken om op onderzoek uit te gaan, hoort hij iets. Nauwelijks vijf meter van hem af, vlamt een lucifer op. Hij staart in een bekend gezicht.

'Ciao, Benny.'

Een lichte luchtverplaatsing laat het vlammetje onrustig flakkeren.

Het is die klote Italiaan die hem op het parkeerterrein te grazen heeft genomen. 'Geen zonnebril nodig?' Benny draait zich naar hem toe. Natuurlijk weet die gast zijn naam.

'Heb je het geld?'

'Waar is Anne?'

'Anne?' De man klinkt verbaasd.

'Mijn vrouw.'

'Aha. Jouw vrouw. Natuurlijk, Anne, je vrouw.'

Benny's zelfverzekerdheid krimpt met de seconde. Er klopt iets niet. 'Waar is ze?' vraagt hij nogmaals.

Ergens achter in de loods hoort hij een deur dichtvallen. Het vlammetje dooft. Direct erna hoort hij voetstappen. Hij vloekt binnensmonds en wil net zijn telefoon pakken om zijn zaklampfunctie te activeren als hij van achteren wordt vastgegrepen.

'Geen wapens,' sist een stem. Een arm klemt zijn luchtpijp dicht.

'Ik heb het geld,' piept hij.

‘Waar?’

Dit loopt helemaal verkeerd. Benny denkt koortsachtig na en probeert achteruit te schoppen.

‘Geen geintjes! Waar is het geld?’

‘Waar is Anne?’

Een schaterlach galmt door de holle loods. ‘Anne is een gouden ei. Je moet fiks betalen om haar terug te krijgen.’

Een stem vanuit de ruimte. ‘Laat hem gaan!’

Mooi, daar is Daan! Nu hopen dat hij weet wat hij doet. Hij voelt dat die Italiaan zijn greep verstevigt en hem met zijn gezicht naar het geluid toe draait. Dan is het stil.

‘Wie is dat?’ sist de Italiaan.

Benny wil zijn hoofd schudden, maar slaagt daar niet in.

‘Ben je niet alleen?’

Dan gebeurt alles in een flits. Een geluid achter hen. Een enorme ruk aan zijn lijf, waarbij zijn hals bijna doormidden lijkt te breken. Dan is hij los. Er is geschreeuw om hem heen. Doffe vuistslagen. Gekreun.

‘Help me, Benny!’ roept Daan ergens naast hem.

Hij ziet twee schimmen voor zich in het duister. Vechtend. Maar wie is wie? Met een enorme zwaai mikt hij op een van de hoofden. Dan haalt hij uit. Een doffe kreun. Een plof. Dan stapt hij een achteruit, balt zijn vuisten en gaat door zijn knieën. Alert op een nieuwe aanval. Heeft hij de goede geraakt?

38

Het blijkt precies te zijn zoals Arturo haar heeft gezegd: haar spullen liggen in de villa. Op zijn gebruikelijk stugge manier heeft Umberto haar naar een eigen kamer gebracht. Ze voelde aan alles dat hij het niet eens is met dit beleid van zijn vrouw, maar hij zweeg in alle toonaarden over deze inbreuk.

Vanaf vandaag woont ze dus bij Maria. Als ze dat maar in haar hoofd prent klinkt het minder bedreigend.

'Liefje?' De stem van Maria klinkt vanuit de aangrenzende slaapkamer.

Sofia blijft nog even op haar nieuwe bed zitten en kijkt naar haar schamele bezittingen. Haar hoofd hangt tussen haar schouders. Het idee dat ze haar medaillon kwijt is ligt als zware klei in haar maag. Niet tussen haar kleren. Niet in het plastic zakje met haar toiletspullen. Zelfs niet tussen de snuisterijen die in verschillende zakken terechtgekomen zijn. Het idee dat anderen in haar spullen geneusd hebben, is vervelend. Maar dat haar medaillon, en dus de enige afbeelding die ze heeft van haar geliefde familie, spoorloos is, is onverteerbaar.

'Sofia?'

'Ja ja,' mompelt ze zacht. Met een diepe zucht hijst ze zichzelf van het matras. De luxe van satijnen lakens, het zachte tapijt en de stapel roze handdoeken, het is allemaal niet belangrijk. Toch mag ze dat niet laten blijken. Niemand weet dat ze eigendommen achterovergedrukt heeft.

Met de deurkruk in haar hand, probeert ze een paar keer een glimlach op haar gezicht te duwen. Hoe lastig. Nu de tranen op doorbreken staan, lijkt het onmogelijk om Maria om de tuin te leiden met een nepsmile.

'Daar ben je. Kom even bij me, wil je?' Maria strekt haar handen naar haar uit.

Haar glimlach is nog net zo warm als eerst, toch zoekt Sofia naar een verborgen boodschap. Iets wat ze in de afgelopen tijd gemist heeft. Het kan toch niet zo zijn dat deze vrouw, die feitelijk hier de touwtjes in handen heeft, haar zonder enige reserve in haar hart sluit?

'Is je kamer goed?'

Sofia smelt langzaam weer in haar rol. Deze breekbare vrouw heeft hulp nodig. Ze wil haar vragen hoe ze zich voelt, maar ze weet dat ze daar nooit een eerlijk antwoord op zal krijgen. Dan duwen de tranen de laatste weerstand weg.

Sofia knikt en veegt steeds opnieuw langs haar ogen waar de tranen nauwelijks te stelpen lijken. '*Grazie*, Maria. Een prachtige kamer. Waar heb ik dat aan verdiend?'

'Je bent een lieve dochter.'

'Maar...?' Sofia kijkt haar aan door een waas van tranen.

'Ik heb altijd een dochter willen hebben, maar God...' Maria slaat snel een kruisje, 'heeft anders beslist.'

'Je hebt een pracht van een zoon.' Pas als ze het zegt, voelt ze een blos omhoog schieten.

'Ik weet het.' Zwijgend legt Maria haar handen gevouwen op haar borst.

De verwarring slaat toe. Sofia wil ontkennen dat ze Arturo knap vindt, misschien zelfs op hem valt. Maar ook dat ze hem de huid heeft vol gescholden. Dat ze hem niet vertrouwt en tegelijkertijd wil helpen. Maar ze beseft dat ze het daar alleen maar erger mee maakt.

Ze veegt langs haar ogen die branderig aanvoelen. 'Kan ik wat voor je halen?'

'Graag.'

'Met melk?'

'Je bent zo goed voor me.' Maria pakt haar hand en streelt over haar vingers. Als Sofia zich voorzichtig losmaakt, beseft ze dat Maria over haar lege ringvinger wreef.

Terwijl ze de hete stoom door de melk laat bruisen, borrelt er van alles in haar hoofd. Het plotselinge moedergevoel van Maria, haar gekoketteer met zoon Arturo die ze wel té opzichtig in haar armen wil duwen. Het is toch niet te rijmen met haar rol in de business van Umberto waar ze over het leven van zijn werknemers beslist alsof ze kippen aanbiedt voor de slacht.

Het is een beangstigende combinatie. Zeker nu ze zelf in het episch centrum terecht is gekomen. Is dit een schijnveiligheid en zal ze moeten gehoorzamen om te overleven of kan ze haar positie juist gebruiken om haar nieuwe leven een impuls te geven?

Wat weet Maria allemaal over haar vroegere leven als Anne? Over Benny? Waar hij nu is bijvoorbeeld. Maria is een ster in informatie verbergen. Waarschijnlijk weet ze alles van Benny, terwijl ze dat in het ziekenhuis op geen enkele manier liet blijken.

'Wat ben ik toch een dom wicht,' prevelt Sofia naar het groeiende melkschuim. 'Maria is de spil.' Ineens beseft ze dat ze elk woord dat ze voortaan wil uitspreken eerst moet afwegen. Dan grinnikt ze zacht. In elke kracht zit een zwakheid. Ze moet Maria bespelen op een manier die de vrouw door haar verzwakte conditie niet in de gaten zal hebben. Er zit natuurlijk een groot risico in: als het misgaat, zal de strop zeker aangetrokken worden.

Tot haar grote voldoening is het haar gelukt een redelijke maaltijd te fabriceren. De gegrilde aubergines zijn iets te slap, maar in de pasta kan haar Italiaanse gastgezin nog lekker de tanden zetten. Maria ligt ondersteund door kussens in haar hemelbed terwijl Umberto en Arturo aan haar voeteneind zitten. Bord op schoot, het lijkt bijna huiselijk.

Sofia krijgt geen hap door haar keel. Vanaf haar plek naast het bed kan ze gelukkig Maria af en toe helpen, anders had ze zich hopeloos opgelaten gevoeld.

'Goed eten, hoor liefje.' Maria knikt naar haar bord dat op een dienblad staat.

'Smaakt het?' Ze hoort zelf de warmte in haar stem, waarvoor ze niet eens haar best hoeft te doen. Natuurlijk moet ze op haar hoede zijn, maar het zwijgend spreken gaat haar steeds beter af.

Arturo heeft zonet zijn bord tot het laatste beetje tomatensaus leeg geschraapt. 'Heerlijk.' Hij likt zijn lippen af, terwijl hij haar zo intens aankijkt dat ze zich snel op Maria richt. Maar Maria laat haar ogen over haar en Arturo dwalen op een manier die niets te raden overlaat.

'Is er ook een dessert?'

Sofia denkt aan haar chocoladesurprise waarmee ze in Tony's zaak geweldig scoort. 'Ik... Voor vandaag heb ik er geen rekening mee gehouden. Maar mag ik morgen...?'

Zonder iets te zeggen trekt Umberto een stapel bankbiljetten uit zijn broekzak en gooit er een paar op het voeteneind. Sofia krijgt het er warm van. Wat alleen maar toeneemt als Maria hem een bestraffend knikje geeft, waarna er nog meer volgen.

'Maak er maar een feestmaal van,' fluistert Maria, waarna ze terugzakt in de kussens.

Sofia ziet het blauwe waas onder haar ogen. Ze herkent het. De vermoeidheid tekent daar het snelst. Ze staat direct op, stapelt de borden en zegt opgeruimd: 'Ik breng jullie zo koffie in de salon. Het lijkt me goed als Maria nu even gaat rusten.'

Tot haar verbazing staat het tweetal gehoorzaam op. En terwijl Umberto zijn sigaartje al uit zijn borstzak pakt, druipen ze af in de richting van de hal.

'*Grazie.*' Het is nauwelijks hoorbaar.

'Kan ik je nog iets brengen?'

'Nee, dank je wel.'

Net als Sofia met het dienblad de slaapkamer uit wil lopen, roept Maria haar terug. Langzaam begeeft ze zich weer in de richting van het bed.

'Wat is er? Water? Of wat warme melk misschien?'

Dan steekt Maria haar hand onder haar dekbed en haalt er iets onder vandaan. Pas als Maria haar hand opent, herkent Sofia het kleinood.

39

Verslagen zit ze naast het bed. Maria had haar eerst weggestuurd om de mannen hun beloofde koffie te serveren. Maar nu moet ze eraan geloven.

'Wat is dit?'

'Het is van mij,' fluistert Sofia, terwijl ze een velletje naast haar nagel los pulkt.

'Het is niet van jou.' Maria heeft het voorwerp voor zich neergelegd.

Sofia kijkt op, er vlamt vuur in de ogen van Maria.

'Dit is van Anne.'

Het is vreemd om haar naam door Maria te horen uitspreken. De Italiaanse verbastering geeft haar oude leven een nieuwe impuls.

'En die vrouw bestaat niet meer.'

'Het spijt me.' Kon ze maar weglopen. Dan hoefde ze niet meer de vurige teleurstelling te hoeven zien. Maar waar moet ze heen? Terug in haar oude leven is onmogelijk zonder opgepakt te worden en in de gevangenis te belanden. Benny zal niet aarzelen om haar aan te geven, zeker niet na wat ze hem heeft geflikt. Er waren een paar regels verbonden aan haar afspraak om een nieuwe identiteit te krijgen, en één ervan was dat ze niets persoonlijks mee mocht nemen.

'Umberto vond dit tussen jouw spullen.'

'Het spijt me echt,' mompelt ze nog een keer.

'Ik heb je deze keer gered, omdat ik je nodig heb.'

Sofia heeft geen idee of ze haar nu moet bedanken, dus zwijgt ze maar. Haar blik rust op een pluk zwarte haren die net onder het bed ligt.

'Is het zo belangrijk voor je?' Maria pakt haar kin en duwt die omhoog zodat ze haar wel moet aankijken.

'Ja, het is...'

'Een cadeautje van je moeder?'

De opening ligt voor haar. Sofia aarzelt slechts kort en duikt er dan vol in. 'Ja, dat klopt. Een cadeautje,' zucht ze naar buiten.

De stilte wordt onderbroken door een melodie die Sofia niet direct kan thuisbrengen. Het duurt slechts kort, daarna hoort ze de bromstem van Umberto.

'Dat is een grapje van Umberto,' legt Maria uit. 'Het leek hem wel toepasselijk om voor de *Dodenmars* te kiezen als ringtone voor zijn businesscontacten.' Ze grinnikt en pakt Sofia's hand. 'Hier, bewaar het maar goed.'

Zodra Sofia het spiegeltje met haar vingers omsluit, beseft ze dat nooit iemand mag weten dat ze dit van Daan heeft gekregen. Vanaf nu is dit een cadeau van haar moeder. Er blijft een waas om haar hart hangen. Waar is toch haar medaillon?

'Ik moet je wel waarschuwen.' Maria slikt moeizaam voor ze verdergaat. 'Het is me deze keer gelukt om je te beschermen, door te zeggen dat het van mij is. Maar heb het lef niet om dingen voor me verborgen te houden. Familiebanden zijn sterk, maar verraad wordt nooit geaccepteerd. Duidelijk?'

Sofia knikt. Ze heeft de neiging om twee vingers in de lucht te steken, maar zelfs de woorden die erbij horen kan ze nu niet uitspreken. De strop ligt al om haar nek. Het liefst zou ze wegrennen, al haar bezittingen voor de achtste keer doorzoeken en daarna teruggaan naar haar appartement. Het vinden van haar medaillon is nu nog belangrijker geworden.

'Is er meer wat ik moet weten?'

Haar tong ligt droog in haar mond als ze probeert antwoord te geven.

'Sofia?'

'Nee Maria. Ik...' Ze schraapt haar keel om de blokkade die voor haar luchtpijp ligt weg te duwen. 'Ik zal je niet teleurstellen,' zegt ze uiteindelijk. Haar hand gaat automatisch naar haar hartstreek die akelig leeg aanvoelt.

'Wil jij dat kastje dan even openen?' Maria wijst naar haar slaapkamerkastje.

Dit was het dan. Nu komt de doodsteek. Het kan niet anders dan dat ze ook haar medaillon gevonden hebben. Maria heeft haar de kans gegeven om het vertrouwen terug te winnen en die heeft ze laten lopen.

'Ik... ik ben moe. Vind je het goed als ik naar mijn kamer ga?' Ze wil al opstaan, maar de tanige vingers van Maria grijpen haar pols beet.

'Doe nou maar, we moeten dit goed afsluiten, liefje.'

Sofia bukt zich. Het deurtje klemt, maar schiet dan alsnog open. In de schemering van het kastje ziet ze iets glinsteren. Ze bukt zich en pakt de fles eruit en probeert niet te kijken naar het kleine handwapen dat ernaast ligt.

'Schenk maar twee glazen in.' Er hangt een ondeugende grijns op het gezicht van de vrouw.

'Graag,' schiet direct naar buiten. Ze slikt een brok weg.

'Een amaretto past bij dit moment. Een bittere smaak met een vleugje liefde.'

Sofia pakt de glazen die naast de fles staan en doet daarna snel het deurtje dicht. Maria heeft dus een wapen binnen handbereik. Ze proosten als oude vriendinnen, alsof ze een pact hebben gesloten. Toch weet Sofia dat dit zomaar ineens kan veranderen, zoals alcohol in haar leven al vaker van alles kapot heeft gemaakt.

Maria duwt haar wijsvinger tegen haar lippen.

Sofia knikt direct. Ze weet dat sommige informatie hier in huis niet bedoeld is om te delen.

'Dromen zijn belangrijk,' begint Maria, terwijl ze haar ogen gesloten heeft en genietend haar lip naar binnen zuigt. 'Mensen vertrekken omdat ze een droom hebben of omdat ze een nachtmerrie willen achterlaten.'

Sofia humt zachtjes.

'Welke van de twee is het voor jou?' Pientere kraaloogjes verschijnen tussen de hangende oogleden.

De eerste slokken drank hebben haar maag al een opdoffer gegeven, gelukkig is haar hoofd nog helder genoeg. 'Ik denk beide.'

'Welke is sterker?'

Sofia probeert de echte vraag erachter te ontdekken. De naam Benny flitst als een alarmlicht onophoudelijk op, maar hoe ze ook piekert, ze kan niet begrijpen wat Maria hiermee wil.

'Mijn droom,' zucht ze daarom naar buiten.

'Heel goed.' Maria klikt waarderend met haar tong. 'Dan moet je daar helemaal voor gaan.'

Sofia neemt een nieuwe slok die groter is dan verwacht waardoor ze maar net een hoestbui binnen kan houden. 'Dat ga ik doen.' Ze schraapt haar keel die branderig aanvoelt. 'Maar ik wil naast de liefde ook gelukkig zijn met wat ik doe.' Opgelucht door haar slimme antwoord, biedt ze Maria nog wat amaretto aan.

'Geluk is het hoogst haalbare en soms moet je offers brengen om dat te bereiken.'

Sofia laat haar blik door de slaapkamer glijden die het toonbeeld is van luxe. De ruimte is zo groot dat haar appartement er met gemak in zou passen. Het avondlicht speelt met de voile vitrages, die loom in een zuchtje frisse lucht heen en weer deinen. Ze vraagt zich af welke offers deze familie zich heeft moeten getroosten om dit te bereiken. Of zijn het juist anderen die hebben moeten lijden?

'Ik ben al bezig om mijn droom vorm te geven,' zegt ze dan zacht.

'Vertel.'

Sofia laat de oranjebruine drank in haar glas ronddraaien. Het zoete aroma hangt stil om haar heen als ze terugdenkt aan de warmte die ze elke keer voelt als ze met chocola mag werken. 'Het is alsof ik thuiskom in Modica. Elke keer als ik signor Tony mag helpen, kom ik tot rust. De geur, de consistentie, de mogelijkheden om chocola te gebruiken om mooie kunstwerken te maken zijn eindeloos.' Ze slaat haar ogen op naar het plafond waar sierlijke ornamenten een creatieve hemel hebben geschapen. 'De Modica-chocola heeft een heel bijzondere smaak. En de mensen die ermee werken hebben die speciale liefde die nooit in geld uit te drukken is.'

Sofia ziet de glimlach voor zich die altijd bij Daan op zijn gezicht verscheen als hij in zijn bakkerij bezig was. Het waren de momenten waarop ze hem met een steelse blik bestudeerde en bedacht dat die glimlach iedereen zou kunnen verleiden.

'Je ogen stralen.'

Sofia kijkt verschrikt op. Wat heeft ze daadwerkelijk gezegd en wat heeft ze alleen maar gedacht?

'Dan moet je daarvoor gaan, lieve Sofia.'

'Maar ik moet hier...'

'Nee, je moet hier niets. Ik gun je een leven vol passie.' Maria houdt haar glas op en Sofia gehoorzaamt direct. 'Mijn lichaam heeft veel rust nodig, dus er is voldoende tijd om tussendoor andere dingen te doen. Ik merk dat ik zwakker word, omdat ik...'

Sofia opent haar mond al om haar tegen te spreken, maar Maria weert haar af.

'Mijn arts heeft zijn leven te lief om mij voor te liegen. De waarheid is altijd beter. In onze familie worden leugens niet geaccepteerd. Hier op Sicilië zeggen we: *le bugie hanno le gambe corte*, wat zoveel betekent als: leugens hebben korte benen.'

Sofia gniffelt zacht om de treffende beeldspraak. Ze stopt daar abrupt mee als ze denkt aan wat ze allemaal verzwijgt. Het spiegeltje, het medaillon en... Shit, de papieren die ze gekopieerd heeft. Moet ze Maria vertellen dat een van de medewerkers van Arturo hem bedondert doordat hij fraude pleegt met de koopcontracten? Maar wat zal dat betekenen voor Lorenzo? Kan ze niet beter duizend procent zeker zijn van haar zaak?

'Ik ben blij dat jij bij me bent om mijn laatste weken lichter te maken.' Maria giet de laatste slok drank in haar keel en zegt dan: 'Ik voel dat je mij niet helpt omdat ik je dwing. Alleen dát al maakt mij een gelukkige moeder.'

Sofia pakt het lege glas aan, en zet het samen met de vierkante fles weer terug in het kastje naast het pistool. Als ze opkijkt ligt Maria heel stil op het kussen naar haar te kijken. Ze knippert nog een keer met haar ogen en sluit ze dan. Sofia sluipt weg naar haar eigen kamer, waar ze neerzakt op het matras.

40

BENNY

‘Hij kan elk moment bijkomen. Heb je touw?’ Daan buigt zich over de Italiaan die voor hem op de grond ligt.

Benny laat zijn zaklamp door de ruimte schijnen; alleen maar een paar grote balken, wat gereedschap en een kluwen kettingen. ‘Kom, we leggen hem daar neer.’

Samen sjorren ze aan het logge lijf, dat veel zwaarder is dan hij had gedacht. Benny zweet als een idioot en hij is dan ook blij als ze hem in de roestige ketting hebben gerold. Voorlopig zijn ze veilig.

‘Je kwam nou niet echt zachtjes binnen.’ Benny strijkt over zijn voorhoofd.

Daan steunt met zijn handen op zijn knieën om op adem te komen. ‘De deur schoot uit mijn handen. Dit soort geintjes is echt niets voor mij.’ Hij hoest het slijm uit zijn longen en komt dan overeind.

Benny slaat hem op de schouder. ‘Bedankt mattie.’

Gedurende een tijdje staan ze naast elkaar.

‘Denk je dat we Anne in de problemen hebben gebracht?’ vraagt Daan dan.

‘De enige die nu in de problemen zit, is deze gast.’ Benny geeft een por met zijn schoen waarna de man kreunt.

‘*Mia madre*.’

‘*Ciao signor*.’ Benny grijnst.

De man wil overeind schieten, maar wordt tegengehouden door de zware ketting. Zijn ogen flikkeren fel.

'*Signor*, ik denk dat we eens rustig moeten praten.' Benny gaat zitten en legt zijn handen op zijn knieën om het trillen tegen te gaan. Zijn spieren protesteren in elke houding.

'Flikker op!'

'Aha, dus je kunt ook schelden,' gaat hij poeslief verder.

'Waar is Anne?' sist Daan ineens met zijn hoofd vlak boven dat van de Italiaan.

Benny duwt Daan weg. 'Rustig aan. Laat mij dit klusje maar klaren.' Hij weet precies hoe hij het moet aanpakken om deze vent aan het praten te krijgen.

'Vertel eens, meneer de Italiaan,' begint hij weer op een zoetsappig toontje. 'Waar is Anne?' Hij buigt zich over hem heen en wil hem net over zijn keel aaien als de man met kracht een fikse klodder speeksel in zijn gezicht spuugt. Wat een smerige spaghettivreter! Hij zal hem. Hij krabbelt moeizaam omhoog en zegt dan: 'Oké, als je het zo wilt spelen.'

De man worstelt om los te komen, wat een naargeestig gerammel van de ketting oplevert. Benny weet dat Daan geheid niet blij zal zijn met zijn aanpak om informatie over Anne los te krijgen, dus hij kan niet eerst een beetje met die gast spelen.

'Pak zijn linkerhand,' bijt hij Daan toe.

Die kijkt hem zo vragend aan dat hij het hem woord voor woord uitlegt. 'Pak die fucking hand en duw hem plat op het fucking beton.' Daarna gooit hij er nog een paar scheldwoorden achteraan in de richting van de lege ruimte.

Natuurlijk had hij die moker allang tussen het gereedschap zien liggen. Ideaal, beter dan welke hamer dan ook.

Als hij terugloopt met de moker achter zijn rug, negeert hij de argwanende blik van Daan. Hij zal snel moeten zijn zodat zijn vriend geen kans heeft zijn handen weg te trekken. Te zien aan zijn gevecht tegen de boeien weet hun slachtoffer wel direct wat hij van plan is. Zijn spieren bollen zo op onder de ketting dat die angstaanjagend knarst. De man duwt zijn kaak vooruit maar geeft geen krimp.

'Heb je je al bedacht?'

'Wat ga je doen, Benny?' Daan buigt opzij om te zien wat hij in zijn handen heeft.

'Houd je erbuiten. Het komt goed. Zeg *signor*, waar houden jullie mijn vrouw vast?'

Opnieuw spuugt de man in zijn richting. Zijn gezicht vertrek in een gemene grijns.

'Zoals je wilt.' Benny gooit zijn arm omhoog, zet zijn adem vast en laat de moker met een enorme snelheid vallen. Net naast de hand op het beton. De terugslag is zo heftig dat hij vooral zichzelf zeer doet. 'De volgende is wel raak.'

'Ben je gek geworden!' Daan laat de man los en komt overeind. Als twee boksers staan ze tegenover elkaar.

'Als jij Anne terug wil zien, moet je naar me luisteren. Dit is mijn gebied, broodjesbakker.'

Het lijkt uren te duren voor Daan zijn woedende blik van hem losmaakt. Aan zijn kaken ziet Benny dat hij zijn kiezen over elkaar knarst. Zou hij weglopen? Dan knielt Daan en wendt zijn blik af van de hand die hij opnieuw in zijn sterke vuisten klemt.

Benny tilt de hamer op, maar doet alsof hij twijfelt. Zijn stem is nu weer zacht en onschuldig als het liefste buurmeisje. 'Wacht, ik kan het natuurlijk ook anders aanpakken.'

In zijn ooghoek ziet hij dat de Italiaan hem angstig aankijkt. Benny weet zeker dat hij de informatie uit deze man kan pulken, ook al zal hij die hele gereedschapskist ervoor moeten gebruiken. Maar Daan gaat dit niet accepteren. Hij loopt terug naar de plek waar hij daarnet een perfecte tang heeft zien liggen. Hij pakt hem op, laat zijn ruwe vinger over de rand glijden en ziet tot zijn voldoening dat deze scherp genoeg is om, zonder te veel druk te hoeven zetten, wat botjes te doorklieven. 'Mooi,' mompelt hij.

'Jij je zin. Ik zal wat minder kracht zetten,' zegt hij tegen Daan. Dat die hem voor geen cent vertrouwt raakt hem op dit moment niet.

'Welke vinger wil je het liefst kwijt?' Benny gaat op zijn hurken zitten en tikt zachtjes op de afzonderlijke vingers.

De man geeft geen krimp.

'Deze?' Benny klemt de tang om zijn pink.

'Jezus,' fluistert Daan naast hem. Alsof hij een gebed opzegt. Toch blijft zijn vriend de hand vasthouden. Hij moet wel veel van Anne houden.

Hij drukt de tang lichtjes aan, waardoor de Italiaan het uitschreeuwt. Bloed drupt op het beton waar het een plasje vormt.

'Toch liever een andere?' vraagt hij poeslief. Als hij de twee klauwen van de tang om het bovenste kootje van de wijsvinger zet, rukt de man wanhopig aan zijn hand. 'Waar is ze?' vraagt Benny opnieuw.

'Je kunt de pot op!'

'Aha, ik weet het al. Je middelvinger! Zodat je deze nooit meer naar iemand kan opsteken.' Benny begint er lol in te krijgen. Maar net als hij kracht wil zetten om daadwerkelijk die ellendige middelvinger van zijn eigenaar te scheiden, gaat de Italiaan overstag.

'Wacht.'

'Wat wacht?' Hij zet er toch even wat druk op.

'Ik zal het vertellen.'

Benny geeft alsnog een felle ruk aan de tang. Bloed spuit eruit.

'Stop!' Daans gezicht hangt vlak voor het zijne en de tang wordt uit zijn hand weggetrokken. 'Hij wil praten.'

'Oké, oké. Laat het hem dan maar vertellen.'

'Ze is niet meer in Nederland.' De stem van de Italiaan klinkt zacht, alsof hij bang is dat iemand hem kan horen.

'Waar is ze, eikel.' Benny wijst op de gehavende hand en knikt zijn maat toe. 'Klemvast. Nu gaat het bot eraan. Zeg maar gedag tegen je vriendje.' Hij lacht en steekt zijn middelvinger naar de man op die vol afgrijzen naar de tang kijkt.

'Hier gaan we spijt van krijgen.' Benny kijkt de Italiaan na, die niet weet hoe snel hij moet verdwijnen die nacht. 'Dit soort gasten moet je niet laten lopen; we moeten hier zo snel mogelijk weg.'

'Zoiets doe je niet,' sputtert Daan tegen.

'Het is maar een vinger! Dit is niet die roze suikerwereld waarin jij normaal leeft. Hier gelden andere regels.' Benny schopt tegen een steentje dat een eind verderop tegen een geparkeerde auto aan tikt. 'Door deze man te laten lopen heb je jouw doodvonnis getekend,' bromt hij. 'En het mijne ook! Die lui...'

'Als we gewoon betaald hadden, hadden we Anne-Sophie weer thuis gehad,' onderbreekt Daan hem gepikeerd.

'Anne was daar helemaal niet! En daar kwamen we achter doordat ik wat druk op die gast heb gezet. Anders was het geld weg geweest en naar Anne hadden we kunnen fluiten. Nu weten we tenminste waar ze is.' Hij spuugt de woorden naar Daan toe. Hij heeft het helemaal gehad met die zogenaamde maat die het allemaal zo goed lijkt te weten. 'Ga maar naar huis, dan zul je het zien. Het duurt nog geen halve dag voor die klote Italianen bij ons op de stoep staan.'

Daan loopt stug zwijgend naast hem.

Benny is nog totaal verbijsterd door wat die vent hem heeft verteld. Sicilië, verdomme. Wat moet Anne nou op een fucking eiland?

41

UMBERTO

Arturo zit tegenover hem. Hij vraagt zich af wat zijn zoon over de ziekte van zijn moeder weet, en of hij alle gevolgen al overziet. Al diverse keren heeft hij geprobeerd om met hem te praten, maar hij kan het niet. Bevelen geven is zoveel gemakkelijker.

Tijdens het avondeten is pas echt tot hem doorgedrongen dat hun leven drastisch veranderd is. Niet alleen door de ziekte van Maria, die – nu hij er goed over nadenkt – al maanden latent aanwezig is. Het is vooral het feit dat zijn vrouw zich er nu aan heeft overgegeven. Ze vecht niet meer.

Hij neemt een diepe haal van zijn sigaar en staart naar het vuur dat de tabaksbladeren laat verschroeien.

'Ik ga zo weer,' zucht Arturo.

Met zijn hoofd tegen de fluwelen leuning tuit Umberto zijn lippen en laat de rook in kringetjes naar de hemel weglekken. Het ontijbericht is nog geen week oud. Zijn eerste reactie was dat hij die hooggeleerde man moest dwingen zijn woorden terug te nemen. Maria gaat niet dood! Pas toen de nacht de wereld om hen heen had opgeslokt, had de pijn zijn hart in de mangel genomen. Het is onomkeerbaar. Hij moet afscheid van haar nemen.

De ringtone klinkt zacht uit zijn broekzak.

'U had gelijk. Onze man heeft gepraat,' klinkt het zachtjes uit de luidspreker.

Umberto strijkt bedachtzaam over zijn snor en staat dan automatisch op. Maar bij de deur naar de hal stopt hij. Maria heeft haar rust hard nodig.

'Los het definitief op,' bromt hij, terwijl hij terugloopt en voor het raam gaat staan. Hij durft Arturo niet aan te kijken.

'Oké.'

Hij is kwaad op zichzelf. Had hij niet eerder het roer moeten overnemen? Een zieke vrouw wordt week. En de gevolgen kunnen dus moordend zijn.

'Wacht,' zegt hij snel. 'Kent hij de locatie?'

'Wie?'

'De echtgenoot?'

'Ja. En zijn maat ook.'

Een krachtterm rent door de ether naar Nederland. 'Dan weet je wat je moet doen.'

'Zal ik allebei regelen?'

'Natuurlijk, sukkel.' Hij drukt het contact weg en laat zijn blik over de Corso Umberto dwalen.

Dat ene zwakke moment van Maria kan hem nu de kop kosten. Het is het einde van Raul. Hij had die Sofia nooit in zijn dorp moeten toelaten. Ze is gevaarlijker dan hij ooit had gedacht. Zij en die zieke vent van d'r.

Hij krabt aan zijn bijna kale kruin en denkt na. Moet hij nog meer stappen zetten? Moet hij Maria toch eerst advies vragen? Als hij niet oppast kan dit zomaar het einde van zijn business betekenen. Hij weet nog precies wat ze zei: 'Als een sinaasappel pas voor de helft is uitgeperst, mag je hem nooit weggooien.' Maar wat heeft hij aan een halfuitgeperste sinaasappel als er nog vele duizenden rijpe vruchten op hem wachten?

Hij draait zich van zijn geliefde uitzicht af en loopt terug naar de zithoek waar Arturo hem niet eens aankijkt. Wat gaat er in zijn zoon om? Is het tijd geworden om hém steviger in het zadel te zetten? De familiebanden zijn sterker dan welke liefde dan ook. Maria… fuck.

Uit de asbak kringelt rook naar boven; er is nog maar een kleine peuk over. Terwijl hij het uiteinde aan zijn lippen zet, beseft hij dat hij zijn vrouw nog helemaal niet kan missen. Zij wist altijd precies welke stap verstandig was, maar nu is ze compleet in de ban van die rode heks.

Hij zal het spel voorlopig moeten meespelen. Tegelijkertijd zal hij zich opmaken om haar schaakmat te zetten, zodat hij kan toeslaan als de koningin gevallen is.

42

De zwoele avond doet denken aan de zomer van 2018, toen de zon vanaf april de boventoon voerde. De warmte was heerlijk, maar de hitte in haar relatie met Benny dreigde haar de nek om te draaien.

Tijd is betrekkelijk in een dorpje als Modica. Zelfs nu het donker is zijn er mensen op straat, alsof de Modicanen gewacht hebben tot de zon achter de berg verdween.

Als ze de hoek om slaat en langs de grote palm loopt, raakt Sofia met haar vingers de sleutel van de scooter aan in haar broekzak. Lief van Maria. Dat gaat haar straks veel tijd schelen als ze op en neer moet tussen de cioccolateria en de villa.

Soepel loopt ze het laatste stukje omhoog naar haar appartement. Ze heeft de hele dag pijn in haar buik gehad bij het idee dat haar medaillon in vreemde handen is gekomen. Waarom heeft niemand er iets over gezegd? Het moet nog in de verlaten woning liggen, dat kan niet anders. Aan die conclusie heeft ze zich de hele tijd vastgehouden, tot ze weg kon sluipen uit de villa. Het is fijn om te kunnen verdwijnen in de schaduwen van de straat. Hier is het donkerder en aanmerkelijk rustiger dan in de hoofdstraat.

Als ze de laatste hoek om slaat, bonkt haar hart al in een stevig ritme. Ze heeft hier niets meer te zoeken. Ze kijkt omhoog naar de wapperende vitrage. Rennende voetstappen. Ze staat stil. Een schim duikt weg in de schaduwen en zet het dan op een rennen. Het duurt maar enkele seconden voor ze hem herkent.

'Gigi.' Ze wil roepen, maar tegelijkertijd wil ze zo stil mogelijk doen. Dus zet ze de achtervolging in. En terwijl haar voeten op de gladde stenen klappen, vraagt ze zich af waarom de jongen wegrent. Hij is haar vriend, ze heeft hem aan tafel uitgenodigd, met hem gepraat. Als er één persoon is die ze hier vertrouwt, dan is hij het wel.

Hij klimt een paar traptreden op en schiet de schaduw van een huis in. Zij volgt. Snel en soepel rent ze achter hem aan. Bij het huis ontdekt ze de doorgang. Ze glipt erdoorheen en ziet een duister steegje voor zich liggen. Aan het eind steekt het silhouet van Gigi af tegen het vage licht dat door een venster valt.

'Gigi, wacht!'

Maar hij schiet de hoek om. Ze aarzelt slechts kort, dan rent ze verder. Hij moet iets weten. Haar zolen glijden weg op de ongelijke klinkers. Ze moet het rustiger aan doen, als ze niet gestrekt wil gaan.

Met haar hand op de koude muur van het hoekhuis, stopt ze. Hijgend ziet ze in de verte Gigi de straat naast de kerk in rennen. Op de hoek staat een man die haar onderzoekend opneemt. Ze doet alsof ze een ommetje maakt en slentert de straat in. Zweetdruppels rollen over haar ruggengraat naar beneden. Gigi is allang verdwenen in de doolhof aan trappetjes en doorgangen die hij natuurlijk als zijn broekzak kent. Ondoenlijk.

Door de vlucht van Gigi is ze waakzaam als ze de trap naar haar voordeur op klimt. Waarom is de jongen weggerend? De vraag knippert als een continue noodverlichting in haar hoofd. Waar is hij bang voor? Heeft hij iemand gezien?

De woonkamer is vol schaduwen maar Sofia durft het licht niet aan te doen. Voorzichtig schuifelt ze naar de badkamer. Ze hoort alleen de wind door het kapotte raam in de keuken suizen. Toch staan haar nekharen overeind. De leegte in huis doet zo kil aan dat ze zich niet meer kan voorstellen dat ze zich hier ooit thuis gevoeld heeft. Snel glipt ze de badkamer in en knipt het licht aan. Het kale peertje verblindt haar. Ze moet even haar ogen dichtknijpen. 'Aan de slag,' mompelt ze.

Het is al heel snel duidelijk dat hier niets is achtergebleven. Alleen het kleine pedaalemmertje kost haar een paar minuten. Ze kan zich niet herinneren dat ze dat de vorige keer doorzocht heeft. Het is bizar om door haar eigen resten van make-up en rode haren te wroeten. Maar ze vindt niets.

Ze gunt zichzelf de tijd om weer aan de duisternis te wennen voor ze teruggaat naar de woonkamer. Ergens slaat een deur dicht. Haar hart slaat een slag over, maar als ze de hoge Italiaanse kreten van haar buurvrouw hoort, ademt ze langzaam uit.

In de keuken hangt een bedompte geur van te lang bewaard afval. Ze sluit snel de deur.

Zou ze haar medaillon dan echt kwijt zijn? Hoeveel pijn het ook doet, ze moet die gedachte toelaten. Ze balt haar handen tot vuisten. Stom! Ze is zo stom geweest om haar waardevolste bezit uit het oog te verliezen. Dan begint ze de slaapkamer minutieus te doorzoeken. Elke spleet komt aan de beurt. Ze laat haar vingers door de laatjes van de nachtkastjes glijden, maar vindt niets anders dan stof dat daar misschien al wel generaties lang ligt.

Tot haar grote opluchting liggen de kopieën nog waar ze ze had verborgen. Die zullen haar altijd blijven achtervolgen, tenzij… In de keuken vindt ze tot haar grote opluchting het doosje lucifers nog op het aanrecht. Terwijl de vlammen aan het papier knagen, scant ze de zinnen. De woorden die haar zeiden dat er iets niet klopte. De verontwaardiging is terug. Dit moet ze doorgeven. Als ze bijna alles verbrand heeft, laat ze de as in de gorgelende afvoer verdwijnen en steekt de belangrijkste twee papieren in haar achterzak. Dat is in ieder geval iets.

Ze zet haar zoektocht in de woonkamer voort, maar beseft al snel dat het zinloos is. Bij de eettafel staat ze stil. Ineens prikken er tranen achter haar ogen. Dit was het enige plekje in huis waar ze zich direct goed voelde. Waar ze haar medaillon in haar handen had, en de gezichten van haar broer en moeder nog had gezien. Door het raam ziet ze de lichtjes van Modica. Het uitzicht dat haar direct bekoorde. Hier zat ze toen ze het koopcontract bestudeerd heeft. Toen ze ontdekte dat er gesjoemeld werd met aankoopprijzen. Het is goed dat ze dit bewijs weer in handen heeft, zodat ze het kan gebruiken als het uitkomt.

Behoedzaam trekt ze de voordeur achter zich dicht. Ze onderdrukt de neiging om de sleutel in het slot te laten zitten, omdat ze hem toch niet meer nodig heeft. Ze schudt zachtjes haar hoofd en draait dan haar rug naar de plek die ze nu achter zich moet laten. Misschien is het maar goed ook. Ze moet verder. Dat zou haar moeder ook gewild hebben. Ze loopt langzaam de trap af. De stem van de buurvouw doorklieft met gemak de betonnen buitenmuur die vast en zeker vol kieren en spleten zit. Veiligheid is als een vergiet, je kunt alleen maar hopen dat de goede zaken tegengehouden worden.

Als ze de buitendeur opent, maakt een donkere schim zich los van de muur.

'Zoek je nog iets?' vraagt een stem.

43

Van schrik stapt Sofia te snel vooruit, mist een traptrede en ziet een donker gat op zich afkomen. Ze strekt haar armen om zich op te vangen.

'Ho, voorzichtig.' Arturo grijpt haar bij haar middel en trekt haar naar zich toe.

Haar hart bonkt in een ritme dat een marathonloper niet zou misstaan, terwijl ze haar evenwicht probeert te hervinden. 'Arturo?'

'Het is maar goed dat ik hier langskom.' Zijn tanden flonkeren in het weinige licht.

Snel duwt ze zich overeind en slaat wat denkbeeldig stof van haar kleren. 'Sorry, ik...' Ze heeft geen idee wat ze moet zeggen. 'Ik... Wat doe jij hier?'

'Er komt binnenkort een nieuwe huurder, dus ik wilde er zeker van zijn dat mijn medewerkers al jouw spullen hadden weggehaald.' Hij pakt haar hand en knijpt er even in. 'Ik moet er niet aan denken dat ze iets waardevols vergeten zijn mee te nemen.'

Sofia probeert te ontdekken of er iets achter zijn woorden verborgen ligt, maar aan zijn stem hoort ze niets en het is te donker om zijn gelaatstrekken te onderscheiden.

'Je hoeft niet bang voor me te zijn,' klinkt zijn stem zachter dan anders.

'Ik... Ik ben niet bang.'

Hij kijkt in de richting van het dorp waardoor het licht van de straat over zijn gezicht valt. Is hij onzeker? Verlegen zelfs? 'Weet je Sofia, ik begrijp best dat je mij op afstand wilt houden. Dat is het lot als je in de familie Russo geboren wordt. Iedereen hoort van alles op straat en het oordeel is al geveld voor ze je echt hebben leren kennen.' Hij heft machteloos zijn armen op en laat ze langs zijn lichaam vallen. 'Als zoon van een padrone kun je nu eenmaal niet normaal leven.'

Zijn schets klopt helemaal met haar gevoel. Niemand zoekt een schuilplaats in een mijnenveld. Maar sommige wapens zijn niet alleen om aan te vallen, ze kunnen ook gebruikt worden om bescherming te bieden.

'Als Maria je in haar armen sluit, heb je haar zegen ontvangen,' zegt hij zacht. Hij vat haar gezicht in beide handen, waardoor zijn gezicht vlak voor het hare is. 'Zij voelt wie goed van hart is.'

'En Umb... en je vader dan?'

'Zolang Maria leeft, overkomt je niets.'

'Dat klinkt niet erg hoopgevend,' flapt ze er zonder nadenken uit. Als ze Arturo voelt verstrakken, mompelt ze een excuus.

'En daarna ben ik er.' De belofte is als een zachte bries langs haar oor.

In de seconden die volgen merkt Sofia dat ze rustiger wordt. Hij was niet eens verbaasd dat hij haar hier aantrof.

'Je ruikt lekker,' fluistert hij.

Ze slaat haar blik neer en probeert te bedenken welk luchtje ze gebruikt heeft. 'Jasmijn,' zegt ze dan plompverloren. Het lijkt een eeuwigheid geleden dat ze met nog vochtig haar voor hem stond in de lompe grijze badjas.

'Het past bij jou.' Zijn vingers strelen door haar haren. 'Zoet en zacht.' Zijn mond is dichterbij dan ooit. Ze ruikt zijn aftershave die tot haar verrassing een zweem van menthol meedraagt.

'Dank je wel.' Ze weet niet eens of ze het wel zegt of dat haar gedachten via hun lippen naar hem worden overgedragen. De zoen is zo zacht dat haar verwarring alleen maar toeneemt. Dit kent ze niet. Is liefde dan niet dwingend?

'Ga je mee?'

Sofia knikt al terwijl ze geen idee heeft waarnaartoe.

De duisternis in haar appartement is veranderd in een beschermende nevel die zachter is dan welk licht dan ook. Arturo heeft nog steeds haar hand vast en zij volgt hem door de ruimte die elk thuisgevoel ademt dat ze nu nodig heeft.

In de deuropening van haar slaapkamer trekt hij haar opnieuw tegen zich aan. Ze voelt zich veiliger dan in al die jaren van haar huwelijk. Alle woorden die Maria over haar zoon heeft uitgesproken vallen in elkaar als soepele puzzelstukjes zonder scherpe randen. Het klopt allemaal. Hij heeft haar een baan aangeboden, haar zelfs een voorschot gegeven. Waarschijnlijk is hij ook degene die zijn moeder heeft gevraagd om haar in huis te nemen.

'Waarom…?'

Hij zoent haar vraag weg en laat zijn tong zo zacht langs de hare glijden dat ze niets anders kan doen dan hém antwoorden. Er zijn geen woorden meer nodig.

Langzaam legt hij haar op het matras waar ze de eerste nacht zo bang is geweest. Het lijkt alsof hij alleen maar uit die zachte mond bestaat, zo intens is het contact dat ze voelt. Haar kleding glijdt moeiteloos van haar lichaam waarna ze tot haar verrassing ontdekt dat hij al naakt is. Verkennen. Genieten. Het gaat moeiteloos. Alsof de kennismaking bezegeld wordt. Zacht en oneindig geduldig. Hij is er. En zij kan niets anders doen dan hem toelaten. Vochtig en dorstig tegelijkertijd.

De tijd is vergleden in een onwerkelijke verbinding. Sofia rust met haar hoofd op Arturo's borst en hoort de kracht door zijn lijf pompen. Met haar vingers draait ze rondjes om zijn tepel.

Opnieuw drukt hij zijn lippen op haar kruin. Het is alsof de haarkleur geaccepteerd wordt en ze nu pas haar nieuwe leven in stapt.

'Je bent mooi,' fluistert zijn stem ergens boven haar hoofd.

Ze antwoordt met een glimlach, ook al is die voor hem onzichtbaar.

'Ik denk dat het tijd is om naar huis te gaan.'

De woorden landen in de zachtheid van haar hart. 'Ja, naar huis.'

Het liefst wil ze nu wegzakken in een zoete droom die haar thuisbrengt bij haar eigen moeder. Het gevoel dat erbij hoort is zo intens dat een traan uit haar ooghoek drupt. Haar moeder zou dit geluk toejuichen, haar omhelzen en in haar oor fluisteren dat ze voor de liefde moet gaan. Een moeder wil haar kind gelukkig zien.

'Kom, lieverd. Maria is snel ongerust.' Onder zich voelt ze Arturo bewegen.

De woorden kloppen niet bij de harde beslissingen die ze Maria heeft horen nemen, toch weet ze dat ze als familielid niets te vrezen heeft. Dat ze haar zelfs zullen beschermen.

Terwijl ze elkaar loslaten en overeind komen, voelt ze zich ineens ongemakkelijk. Ze heeft net gevreeën met haar baas, ook al is hij dat inmiddels niet meer. Snel zoekt ze haar ondergoed op, dat nog steeds goedkoop en simpel is. Ze draait zich van hem af, omdat ze niet wil zien hoe hij haar bekijkt. Ze trekt haar shirtje aan, maar waar is haar broek?

Zittend op bed, zoekt ze met haar hand onder het bed. Alleen stof.

'Zoek je dit?'

De gestalte van Arturo tekent zich af tegen het raam. In niets lijkt hij nu op de kleine man die ze in het begin heeft leren kennen. Hij torent ver boven haar uit en houdt haar broek omhoog.

'Ja, dank je wel.' Snel schiet ze hem aan. Maar als ze overeind komt om haar rits dicht te maken, ziet ze dat hij iets in zijn hand heeft.

'En dit?'

Het duurt even voor ze kan onderscheiden wat hij omhooghoudt. Dan voelt ze in haar achterzak. De papieren zijn er niet meer.

44

Als Arturo in de nacht verdwenen is, blijft de warme gloed diep in haar lijf hangen. Is het normaal om deze belachelijke hitte te voelen? Door Benny werd vrijen seks genoemd. Hij was er gewoon, al vanaf haar jonge jaren. Hij bleek een goed toevluchtsoord toen ze al haar houvast in één klap kwijt was door het ongeluk van Christiaan. Vanaf dat moment was haar leven in een compleet andere richting geduwd dan ze ooit voor zich had gezien.

Ze staat naast de grote vijver die vooraan in de prachtig aangelegde tuin van de villa ligt. Grote waterlelies hebben hun knoppen voor de nacht gesloten. Met haar vinger tekent ze afwezig in het water. Arturo is zo anders dan Benny. Ze kan zich bijna niet voorstellen dat hij de zoon van de padrone is.

'Slaap lekker, Arturo,' prevelt ze.

'Hé, pst.'

Sofia draait zich met een ruk om. Niemand.

Het wordt tijd dat ze naar binnen gaat. Maar als ze verder loopt over het te luid knisperende grind, hoort ze opnieuw iemand sissen.

Achter een grote oleanderstruik duikt een hoofd op. Ze herkent hem aan die idiote muts.

'Wat doe jij hier?'

Gigi zegt niets, maar wenkt haar alleen maar. Ze kruipt achter hem aan door de grote tuin, waar hij achter een muurtje wegduikt.

'Voorzichtig.' Hij trekt haar opzij voordat ze tegen een grote schijfcactus zou aanstoten.

Ze tuurt even over het muurtje om te zien of haar aanwezigheid in de tuin al opgemerkt was. Dan zakt ze terug en probeert een gemakkelijke houding te vinden. Wat een gedoe. In de late avond een appartement binnensluipen, betrapt worden door een man die haar daarna het hart op hol brengt en nu dit. Gigi heeft zijn armen over zijn knieën hangen, terwijl hij op een jaloersmakend gemak op zijn hurken naar haar zit te kijken.

'Wat doe je hier?' herhaalt ze haar vraag. 'En waarom rende je eerder vanavond zo hard weg?'

'Niet samen.'

Zei hij dat nou echt? Ze herhaalt de Italiaanse woorden en proeft de betekenis. 'Maar je bent al zo vaak met mij samen gezien.'

'Niet nu.'

Sofia schudt haar hoofd. De angst trilt rond het lijf van de jongen. Tot nu toe straalde hij de kracht van de straat uit. Er klopt iets niet.

'Heeft het met mij te maken?'

Hij buigt zijn hoofd en pakt twee steentjes op die hij in een onregelmatig ritme tegen elkaar laat stuiteren in zijn hand. Alsof hij balletje balletje speelt met zichzelf.

'Ja, dus.' Sofia legt haar hand op zijn schouder en raakt er opnieuw van doordrongen hoe mager hij is. 'Gigi, ik kwam alleen maar omdat ik iets kwijt was.'

'Dat weet ik.'

'Dat weet je?'

'Je was zo kwaad dat ik… Ik kreeg geen kans.'

Natuurlijk herinnert ze zich die immense woede om het leeghalen van haar appartement. Bizar hoe een dag kan verlopen als je niet meer in een vlak land leeft.

Een scooter rijdt pruttelend langs waardoor een gesprek even niet mogelijk is. Ze denkt aan alles wat haar in de schoot is geworpen, terwijl Gigi op straat moet leven.

'Wat staat hierop?' Gigi houdt iets omhoog. Pas als hij het kleine zwarte schijfje op zijn handpalm legt, ziet ze wat het is.

Met open mond staart ze naar haar levensverzekering. 'Hoe…?'

'Daarom,' antwoordt hij eenvoudig, al is het op een eerdere vraag.

Als ze de SD-kaart van hem krijgt, duwt een brok haar keel dicht. Ze knippert met haar ogen en gaat daar in een nog hoger tempo mee door als ze ziet dat Gigi daarna haar medaillon uit zijn broekzak tevoorschijn tovert. Tranen druppen algauw stil uit haar ogen.

'Je huilt.'

Ze haalt haar neus op en een schor lachje glipt naar buiten. 'Van blijdschap. Je weet niet half...'

'Jawel, ik weet alles.'

Die simpele constatering vertelt een heel verhaal, waarin overlevingskansen alleen maar aanwezig zijn als je goed observeert.

'Je moeder?' vraagt hij.

Ze humt ter bevestiging omdat ze haar stem niet meer vertrouwt. Het medaillon drukt ze tegen haar hart, waar het hoort. Snel duwt ze het kleine geheugenkaartje achter een van de foto's.

'En die ander?'

'Christaan, mijn broer.'

'Ik had ook een broer. Hij heette Pietro.' De verleden tijd geeft alles aan.

'Waar zijn jouw ouders?'

'Je moet naar binnen.' Gigi knikt naar de voordeur die opent. In de deuropening staat Umberto, hij staart de tuin in en blaast rook naar de zwarte hemel.

Zo stond haar vader haar op te wachten als ze thuiskwam. Te laat naar zijn zin. Als geen ander wist ze wat hij in zijn hand hield, verborgen voor de buren. Angst zakt in haar benen.

'Zie ik je morgen?'

Gigi pakt haar hand en trekt haar uit haar ongemakkelijke houding omhoog. 'Vertel je me dan wat erop staat?'

'Beloofd.' Ze sluipt zachtjes terug naar het grindpad en begint dan te neuriën. De padre van de familie mag weten dat ze eraan komt, maar niet waar ze zat. Ze voelt dat Gigi haar rug beschermt. Die veiligheid laat het trillen van haar knieën op slag verminderen. Het is goed. Ze heeft Maria's zegen, dus hij zal haar niks doen.

Op haar hart is het medaillon weer thuisgekomen. Nu zij nog.

Ze ligt op haar rug en staart naar het vreemde plafond dat in niets een herkenning oproept. Het raam staat op een kier, de vitrages bollen in elke windvlaag traag op en zakken weer terug. Als een hartslag in een lichaam dat tot rust is gekomen.

De tussendeur zit dicht, maar ze durft niet te voelen of hij op slot zit. Vast niet. Als Maria haar nodig heeft, moet ze naar haar toe kunnen.

Umberto zei niets. Hij schoof alleen met kracht de grendel dicht nadat ze met een excuus naar binnen was geglipt. Tot haar verbazing liep hij daarna de trap op.

Ze heeft het warm, toch durft ze het hooggesloten nachthemd niet om te wisselen voor iets luchtigers. Tussen haar borsten weet ze haar grootste rijkdom. Het zou haar de geruststelling moeten geven die ze nodig heeft om in slaap te vallen. Maar niets van dit alles.

Haar handen glijden opzij en omvatten elk een borst. Daarna strijkt ze met haar vinger over de gleuf die tussen haar borsten ligt, als een vallei tussen de heuvels waarop haar dorp is gebouwd. Modica is als een lichaam vol leven. Vol passie zelfs, is vanavond wel gebleken. Nu ze in de sereniteit van de nacht tot rust komt, jaagt de liefde de warmte door haar lijf. Het klopt wat Maria over Arturo heeft verteld. Hij heeft haar met een zachtheid omringd die ze nooit eerder heeft gevoeld. Een goed mens, en misschien ook wel te goed van vertrouwen. Zelfs toen ze hem had uitgelegd wat ze ontdekt had, geloofde hij haar niet.

'Onmogelijk,' bleef hij herhalen, zelfs toen hij de bedragen met eigen ogen had gezien. De pijn in zijn ogen is haar het meest bijgebleven. Ze had het minieme traanvocht uit zijn ogen gekust. Hem verzekerd dat ze opgelucht was dat hij het nu wist.

Maar vlak voordat ze uit het appartement wilde vertrekken zag ze een woedende trek op zijn gezicht die op een bijna verzengende haat leek. Ze weet precies hoe het voelt om belazerd te worden. Om gekrenkt te worden door mensen die in je binnenste kring verkeren. Die je vertrouwt.

Arturo. Ze proeft zijn naam in haar mond. *In de kleinste vaatjes zit de beste wijn.* Wat een waarheid! Ze is blij dat ze zich niet – wijs geworden in het verleden – door wantrouwen heeft laten leiden. Met de bescherming van de familie Russo kan Benny haar niets maken. De angst dat hij hier ooit zal opduiken, is weggezakt. Umberto regeert zijn business als een koning die respect afdwingt. En zij hoort bij de hofhouding.

Sofia schuift het laken opzij om haar lichaam te laten ademen. Benauwdheid ligt als een strak korset om haar borstkas. De overrompelende ervaring van klaarkomen in dat kale bed zal ze nooit meer vergeten. Hij had geduld, aandacht voor haar wensen en hij richtte zich niet alleen op zijn eigen genot.

Tot haar verbazing voelt ze zich totaal niet schuldig, ook al heeft ze de liefde bedreven met een andere man. Benny hoort bij Anne, niet bij haar. Met haar benen wijd ademt ze diep in. En zucht daarna de onrust naar buiten.

'Doorgaan,' prevelt ze, net zoals ze dat een paar uur geleden bleef herhalen. Als haar tepels op haar aanraking reageren, laat ze één hand over haar buik naar beneden zakken. En opnieuw moedigt ze haar lichaam aan, alsof het niet haar eigen handen zijn die haar naar een hoogtepunt helpen.

45

BENNY

De nachtelijke omgeving helpt hem om ongemerkt naar de woonwagens te lopen. Hij schrikt zich dan ook wezenloos als een schim zich losmaakt uit de schaduw en voor hem gaat staan.

'Ik zou het niet doen.' Een fluisterend bevel.

Benny deinst terug, en herkent dan de oude Bryan. 'Wou je mijn hart een oplazer geven? Sjezus man, wat doe jij zo laat op straat?'

Een hand op zijn schouder. Bryan trekt hem mee naar de verste woonwagen en duwt hem tegen de glimmende zijkant. 'Ik heb geen idee waar je mee bezig bent, maar jouw huis lijkt wel in de schijnwerpers te staan.'

Benny weet direct waar de oude buurman op doelt. Al die jaren is hij hier langsgereden, heeft altijd vriendelijk gegroet. Hij is de laatste jaren zelfs regelmatig een biertje wezen wegtikken met die gasten. Alles in zijn leven draait om contacten.

'Is het je vrouwtje?'

Benny knikt. Hij heeft nog met geen woord gerept over de verdwijning van Anne, maar natuurlijk weet iedereen alles.

'Dacht ik al. Het zijn geen fijne jongens, Benny.'

Daar was hij inmiddels zelf ook achter. Hij kijkt even over zijn schouder, naar de plek waar Daan hem nog geen vijf minuten geleden heeft afgezet. Niet voor zijn huis. Zijn lijf mag dan niet meer helemaal lekker functioneren, met zijn voelsprieten is niks mis.

Bij het uitstappen had hij zijn vriend voor de tweede keer gewaarschuwd. Hij had aan zijn water gevoeld dat die klote Italianen hem direct zouden opsporen. Maar Daan haalde gewoon zijn schouders op. Sukkel.

'Hoeveel?'

'Twee.'

'Waar?'

'Donkerblauwe kar, buitenlands kenteken, twintig meter voorbij jouw huis.'

Benny knikt. 'Thanks Bryan.'

'Biertje?'

'Ik dacht dat je het nooit zou vragen.'

Grinnikend draait de man hem zijn rug toe.

Benny kijkt naar de bocht in de weg; als hij daar voorbijgaat is hij er geweest. 'Sorry, Anne. Je bent nog lang niet van me af.'

46

De geur die loskomt verleidt haar tot nog meer kracht. Dit is wat ze wil doen, waar ze wel de hele dag mee bezig wil zijn. De chocolade prikkelt haar in een verleiding die aan niets kan tippen.

Ze gniffelt als ze terugdenkt aan de vorige dag. Nou ja, aan bijna niets.

Die ochtend had Maria haar al direct na de koffie weggestuurd. 'Ga maar gauw.'

Ze was ontroerd door de lieve glimlach en was het liefst bij haar gebleven omdat de vrouw haar steeds meer aan haar moeder liet denken. Maar nu ze in het laboratorium bezig is, beseft ze dat ze hier de rust vindt die ze nodig heeft. Het is een tegenstrijdigheid in begrip die ze niet eens wil uitpluizen. Passie geeft rust, zo duidelijk is het.

'Sofia?'

Ze ziet het hoofd van Tony om de hoek steken.

'Nog twee chocoladesurprises.'

Sofia voelt het geluk omhoogwervelen en als pluisjes van een paardenbloem wegdrijven over de zachte geursluiers in de ruimte.

Tony's eerdere reserve tegen de verandering begint te smelten. Vanmorgen zag ze haar product zelfs in grote hanenpoten op het buitenbord aangekondigd staan. Ze had niks gezegd. De glimlach van Tony liet haar zien dat hij haar inmenging niet alleen toestond, maar zelfs waardeerde.

Het is prettig dat ze het zware werk aan hem kan overlaten. Het persen van de zaden en vooral het steeds opnieuw rollen van de cacao over de holle steen zodat het vermengd wordt met de suikerkorrels, is behoorlijk arbeidsintensief. Normaal doet hij de dikke chocoladebrij dan in de metalen bakjes om er repen van te maken, nu zet hij een deel apart voor haar.

De geur van cacao bedwelmt haar. Nieuwe ideeën barsten als bloemknoppen open. Ze wil figuurtjes maken, kleuren toevoegen en vooral een smaak ontwikkelen die compleet nieuw is in Modica. Als ze daarin slaagt zullen ze nóg meer klanten trekken.

'Sofia, kom snel.' Tony is alweer verdwenen voor hij is uitgesproken. Haar spieren verstijven. De angst glipt naar binnen als een ongewenst sujet. Haar ogen flitsen door de ruimte en ontdekken uiteindelijk de achterdeur waar een stapel kratten voor staat. Ze moet weg.

Dan drijft hoog babygehuil de ruimte binnen. 'Isabella?' De naam schiet blij naar buiten.

Ze veegt haar handen af aan het witte schort en rent de paar traptreden op. Midden op het terras van het café staat Isabella, een buidel in haar armen en een trotse glimlach die haar smalle gezicht minstens verdubbelt.

Verlegen observeert ze het tafereel. Alle gezichten zijn naar het tweetal gedraaid. De zachte moederliefde vertedert iedereen. Het is prachtig om te horen hoe de Italianen bambini omhelzen.

Dan vangt de blik van Isabella de hare. Ze draait het gezichtje van haar zoontje naar haar toe. 'Dit is Pietro.'

'Wat een prachtige jongen,' zegt Sofia uit de grond van haar hart.

Het geluk spat om hen heen, tot een dikke Engelsman haar toeknauwt: 'Hoe zit het? Moet die chocola nog uit de supermarkt komen?'

Als op het terras nog maar een paar tafeltjes bezet zijn, komt Sofia bij Isabella aan de bar zitten.

'Cappuccino?' Het is of ze nooit weggeweest is.

Sofia knikt.

'Je bent een natuurtalent,' zegt Isabella die het schuim kundig op de koffie schenkt.

'Ik leer het wel.'

'Nee, ik meen het. Wist je dat we nog nooit zo'n hoge omzet hebben gedraaid?'

Sofia nipt verlegen aan het melkschuim. 'Ik heb nog wel meer ideeën,' geeft ze aan.

Tony, die net twee lege kopjes klaarzet om te vullen met espresso, gooit zijn armen dramatisch in de lucht. 'O nee, dat kan ik niet aan.'

Ze schieten in de lach. Maar als hij wegloopt om de gasten op het terras te bedienen, fluistert Isabella: 'Hij heeft het er wel moeilijk mee. Zijn cioccolateria is zijn leven. Hij heeft de zaak vanaf de grond opgebouwd, dus gun hem de tijd om de veranderingen door te voeren.'

'Natuurlijk.' Sofia ziet het gelukzalige gezicht van Daan voor zich. Ze is hier nog maar zo'n twee weken, dus het is heel logisch. 'Dat begrijp ik heel goed.'

Op dat moment verstrakt het gezicht van Isabella, ze staart naar iemand achter haar. De haartjes in haar nek komen overeind als ze zich uiterlijk kalm omdraait.

'Arturo? Wat doe jij hier?' Het is heerlijk om hem weer te zien.

'Je weet hoe het werkt.' Zijn ene mondhoek trekt omhoog. 'Mijn moeder vroeg me jou iets te brengen.'

'Heeft ze me nodig?' Sofia's blik schiet naar de klok.

'Nee, rustig aan maar. Hier, dit is voor jou.'

Verbouwereerd staart ze naar de glimmende telefoon in haar hand. 'Voor mij?'

'Dat leek haar makkelijker.'

'Maar... dat kan ik niet betalen.'

'Dat hoeft niet, lieverd.'

Bij het laatste woord verdwijnt Isabella achter de bar. Met een steelse blik volgt Sofia haar terwijl ze naar de kinderwagen loopt die achter in het café staat.

'Een cadeautje. Zodat wij elkaar ook makkelijker kunnen bereiken,' voegt hij er zachtjes aan toe.

'D-dank je wel.'

'Zie ik je vanavond?'

'Ja, natuurlijk. Ik ben op tijd t-thuis om te koken.'

Ze ziet hoe Arturo zijn blik door het café laat gaan en haar daarna een steelse knipoog schenkt. 'Ik bedoelde daarna.' Dan loopt hij het café uit zonder nog één keer om te kijken.

Nog nooit heeft Sofia haar zo ontredderd gezien. Er hangen tranen aan de lange wimpers, die naar beneden vallen als ze knippert.

'Het is niets,' zegt Sofia voor de zoveelste keer, terwijl ze weet dat het anders is.

Ze zitten helemaal achter in het café, waarbij Isabella de kinderwagen continu in beweging houdt. 'De manier waarop...' Isabella zet haar kopje met een klap op het tafeltje neer. 'Alsof hij je bezit!'

'Het is maar een telefoon.'

'Daarom juist. Zo kan hij je overal bereiken, je opdrachten geven, je volgen. Hij is...'

'Doe niet zo raar. Ik werk niet meer voor hem,' zegt Sofia luider dan ze wil.

'Je werkt wel voor hem. Voor de familie. Ze hebben je gekocht!'

'Ik verzorg Maria, meer niet. Die vrouw is ziek en ze heeft hulp nodig.'

'Is dat alles?' Isabella kijkt haar zo indringend aan dat Sofia bijna meteen haar blik neerslaat. Natuurlijk is dat niet alles, maar het lijkt haar niet slim om meer met haar te delen.

In de stilte die volgt, hoort ze het getik van de metalen bakken waarin Tony zijn chocoladerepen maakt. Hij tikt luchtbellen weg om een robuust sterke reep te verkrijgen. Een traditie die al vele eeuwen in hun familie in ere wordt gehouden, waar heel Modica op gericht is. Ze kan zijn gezicht er zo bij denken. De afweer die uit zijn hele lijf spreekt. Kom er niet aan.

'Lieve Sofia, je bent nog zo nieuw hier. Je kunt onmogelijk weten hoe het hier werkt. Hij behoort tot de familie Russo.'

'En daarom is hij slecht?' Het schiet er sneller uit dan ze wil. Het hele gesprek met Arturo komt hier tot leven. Hij had helemaal gelijk, zo denken de Modicanen. Als je in die familie geboren wordt, kun je nooit anders worden. Je bent verdoemd.

Het gezicht van Isabella vertoont trekken die het gevecht weergeven. 'Wat lastig dit,' mompelt ze dan. 'Ik wil... Weet je, Sofia, je helpt ons zo goed, maar ik kan je niet meer vertellen.'

'De omerta,' prevelt Sofia zacht.

De ogen van Isabella flitsen direct door de zaak. 'Zelfs dat woord is al een doodzonde. Het kan me het leven kosten als ik praat.' Ze buigt zich steeds dichter naar haar toe.

'Dan is het beter om niets te zeggen,' geeft Sofia aan. Ze zal nooit iets doen om het leven van deze hardwerkende mensen in gevaar te brengen.

'Maar dan wordt het jouw dood.'

Op dat moment begint kleine Pietro te huilen, alsof hij de veranderde sfeer haarfijn aanvoelt. Isabella buigt zich over de kinderwagen en tilt hem eruit. De vanzelfsprekendheid waarmee de jonge vrouw haar blouse openknoopt en de baby aan haar borst legt is mooi om te zien.

De keiharde boodschap zakt langzaam weg als Sofia met een vertederde glimlach toekijkt hoe het kleine jongetje gulzig smakkende geluiden maakt. 'Wat een rijkdom.'

'Leven is de grootste rijkdom die je ooit zult vinden,' antwoordt Isabella.

Gedurende een paar minuten verdwijnt de tijd in het gadeslaan van het kleine geluk dat zich voor haar afspeelt. Pietro slaakt hoge kreetjes en zijn moeder streelt hem zacht over zijn wangetje.

Sofia laat de woorden bezinken, wervelt ze weer op, maar elke keer komt ze uit op eenzelfde conclusie: 'Dat hangt ervan af hoe je leven eruitziet.'

Isabella kijkt op. Er hangen vragen in haar ogen die ze nooit zal stellen. De mensen in deze streek hebben geleerd dat het beter is om niet te veel te weten. Het is een vreemde gewaarwording voor Sofia dat ze beiden een compleet vertrouwen hebben, maar toch niet bij elkaar kunnen komen. Alsof de cultuur van dit eiland een doorzichtige grens is die niet over te steken is. In elkaars blik zien ze de intentie die zo'n diepe verbondenheid weergeeft dat het beeld langzaam wazig wordt. Pas als Sofia knippert vallen de tranen willoos op de handen in haar schoot.

'Hier ben je veilig,' fluistert Isabella.

'Is dat zo?'

'Als het aan mij ligt wel.'

Sofia's ogen vluchten naar beneden waar haar onrustige vingers elkaar vasthouden. Het is of ze steeds meer boodschappen opvangt, ook al zullen ze hier nooit uitgesproken worden. Zo moet het echte leven hier zijn. Daar begint ze steeds meer achter te komen.

'Ik ben dankbaar dat jullie me kansen bieden. Hier in jullie chocoladeparadijs voel ik me gelukkiger dan ik me ooit heb gevoeld.' Pas als ze de woorden uitspreekt vraagt ze zich af of dit waar is. Ooit was ze onbevangen gelukkig, met haar broer en moeder om zich heen, maar dat heeft ze laten vervliegen als een onbetekenend detail.

Isabella tilt Pietro op haar schouder en geeft hem zacht klapjes op zijn ruggetje. Alsof ze aanvoelt dat de kracht van moederliefde zit in de vanzelfsprekendheid ervan.

'Heeft Tony je al verteld van de gastronomische dag?'

Sofia schudt haar hoofd.

'Siciliamo is een dag die vroeger op heel Sicilië gevierd werd. Elk jaar kiezen ze een andere datum, om de deelnemende bedrijven de kans te geven elke keer een ander deel van hun producten te laten proeven.'

'Siciliamo,' Sofia proeft het woord.

'Het betekent feitelijk: ik hou van Sicilië. Vandaar dat ze de letter "m" vaak als een hartje weergeven.' Er klinkt een boer die de eerste de beste bierdrinkende Engelsman niet zou misstaan. 'Hola,' roept Isabella verheugd uit.

‘Wanneer is dit feest?’ Vanaf het moment dat Isabella aangaf dat het om een proeverij ging, zag Sofia de mogelijkheden al groeien.

‘Over iets meer dan een week, ze hebben gekozen voor half mei. De burgemeester heeft besloten het op maandag te vieren. Dat is een begrip hier: chocolade-maandag. Natuurlijk kon hij daar niet omheen.’

‘Wat leuk! Dat is al snel.’

‘Normaal doen Tony en ik altijd mee aan deze dag, omdat het ons de mogelijkheid biedt onze lekkernijen te presenteren.’

‘Maar…?’ Sofia luistert ademloos.

‘Nu ik…’ Isabella legt Pietro nu aan haar andere borst. ‘Ik zie geen mogelijkheid om iets nieuws te ontwikkelen, maar misschien dat jij…?’

Blijdschap begint als opwarmend water te borrelen. ‘Echt? Denk je dat Tony dat goed vindt?’

Isabella schiet in de lach. ‘Je zou jouw ogen nu eens moeten zien. Denk je dat Tony tegen zo veel vrouwelijke passie bestand is? Ik heb het al in de week gelegd en hij zei geen nee. Dat is alleen al een wonder.’ Ze schraapt zachtjes haar keel en zegt dan: ‘Je bent het beste dat ons is overkomen, Sofia.’

Ze wil zeggen dat het geheel wederzijds is, maar ze kan niets uitbrengen van ontroering.

‘Als die vader van mij nou ook nog iets minder koppig zou zijn, maakte dat het leven hier nog een stuk eenvoudiger. We moeten ons nou eenmaal aan de regels houden.’

De verstopte boodschap komt binnen. De wanhopige blik van Isabella toen ze vertelde wat hun buurman Bianchi overkomen was, overschaduwt het jonge babygeluk.

‘Ik zal het in de gaten houden,’ zegt Sofia zacht.

‘Dat doen zij wel voor je.’

Op dat moment klinkt een bekende ringtone door het café. Verschrikt kijkt Sofia naar de telefoon die al die tijd voor haar op tafel heeft gelegen.

47

De loop is gericht op het plekje tussen haar ogen. Het is het enige deel van haar lichaam dat hij nog niet geraakt heeft. Hij trilt. Het enige wat ze wenst is dat hij nu de trekker overhaalt. Laat deze marteling zo snel mogelijk voorbij zijn.

Dan smijt hij het ding van zich af en vloekt de hele wereld bij elkaar.

Ze zit op handen en knieën en probeert overeind te komen. Ze geeft het op. Zelfs ademhalen doet pijn.

'Benny, waarom…?'

De trap ziet ze niet aankomen. Hij splijt haar lijf zowat in tweeen.

'Mij flik je niets! Ik weet alles van jou.'

Ze probeert hem antwoord te geven, wil hem tot bedaren brengen. Zo is hij nog nooit tekeergegaan.

'Jij weet te veel liefje, dat is jouw probleem.'

'Maar…' Een kreun drijft mee naar buiten. 'Maar Benny, je kunt mij toch vertrouwen?'

'Vertrouwen? Je weet wat ik doe, hè?'

'Natuurlijk, Benny.'

'Je kunt niet zomaar aan mij voorbijgaan. Ik heb je gezien, hoor je? Ik weet precies waar je bent!'

Hij trekt haar aan haar haren omhoog. Zijn gezicht is nu zo dicht voor het hare dat ze zijn hitte voelt.

In die paar seconden dat ze daar hangt schiet alles door haar heen. Wanneer zal haar hoofdhuid loslaten? De vuisten van haar vader, haar moeder die zich altijd als een beschermende laag voor haar wierp, het schreeuwen en daarna de dreun waarmee de voordeur dichtsloeg en het gevaar weer voor even geweken was. Het zou haar nooit overkomen, had ze gezegd.

'Je doet me zeer, Benny.' Het is niet meer dan gepiep.

Ze wordt opzij gegooid en klapt tegen de grond. Daar ziet ze het wapen liggen. Zwart, glimmend, met de loop gericht op zijn rug. Zonder erbij na te denken graait ze het ding naar zich toe. Voelt het ijskoude metaal. Dan drukt ze af.

Een kreet ontsnapt als een kogel uit haar keel. Ze schiet omhoog en staart om zich heen. Het duurt even voor ze beseft waar ze is. Dat ze veilig is. Ze gooit de lakens van haar plakkerige lijf en knipt het licht aan. Het is al de zoveelste keer dat de nachtmerrie terugkomt. Steeds weer die laatste confrontatie met Benny. Het pistool was alleen maar een wens geweest die nooit bewaarheid was geworden. Tot die tijdens haar ontvoering in vervulling ging.

Het gesprek van de vorige avond jengelt door haar hoofd. En hoe meer ze probeert aan andere dingen te denken, hoe steviger het zich in haar hersens vastzet.

Het avondeten was in een opgeruimde stemming verlopen. Iedereen was ontspannen, er werd zelfs gelachen. De vele blikken die Arturo op haar wierp, waren Maria niet ontgaan; ze zag er zo intens tevreden uit dat je niet zou zeggen dat ze zo ziek was.

Maria moedigde haar zoon aan om even mee te lopen om de borden naar de keuken te brengen. Daar gedroegen ze zich als verliefde tieners die erop wachtten om betrapt te worden. Tot die laatste kus. 'Vannacht lukt niet, maar morgen slapen we samen.'

Het kan niet anders dan dat ze met rode konen bij Maria terugkwam en het maakte haar ook niet uit. Het zou Maria alleen maar gelukkig maken. Maar die reageerde nauwelijks.

Umberto stond direct op.

'Sorry, stoor ik? Ik kan...' Sofia wilde zich al omdraaien.

'Nee, blijf maar hier. Ik moet je iets vertellen.'

Ze ziet nog het gezicht van Maria dat langzaam naar haar toe draaide. De angst in haar ogen, maar ook ingehouden woede. De medelijdende blik die volgde lag sinds dat moment overal overheen.

'Normaal zou ik dit nooit doorgeven, maar ik denk dat je dit moet weten. Het gaat over je man.'

De ruimte verdronk in een kille mist. 'Benny weet waar ik ben.' Toonloos stootte Sofia de woorden naar buiten.

Maria pakte haar hand en knikte. Hoe kunnen haar vingers zo koud zijn? Ze is zelf als bevroren.

'Ik ben helaas tekortgeschoten in jouw bescherming.' Maria beet op haar onderlip.

Sofia wilde zeggen dat het niet uitmaakte, maar de woorden bleven steken.

'We hebben direct onze maatregelen genomen. Als mensen praten dan moeten we ze laten zwijgen. Dat zijn de regels.' Maria tilde haar vrije hand op en liet hem doelloos weer op het laken vallen. 'Helaas waren we er in dit geval te laat mee. Je man is ontkomen.'

Sofia zit op de rand van haar bed. Het is ineens logisch dat die nachtmerrie weer opdook. Dus Raul heeft het niet overleefd en Benny weet waar ze is.

Alles wat Maria daarna zei had te maken met Arturo. Hij zal haar vanaf nu beschermen, gaat haar helpen en zal haar in de gaten houden. Door Arturo loopt ze geen gevaar; hij wacht Benny op. Zei Maria.

Sofia knijpt haar handen tot vuisten en kijkt naar haar voeten. Het tapijt waarop ze mag lopen is zachter dan ze ooit heeft gehad. De lakens geuren. En naast kost en inwoning heeft ze een mooi salaris. Toch kan niets tippen aan het gevoel veilig te zijn. En ondanks de liefde van Arturo weet ze diep in haar hart dat er ooit een onbewaakt moment komt dat ze oog in oog komt te staan met haar verleden.

Ze laat haar hand onder het kussen glijden en voelt de ronde vorm die niet alleen haar verleden herbergt, maar ook belastende informatie over Benny. Daar zal hij inmiddels achter zijn, haar briefje is vast allang bezorgd. De paar mensen hier in Modica die haar oude identiteit kennen, hebben geen idee dat ze de SD-kaart heeft. Door zijn informatie mee te nemen, lokt ze hem hierheen. Hoe stom kun je zijn?

Sofia loopt naar de wastafel en pakt een glas water. Zelfs het koele vocht kan de smaak van angst niet wegspoelen. Benny weet waar ze zit. En hij zal haar niet met rust laten.

Ineens mist ze de rustige aanwezigheid van Daan. Aan wie ze nooit iets vertelde, maar die er altijd was. Op een of andere manier was dat voldoende. Hij gaf haar complimenten over de chocoladeversieringen die ze maakte, wat haar op andere punten raakte. Hij was altijd blij om haar te zien. Het was mooi om te zien hoe energiek hij was. Hij zag haar als een vrouw die haar eigen keuzes maakte in haar leven. Een fictief beeld dat ze graag in stand hield. Hij zag haar anders dan ze was.

'Ooit ben ik net zo vrij als jij,' fluistert ze tegen het spiegelbeeld dat haar aanstaart. Het gezicht glimt van het koele water dat ze net over zich heen heeft gesprenkeld. Dan kruipt ze terug in bed, knipt het licht uit en luistert naar de geluiden van de nacht.

48

'Je hebt bijna niets gegeten.' Sofia legt de croissant die ze die ochtend speciaal voor Maria heeft gehaald terug op het dienblad. Alleen de aardbeien zijn bijna allemaal op.

'Ik doe ook bijna niks.' Maria legt haar handen op het laken en zucht diep. 'Wat ga je zo doen?'

'Als je het goed vindt, ga ik naar de cioccolateria. Ik hoorde over de Siciliamo, en ze hebben mij gevraagd om hier speciale lekkernijen voor te bedenken.'

'Van wie heb je dat?'

Sofia aarzelt. 'Van mijn collega,' zegt ze dan. Geen namen.

'Ik bedoel van wie heb je die creatieve gave.' Maria klopt met haar hand op het bed, om aan te geven dat ze nog even moet gaan zitten.

De glimlach voelt ze pas als ze die teruggekaatst krijgt. 'Van mijn moeder.'

'Dat vermoedde ik al.'

'Het is zo jammer dat ze dat zelf pas laat ontdekte.' Dat haar moeder pas haar creativiteit toe kon laten toen ze aan de laatste weken van haar leven begon, doet nog steeds pijn. Nu ze zelf voelt hoe gelukkig ze wordt als ze mag spelen met vormen en kleuren, beseft ze dat haar moeder haar veel meer heeft gegeven dan ze tijdens haar leven heeft gezien.

'Niet weggooien, hoor,' waarschuwde haar moeder zittend aan de keukentafel waar ze samen een frisse bietensalade hebben gegeten. De wind huilde om het huis en de regen kletterde op het raam. 'Er gaat niets boven die natuurlijke dieprode kleur.'

Anne wierp een blik in de pan waar het onooglijke kookvocht achtergebleven was.

'Heb je een wit hemdje?'

'Mam...'

'Pak er maar één uit mijn kast. Ik heb er genoeg.'

Anne liep naar boven en opende de slaapkamerdeur. De ruimte was vreemd leeg nu ze het bed naar beneden gehaald had. Haar moeder was de laatste weken zwakker geworden en bleef steeds vaker in bed.

Vroeger had ze een vreemd soort opgelaten gevoel gehad als ze tussen haar moeders kleren neusde. Dat was allang niet meer het geval. En dus diepte ze zonder al te veel zoeken een wit hemdje op.

Haar moeder keek betrapt op toen ze de keuken weer binnenkwam. Steunend op beide armen schuifelde ze terug naar haar plaats. 'Dit hebben we nodig.' In haar hand lag een bolletje touw.

'Dat had ik toch ook kunnen pakken?'

Zwijgend pakte haar moeder het kledingstuk uit haar handen.

'Op dat moment zag ik een zachtheid die ik in haar leven niet veel gezien heb. Alsof alle problemen van haar af gleden en er alleen maar puur geluk overbleef. Haar rimpels werden kraaienpootjes, haar mondhoeken richtten zich alleen maar naar de hemel. De pijn werd afgebonden door die simpele touwtjes die ze om de stof heen knoopte.'

Sofia ziet het hemdje nog voor zich. Het was alsof de zon en de maan in die kleurige sterren samenkwamen, waarin alle roze en rode tinten te vinden waren die ze ooit had gezien. Ze had het kunstwerk zelfs nog in haar handen gehad vlak voor ze vertrok. Zal ze het ooit terugzien? Niemand mocht weten wat ze van plan was, daarom kon ze alleen haar handtas maar meenemen. En zelfs die had de ontvoering niet overleefd.

'Ze heeft het maar een paar keer gedragen.'

'Hoelang heeft je moeder nog geleefd nadat...' Maria kijkt weg.

'Nog een paar weken.' Sofia denkt aan die laatste dag, en de liefdevolle manier waarop haar moeder naar haar had gekeken. Zo vertelde ze haar dat het goed was.

'Een paar weken? Dat red ik niet meer.' Het klinkt niet eens verdrietig, er zit vooral een berusting in die ze herkent van die laatste dagen van haar moeder. Het mooiste was dat ze in staat bleven om grapjes te maken, ondanks het knijpende verdriet.

'Als je zo weinig eet, ga je vast gelijk krijgen,' zegt Sofia quasi verontwaardigd. Ze is blij met de lach van Maria ook al klinkt die minder krachtig dan eerder.

'Ik bel je wel als ik weer trek krijg.'

Het is heerlijk om op een scootertje door het centrum van Modica te rijden. Haar wapperende haren geven haar zo'n gevoel van vrijheid dat ze zich niet kan voorstellen dat dit ooit stopt. De zon staat al zo hoog dat de schaduwen teruggedrongen zijn naar de steegjes. In Nederland kan het in mei nog koud zijn, maar in deze zuidelijke regionen loopt de temperatuur lekker snel op. Ook al is ze hier pas drie weken, Sofia weet nu al dat het voorjaar haar favoriete seizoen is. Ze houdt van de warmte.

'Ciao!' Ze groet de eigenaresse van de kleine buurtsuper waar ze vaak wat boodschappen haalt. De vrouw kijkt haar verbaasd na.

De feloranje scooter stottert een beetje waardoor ze bij de eerste rotonde langzamer rijdt dan zou moeten. Het maakt haar allemaal niet uit. Ze komt er vanzelf. Alles is beter dan lopen. Nu ze eigen vervoer heeft, kan ze zelfs plannen maken om de omgeving te verkennen.

Als ze hortend voor de cioccolateria tot stilstand komt, springt Gigi op van de stoeprand waar hij al zat te wachten.

'Ciao Sofia!'

'Hier, voor jou.' Ze geeft hem direct de meegenomen croissant die hij dankbaar aanpakt. Hij steekt zijn telefoon weg en duwt het onverwachte ontbijt met een paar grote happen direct in zijn mond.

Terwijl ze de scooter aan de zijkant neerzet, loopt hij kauwend achter haar aan. Met volle mond probeert hij haar wat te vertellen.

'Wat is er?'

'Hoe heb je die geregeld?' De jongen wijst op haar scooter en bekijkt haar daarna met ontzag.

Ze schiet in de lach. 'Ik regel geen dingen, ik mag hem gewoon lenen.'

'Klinkt als hetzelfde,' grinnikt Gigi. Hij veegt een laatste stukje croissant van zijn wang.

'Hoe weet je trouwens dat ik hier werk?'

Gigi duwt zijn muts naar achteren en laat zo'n onschuldige glimlach zien, dat ze in de lach schiet.

'Ik snap het al. Iedereen weet hier alles van elkaar.'

'Ach, jij bent een makkie.' Hij klakt met zijn tong en maakt een beweging die een rapper niet zou misstaan.

'En bedankt, makker.'

'Mag ik op je scooter passen?'

De vraag klinkt onschuldig, maar als Sofia wil zeggen dat dit niet nodig is omdat ze hem gewoon op slot zet, ziet ze de serieuze blik in zijn ogen. 'Misschien is dat wel een goed idee,' antwoordt ze dan. Bij elk woord beseft ze dat hier andere regels gelden.

'Dan zal ik ook de bougies schoonmaken.'

'Dat zou fijn zijn.'

De deal is gesloten. Slimmerd, denkt Sofia terwijl ze naar binnen loopt. Hij heeft gewoon een baan geregeld. En zij heeft een bijzondere bodyguard.

49

BENNY

Het grijze asfalt vliegt in een toonloze vaart onder de auto door. Benny heeft zonet zijn plek achter het stuur afgestaan aan Daan, die hem had gebeld dat er twee man in de portiek tegenover zijn huis stonden. Ze konden niet terug naar huis en ze wisten waar Anne was. Een simpele optelsom.

Het klokje op het dashboard geeft aan dat het vier uur 's nachts is. Hij heeft trek, maar hij waakt er wel voor om dat te zeggen. Hoe verder ze de Nederlandse grens al achter zich hebben voor het licht wordt, hoe beter. Hij weet dat ze sporen hebben achtergelaten, het is alleen de vraag wanneer ze die gaan vinden. Die lui kunnen nog DNA uit een pluisje pulken dat slechts een minuut in je navel heeft gebivakkeerd. Dat baart hem zorgen.

'Hou je eigenlijk van Anne-Sophie?'

Daans vraag komt volkomen onverwachts. 'Hoezo dat?'

'Maak je je zorgen om haar? Mis je haar?'

'Ja, natuurlijk,' spuugt hij in Daans richting. Het gekke is dat hij haar écht mist.

'Waarom zit ze op Sicilië? Ik snap het niet. Als ze haar ontvoerd hebben en alleen losgeld willen, hebben ze wel een vreemde plek uitgekozen om haar schuil te houden. Beetje ver weg ook.'

Benny zoekt de plaats waar Anne volgens die Italiaan zou zitten op in Google Maps. 'Nog wel een paar dagen rijden tot we de overtocht kunnen maken.'

'En als er nou iets heel anders aan de hand is?' Daan laat de snelheid langzaam terugzakken. 'Ze wordt nu al weken vastgehouden en het is alsof ze van de aardbodem verdwenen is. Tot die Italiaan ineens na zoveel tijd begint over losgeld. Ik vertrouw het niet.'

Daan heeft natuurlijk gelijk. Benny vraagt zich af wanneer hij hem zal vertellen hoe het werkelijk in elkaar steekt. Het is tijd om zijn eigen wapens te gaan gebruiken. Hij denkt terug aan de brief die Anne hem als afscheid stuurde.

Ik heb iets van jou, jij weet iets van mij
Als je mij met rust laat, zal ik mijn mond houden

De tijd van loyaliteit is voorbij. Benny bijt op de binnenkant van zijn wang. Anne heeft in de tijd dat ze samen waren heel wat kennis van de criminele wereld meegekregen. Hij is zelfs een tijdje bang geweest dat ze bepaalde informatie tegen hem zou gaan gebruiken. Tot hij het gouden wapen in handen had gekregen.

Als hij dat aan de politie doorgeeft, is zij het haasje. Dan wordt ze opgepakt en belandt ze in de gevangenis. Deze informatie geeft hem de macht over haar terug. Dus als hij haar vindt, zal hij haar aangeven. Alle problemen zijn dan in één keer opgelost. Hij heeft daarna zijn vrijheid én zijn bedrijf terug, omdat niemand haar meer zal geloven als ze horen wat zij geflikt heeft.

50

De tijd in het laboratorium vervliegt in de chocoladegeur die Sofia met experimenteren zoeter probeert te maken.

'Wat maakt het minder bitter,' mompelt ze tegen de kleine brokjes op de werktafel. Op dit soort momenten mist ze haar moeder nog meer dan anders. Die wist dat soort zaken.

Als meisje stond ze vaak bij het aanrecht als haar moeder kookte. Ze vond het heel interessant om te zien hoeveel kleine potjes haar moeder op het aanrecht zette die ze kruiden noemde. Zelfs haar witlof smaakte anders dan die van een ander, een mespuntje zout deed al wonderen. Nu weet ze dat haar moeder alles deed om de sfeer goed te houden.

'Zout, dat is het!'

Op de brede houten schappen aan de zijwand staan grote potten met kruiden en smaakmakers. 'Basilicum, rozemarijn, thijm,' leest Sofia op de etiketten tot ze een grote pot zeezout ontdekt. Natuurlijk, karamel-zeezout, een van de meest populaire repen die ze verkopen. Daar gaat haar idee. Ze moet met iets bijzonders komen. Iets wat nog niemand heeft geprobeerd in Modica, een smaak waarmee ze opvalt. Daar was Daan goed in: steeds iets nieuws, iets onderscheidends.

Het liefst zou ze cacaoboter gebruiken zodat ze ook kleuren kon toevoegen om kunstwerkjes te maken, maar ze kan niet inschatten hoe Tony daar tegenover staat. De traditie van Modica mag geen geweld aangedaan worden, zeker niet tijdens een festival als de Siciliamo.

Welke smaak heeft nog nooit iemand gemaakt?

Onbewust legt ze haar hand op haar borst en vraagt in gedachten raad aan haar moeder. Maar er komt niets. Het is of ze in deze ruimte, die gedeeltelijk onder het straatniveau ligt, moeilijk contact kan leggen. Achter in de ruimte zit een deur met een raampje dat haar uitzicht biedt op een kleine steeg. Er valt nauwelijks daglicht naar binnen doordat dikke ranken het raam deels overwoekerd hebben. Ze staart naar de kleine groene blaadjes van deze klimmer, er schemeren wat bloemknoppen door het groen.

'Dit is het!' Ze opent het raam en kijkt even later opgetogen naar de knoppen in haar hand. Het is alsof er een koorts bezit van haar heeft genomen. Ze loopt naar de trap om haar idee met Tony te delen.

Abrupt stopt ze. Door het raampje van de deur ziet ze een bekend figuur. Ze aarzelt. Moet ze naar binnen stappen of is het beter om zich er niet mee te bemoeien?

Snel belt ze Isabella. Terwijl de telefoon overgaat, houdt ze de twee mannen in de gaten. Ze ziet Tony zijn hoofd schudden.

O jee, dit is precies waar Isabella al bang voor was.

'Kom op, neem op. Neem op!'

Een klik.

'Isabella, ik zie dat die man met zijn rode shawl weer...' Ze stopt als ze onderbroken wordt door de vrolijke stem van Isabella die aangeeft dat ze niet bereikbaar is.

Ze drukt de telefoon uit.

Tony heeft zijn armen over elkaar geslagen en staat met zijn buik tegen de kassa aan geleund. De andere man herkent ze uit duizenden. Zou ze Arturo kunnen bellen? Snel zoekt ze het nummer op, maar als ze weer opkijkt loopt de man met grote passen de zaak uit. Haar telefoon glijdt terug in haar broekzak.

De stilte hangt zwaar in het café. Tony staat met zijn gezicht naar de flessen met koffielikeur. Zijn schouders hangen naar beneden.

'Alles goed, Tony?'

Hij springt van schrik omhoog.

'Sorry, ik wilde niet...'

‘Wil jij die mensen elk een dubbele espresso brengen?’ Hij wijst naar het terras, waar twee vrouwen van middelbare leeftijd gezellig met elkaar zitten te kwebbelen.

Het is zo in tegenstelling met het tafereel dat ze net heeft gezien dat ze moeite heeft om zich los te maken en de vrolijkheid op te zoeken. Toch knikt ze en loopt langs Tony heen naar de espressomachine.

Pas als ze de kopjes gevuld heeft, draait ze zich om. Tony zit achter in de zaak aan een tafeltje. Hij heeft zijn handen voor zijn gezicht geslagen. Het is schrijnend om de pijn te zien van de strijd die deze man in zijn eentje levert. Het kan niet anders dan dat hij aan zijn buurman denkt, signor Bianchi, die ditzelfde verzet met de dood heeft moeten bekopen.

De gedragen tonen van de Dodenmars klinken door het laboratorium. Sofia schrikt. Pas dan bedenkt ze dat het geintje van Umberto ook in haar telefoon is gezet. Het klinkt als een macabere grap.

Maar als ze op haar telefoon kijkt, leeft ze op. ‘Pronto, Isabella.’

‘Had je gebeld?’

Sofia vertelt van het bezoek van de man. Nadat ze ook de reactie van Tony heeft doorgegeven, met daarbij haar twijfels, omdat Tony nu eenmaal niets wilde zeggen, hoort ze een snik aan de andere kant.

‘Ik was er al bang voor.’

‘De man is gewoon weggegaan. Er is niets gebeurd.’

‘Je begrijpt het niet.’

Ze wil ertegenin gaan, maar haalt dan haar schouders op. ‘Ik heb iets geweldigs bedacht,’ begint ze enthousiast. ‘Weet jij of ze in Modica ooit jasmijnchocolade hebben gemaakt?’

Het blijft zo lang stil, dat Sofia zich afvraagt of Isabella heeft opgehangen. Dan pas hoort ze heel zacht: ‘Fantastisch. Een geweldig idee. Weet je dat achter het laboratorium…?’

‘Ja, dat weet ik.’ Haar blik wordt naar de immense struik geleid. ‘Er hangt meer dan genoeg aan.’

'Wat zei Tony?'

'Die weet het nog niet.'

'Ik denk dat je een dikke omhelzing krijgt,' voorspelt Isabella.

Sofia schiet in de lach. 'En wat zou hij ervan vinden als ik daarnaast gebruik ga maken van cacaoboter?'

'Dat doen we niet in Modica.'

'Maar... ik wil graag wat contrast in kleuren aanbrengen.' Ze voelt zich een schoolmeisje dat om snoepgoed bedelt.

Op de achtergrond hoort ze Pietro huilen.

'Ik moet weg,' zegt Isabella meteen. 'Een tip. Vraag hem eerst om de cacaoboter en vertel hem daarna over je nieuwe smaak. Ik weet zeker dat hij je eerste vraag al vergeten is zodra je met jouw ultieme plan naar buiten komt. En daarna is er geen weg meer terug.'

Een klik snijdt het gehuil af.

'Dank je wel,' zegt Sofia tegen de inmiddels dode telefoon. Misschien moet ze de ringtone maar gewoon houden.

51

UMBERTO

De ijsklontjes rinkelen in het glas als hij een zoveelste slok whisky neemt. Het brandt. Maar de heftige smaak is nog steeds niet genoeg om de pijn te stillen die sinds een uur zijn hart verschroeit.

Tegenover hem zit zijn zoon die hij nooit eerder aan de drank heeft gezien maar die nu zijn glas eerder leeg heeft dan hij. Ze moeten praten, maar hij heeft geen idee hoe hij moet beginnen.

Het is allemaal de schuld van die rode heks die, zonder de reserve die hij gewend is van de Modicanen, zijn domein ondermijnd heeft. Hij kan zich best voorstellen dat zijn vrouw haar nodig heeft. Hij moet zelfs bekennen dat die meid goed werk doet, zoals ze Maria verzorgt en zelfs in staat is een fatsoenlijke pastaschotel te maken. Maar dit…

Opnieuw neemt hij een slok die als een kille hitte door zijn slokdarm zakt.

Het telefoontje vanuit Nederland heeft zijn dag zwart gemaakt. Zijn business is door die ene foute keuze van Maria nu echt in groot gevaar. Die rooie moet hier weg, de vraag is alleen hoe. Het liefst zou hij dat met Maria bespreken, maar die is compleet behekst door die meid.

'Ik vergeef het je,' mompelt hij tegen Maria die alleen in het bed ligt waar ze altijd tegen hem aankroop alsof ze zijn bescherming zocht. De vragende blik van zijn zoon negeert hij. Hij moet nadenken. Keuzes maken. De zaken volgen elkaar op als een denderende trein met een falend remsysteem. Toch is hij de enige die dit kan laten stoppen.

'Ik moet iets doen aan die meid. Aan Sofia.' Het is lastig om alleen al de naam, die zij aan haar gegeven hebben, uit te spreken.

'Het is een feeks,' zegt Arturo.

Umberto kijkt naar zijn zoon die hem lijkt te begrijpen.

'Een vurig type dat het rode bloed van Sicilië lijkt te hebben,' gaat Arturo verder. Hij klakt met zijn tong.

Wat bedoelt zijn zoon daar precies mee? Natuurlijk heeft hij tijdens het eten de woorden tussen die twee gezien die geen taal nodig hebben. Als hij opkijkt naar zijn zoon ziet hij de wellustige blik, daar heeft hij zijn antwoord.

Ook dat nog. Het is nog erger dan hij vreesde. Hij staat er echt helemaal alleen voor.

Tot nu toe dacht hij het nog te kunnen redden. Tot zijn Nederlandse contact hem belde. Zijn clan heeft gefaald. Die criminele Muis is onderweg. Het was zo'n simpele opdracht en toch hebben ze beide mannen laten ontsnappen. Niemand ontsnapt aan hem. Niemand!

Hij laat zijn vuist met zo'n kracht op het tafeltje neerkomen dat de glazen van schrik opspringen. Arturo pakt de zijne op en leegt hem in zijn keel.

'Er moet iets gebeuren,' steunt Umberto. De pijnlijke realisatie dat Maria er eigenlijk niet meer is, heeft hij in het afgelopen uur verzopen. Hij is alleen. Tenzij...

Hij gaat verzitten en bekijkt zijn zoon nu met andere ogen. Klein van postuur, zijn zwarte haren strak naar achteren gekamd, spieren die iedereen laten zien welke kracht er in hem schuilt. Hij is een man van eer in de organisatie. Die loyaliteit gaat boven de liefde. Als Maria er niet meer is, moet hij iemand anders naast zich hebben om hem te steunen. Een familielid heeft de voorkeur.

'We moeten praten.' Umberto schenkt beide glazen nog eens in, mikt er feilloos een extra ijsblokje bij. Maar net als hij zijn plan uit de doeken wil doen, heft Arturo zijn hand op.

De verontwaardiging bruist bij Umberto omhoog. Hij laat zich nooit de mond snoeren. Alleen Maria als *consigliere* is bevoegd om hem raad te geven. Maar net als hij Arturo op zijn nummer wil zetten, zegt die: 'Voor je verdergaat, *papà*, moet je iets weten.'

Het is eeuwen geleden dat zijn zoon hem zo heeft genoemd. Het raakt zijn gekwetste hart.

Arturo praat al verder. 'Het kwam me toevallig ter ore. Iemand is bezig om de makelaardij te ondermijnen. Dit probleem moet snel opgelost worden.'

Als Arturo hem alles heeft verteld, knikt Umberto. Dan heft hij zijn glas. '*Salute*.' De afspraak is bezegeld.

52

'Ik moet nog even weg, maar wacht op mij.' Dat zei Arturo.

Sofia ligt onderuit op bed. De eerdere prettige opwinding heeft plaatsgemaakt voor een vervelende onrust. Toch blijft de opperbeste stemming die ze de hele avond gevoeld heeft, nog steeds hangen. Vannacht slapen ze samen.

Sofia kijkt naar de deur waarachter Maria ligt. Ze zal wel slapen. Ze heeft haar al verzorgd voor de nacht. Het was pijnlijk ontroerend om te zien hoe de glazige ogen steeds die van haar zoon zochten. Alsof ze de bevestiging wilde waarnaar ze zo verlangde. Tegelijkertijd zag ze Arturo steeds opnieuw slikken. Hij lijdt onder de ziekte van zijn moeder. Ze weet hoe het voelt. Je zou alle macht van de wereld willen aangrijpen om tegen te gaan wat zich voor je ogen voltrekt. Het verzwakken, het naderbij sluipen van de dood. Maar gelukkig ook het zachter worden van emoties. De aftakeling is het ergste. Het moment dat diegene niet meer de persoon is die je zo goed kent is al gepasseerd als dit echt tot je doordringt. Alsof je al voorbij de douane bent en er geen afscheid meer mogelijk is.

Ze kijkt naar het laatje waarin ze haar medaillon gelegd heeft. Veilig voor de handen van Arturo, die straks vast en zeker overal over haar lijf gaan. De foto is inmiddels een beeld geworden dat niet meer de schok geeft van het begin. De echte herkenning die haar die heerlijke golf liefde gaf waardoor de tranen haar in de ogen schoten. Bij haar broer Christiaan was dat al langer, bij haar moeder is dat ergens tijdens haar verblijf hier veranderd.

Toch zit dát beeld wel in haar hoofd. Het laatste moment dat ze samen waren. Dat haar moeder krachtig met haar ogen knipperde om haar vaarwel te zeggen. Zij hadden het geluk gehad wel afscheid te kunnen nemen.

Haar telefoon trilt.

Als ze hem pakt, verwacht ze de naam van Arturo te zien.

'Isabella?' Ze fluistert en loopt naar de badkamer. Er volgen wat vreemde geluiden. Snel sluit ze de deur achter zich. 'Wat is er aan de hand?'

'Je moet komen.' Een gejaagde stem.

'Maar… ik kan niet weg. Het is al…'

'Snel, Sofia. Je moet ons redden.' Het trillende gefluister klinkt zo dringend dat ze haar telefoon nog dichter tegen haar oor drukt.

'Waar ben je?'

Op de achtergrond klinkt een knal, daarna het geluid alsof er een kast omdondert.

'Isabella, wat gebeurt er?'

'Ze hebben Lorenzo… *O mio Dio.*'

'Ben je veilig?' Met dat ze het zegt komt die opmerking pas binnen. De woorden van haar moeder.

'Ik heb me verstopt in de kelder.' Haar stem trilt zo erg dat ze nauwelijks te verstaan is.

'Van jouw huis?'

'Ja, maar Pietro…? Ik…' Een enorme dreun overstemt elk geluid. Dan een hoge gil die abrupt wordt afgebroken.

'Isabella!' Maar het contact is verbroken.

Ze kijkt naar haar telefoon. Moet ze haar terugbellen? Of is dat juist gevaarlijk? Nee, ze moet als de sodemieter naar haar toe. Er is iets vreselijk mis.

Als ze haar scootertje start schrikt ze van het geluid. Maar ze heeft geen tijd om daarbij stil te staan. Snel duwt ze hem van de standaard en laat hem de oprit af rollen.

Het is veel kouder dan ze verwacht had. In alle haast is ze een vest vergeten.

'Niet belangrijk,' zegt ze tegen de wind die haar om de oren slaat.

Hangend over het stuur duwt ze de gashendel ver open. Het is zeker tien minuten rijden, schat ze in. Dat is te lang. Dus moet ze harder.

Ze schiet een hoek om, negeert een eenrichtingsverkeersbord en slalomt tussen de geparkeerde auto's door. De angst in de stem van Isabella is haar benzine. Ze probeert niet na te denken wat ze moet doen als ze ter plekke is. Eerst de tijd verslaan, die probeert haar te snel af te zijn.

Er zijn nog best veel mensen op straat, veel zitten op hun stoepje een drankje te drinken. Iedereen leeft buiten, zelfs als het nog geen hoogzomer is.

Bij een kruising remt ze af en aarzelt. Is het hier nu rechts of is het nog eentje verder? Welke, welke, welke?

Dan geeft ze gas, slaat af en trekt haar scooter de heuvel op. Ze zoeft een steegje in, duikt onder een poort door waar ze normaal niet met een scooter hoort te rijden, en moet daardoor zelfs een trappetje naar beneden nemen. Het geknetter van de motor kaatst tussen de oude wanden alsof er op haar gemopperd wordt.

Met piepende remmen stopt ze. Ze zet haar motor uit en parkeert de scooter naast een sinaasappelboom die vol grote vruchten hangt. Dan duikt ze in de schaduw van een muur en hijgt uit. Met haar stomme kop was ze bijna doorgereden tot bij het huis. Niet slim. Het is beter om voorzichtig te zijn.

Het huis staat nauwelijks honderd meter verder. Sofia volgt met haar hand de oude kalkstenen muur naar boven. De straat is nauwelijks meer dan een steil pad waar ze langs een oude garagedeur komt voordat ze de bocht om kan kijken. Daar is het. Een trappetje leidt naar een houten deur waarvoor een van de metalen luiken gesloten is.

'In de kelder. Waar is de kelder?' Ze prevelt de vragen voor zich uit alsof ze een antwoord vanuit de hemel verwacht. Het is donker tussen de huizen in. Er komt alleen wat licht uit een bovenraam. Bovendien is het zo akelig stil dat ze rilt. Het geeft haar een onheilspellend gevoel.

Met strakke spieren loopt ze verder. In elkaar gedoken. Alert. Haar ogen flitsen als zoeklichten rond. Ze verwacht elk moment een schreeuw, of, erger nog, iemand die tevoorschijn springt. Maar er gebeurt niets.

Nog een paar passen verder. De voordeur ligt op nauwelijks tien meter. Nu zou ze die klote kelder toch moeten zien? Maar hoe kan in deze huizen een kelder zitten? Ze hebben de rotsen als fundament. Het klopt niet!

Ze stopt, en voelt naar haar telefoon in haar broekzak, alsof daar het antwoord te vinden is. Wat zei Isabella ook weer? Het enige wat is blijven hangen is die onzinnige kelder en de angst in haar stem.

Opnieuw kijkt ze om zich heen. Ze durft bijna geen adem te halen, bang om de stilte te doorbreken. Met open mond ademt ze oppervlakkig, terwijl haar hart een fikse roffel maakt.

Een fluitend geluid snijdt door de ijle nacht. Sofia duikt in elkaar. Ze hoort iemand roepen. Een Italiaanse kreet die lang blijft hangen. Dan pas volgt een doffe bons. Daarna is het stil.

Tot het uiterste gespannen duwt ze zich plat tegen de muur aan. Het duurt een eeuwigheid voor ze zichzelf toestaat om te ademen. Dan golft de hitte door haar heen en kan ze niet anders dan hijgend naar lucht happen.

Dat was een schot.

De herinnering aan de in elkaar zakkende Benny doemt op. Zo ging het. Zij schoot, hij viel. Diezelfde doffe bons die alleen veel minder indruk maakte doordat ze in die verbijsterde blik gevangen werd.

Maar nu… Iemand is net neergeschoten.

Ze moet hier weg. Als dat Isabella was, kan ze toch niets meer voor haar doen. Ze draait zich om en hoort stemmen die langs de stenen van de huizen naar haar toe rennen. Er komt iemand aan! Shit, waar moet ze heen? In een split second ziet ze alle details van de hopeloze situatie waarin ze verkeert: open en bloot in een straat waar geen bescherming te vinden is. Een plek waar ze niets te zoeken heeft. Een buitenlander die haar neus in zaken steekt waar ze niets mee te maken heeft.

'Waar is hij?' bromt een man.

Hij kan elk moment de hoek om komen. Waar moet ze heen?

Dan ziet ze ineens een smalle doorgang tussen twee huizen. Ze staart in de duisternis, waarachter een loodgrijze nachthemel ligt. Snel slaat ze de hoek om en loopt in elkaar gedoken de nauwelijks één meter brede steeg in. Zo snel ze kan schuifelt ze naar achteren, met haar handen voor zich uitgestoken. Een afvalbak, een boom, een struik, iets! Ze moet zich verbergen.

Weer die stemmen. Ze drukt zich plat tegen de muur als ze denkt dat de mannen bij de steeg zijn. Het idee dat ze zich in een van die vuile vochtige stegen bevindt, duwt ze steeds opnieuw met kracht weg. Er zijn hier geen ratten. Geen muizen. Geen beesten. Echt niet. Steeds weer spreekt ze zich moed in.

'Hier is niemand.' De stem komt van de andere kant van haar.

Ze draait haar hoofd met een ruk om. Tegen de lucht steekt een silhouet af. Ze houdt haar adem in. Nu zal hij haar ontdekken, dat kan niet anders. Ze wacht tot hij de deuropening uit stapt. Ze kan nergens heen. En dus sluit ze haar ogen. In zichzelf begint ze te tellen. Maar dat houdt ze niet lang vol. Ze moet zien waar hij is. Hij scant de steeg, waarna hij de deur met een klap achter zich dichttrekt. Met haar ogen wijd open, zuigt ze de lucht naar binnen. Hij is weg.

Gemompel buiten in de straat. De geluiden verwijderen zich. Dan is het stil.

Haar hart fladdert als een angstig kuiken in haar borstkas. De kou is compleet verdwenen. In plaats daarvan wordt een opgejaagde warmte door haar bloedbaan geperst.

Zijn ze verdwenen? Naar binnen gegaan? Was dat het huis van Isabella?

De vraag wat ze moet doen is de enige waarop ze direct een antwoord weet. Ze moet als de sodemieter maken dat ze wegkomt. Zou Isabella veilig zijn?

Getik. Heel zacht. Iets verderop.

Weer stil. Ze luistert. Heeft ze het verbeeld?

Daar is het weer. Onmiskenbaar. Met iets hards op een raam.

Haar nieuwsgierigheid wint het. Op haar tenen sluipt ze over de grond verder de steeg in. Tot ze tegen iets zachts aanstoot. Een zak? Hij is half tegen de muur aan gezet.

Weer dat zachte getik. Een ritme dat alleen maar door mensenhanden gemaakt kan worden. Als ze om de zak heen wil lopen, blijkt hij een groot deel van de steeg te blokkeren. Het is zo donker dat ze bukt om te voelen of ze erlangs kan.

Het is warm. Zacht. Een plakkerig geheel.

Pas als ze haren voelt, verstijft ze. 'O nee. O nee nee nee,' mompelt ze.

Ze doet een grote stap naar achteren. Haar ademhaling gaat oppervlakkig. Om haar heen blijft het ijzig stil. Geen stemmen, niets meer.

Dit kan niet een van de overvallers zijn. Die hadden ze hier nooit voor grofvuil in de steeg achtergelaten. Ze gaat op haar hurken zitten en tast de ruwe grond van de steeg af tot ze weer bij het lichaam is. De man ligt op zijn zij, zijn hoofd geknakt op zijn schouder.

Geknars van een deurknop. Sofia verstijft. Snel stapt ze over het lichaam heen en laat zich erachter vallen. Een schuine lichtstreep valt op de klinkers.

'Nee, hij ligt hier nog.' Een stem stuitert tussen de wanden heen en weer.

'Dat is vreemd. Ik dacht echt dat ik iemand...'

'Kijk dan...' Een vette lach valt over haar heen. Ze duwt zich nog dichter tegen de dode man aan, de vochtige kleding plakt tegen haar blote armen. 'Zie je wel, die chocoman is echt zo dood als...' Het geluid wordt afgesneden door de dichtvallende deur. Het is weer donker.

Langzaam laat ze zich op haar rug rollen. Weg van het lichaam. Weg bij het lijk.

Ze wil de naam niet toelaten. Het is té ziek. Té onvoorstelbaar dat dit gebeurt.

Ze krabbelt snel overeind en zoekt steun bij de muur als ze weer over het lichaam heen stapt. Dan pas ontdekt ze een raampje helemaal onderaan tegen de muur. Belachelijk laag bij de grond. De kelder, dat moet.

Ze aarzelt. 'Isabella?' sist ze zachtjes.

Ze bukt en probeert naar binnen te kijken, wat niet makkelijk is door de klimop die ertegenaan groeit. Een spinnenweb raakt haar neus en blijft trillend hangen. Ongeduldig veegt ze het weg.

Tussen de bladeren door ziet ze een gezicht. Tegen het raam aan gedrukt. Twee grote ogen staren haar aan. Het duurt enkele angstige seconden voor ze haar herkent.

Ze trekt de stevige ranken weg, waarna het raampje met een luide klap open vliegt. Ze vliegt achteruit, spitst haar oren, maar er gebeurt niks.

'Sofia, *grazie a Dio*.'

'Waarom…?' Sofia wil alle vragen stellen die in de laatste vreselijke minuten door haar hoofd hebben gespookt, maar ze houdt zich in.

'Hier.' Een schel gefluister. Dan wordt een klein buideltje door het open raam naar buiten gestoken.

'Pietro?'

'Pak aan!'

Ze houdt de kleine baby direct tegen zich aan, zodat die het niet op een huilen zet. Naast haar klimt Isabella naar buiten. Er zijn nauwelijks tien seconden verstreken als ze naast elkaar in de steeg staan. Ze omhelzen elkaar kort, daarna neemt Isabella haar zoon over.

Sofia wil haar vertellen over het lijk, maar ze wijst naar de straat. 'Daarheen.'

Isabella gehoorzaamt zonder vragen te stellen.

Vlak voor ze bij de straat zijn vraagt ze: 'Hoe ben je hier?'

'De scooter.'

‘Mooi. Ze kunnen elk moment terugkomen.’

‘Maar wie…?’

‘Eerst hier weg.’

Sofia pakt direct Isabella’s hand en leidt haar weg bij het huis. Daar, wijst ze naar rechts, en ze schieten de hoek om. Sofia loopt voorop, haar vriendin volgt op de voet.

Als ze de garagedeur gepasseerd zijn, vertraagt Sofia haar pas. Er is iets. Dit gaat te makkelijk. Ze heeft geen idee voor wie ze vluchten, maar als Isabella zo bang is, kan het nooit zo zijn dat ze hen zomaar laten gaan. Er is al iemand vermoord, dus waarom zouden zij veilig zijn?

Ze steekt haar hand uit om Isabella tegen te houden. ‘Wacht hier,’ fluistert ze. Ze duwt haar lichaam tegen de koele muur en schuift als een schaduw verder. Meter voor meter vordert ze tot ze de grote boom ziet. De scooter staat er nog.

Ze wil zich omdraaien om Isabella te wenken, maar versteent. In die schaduw voor haar gloeit een sigaret op. Daar staat iemand, tegenover de boom. De man is nauwelijks te onderscheiden, maar er staat onmiskenbaar iemand hen op te wachten.

53

Eerst is het alleen wat zacht gekerm, maar ondanks het gesus van Isabella zet Pietro het al snel op een krijsen.

Van twee kanten horen ze mannenstemmen. Bevelen in rap Italiaans.

'Waar moeten we heen?' Sofia kijkt om zich heen. De weg naar de scooter is geblokkeerd en van de andere kant hoort ze rennende voetstappen aankomen.

'Hou vast.' Isabella duwt de huilende Pietro in haar handen. Soepel als een luipaard springt ze op een muurtje en zit binnen een seconde op het dak van de garage. Twee handen die zich naar beneden uitstrekken. Pietro verdwijnt in de duisternis. Opnieuw een hand. Ze grijpen elkaars pols. Sofia springt omhoog naar de garagerand, klemt haar vrije hand om de stenen en trekt zich met hulp van Isabella op het dak.

'Snel weg.' Isabella neemt nu de leiding. Gebukt loopt Sofia achter haar aan over het golfplaten dak, dat godzijdank nauwelijks kraakt. Het zijn maar een paar passen. Zijn ze gezien? Sofia wil stil blijven wachten, maar de schim van Isabella verdwijnt al van het dak. Zonder aarzelen springt ze haar achterna, hoewel de ondergrond niet te onderscheiden is. Ze belandt op een struik, waar ze direct afrolt, ze krabbelt op om verder te rennen. Een klein stukje voor haar uit loopt Isabella. Ze wil net om een muurtje schieten, als ze achter zich gebonk hoort. Harde stappen op het dak.

Zonder om te kijken, rent ze verder. Langs een muur, door een steeg en door een moestuintje waar ze zonder pardon de grote bonenstaken opzijduwt. Het enige wat ze ziet is de gestalte van Isabella die lenig van de grond opspringt over een muurtje. Hoe doet ze dat, met een baby in haar arm? Sofia wil haar voorbeeld volgen, maar blijft met haar voet achter een steen hangen. In een noodvaart komt de grond op haar af, scherpe keien die ze maar net kan ontwijken door haar handen uit te strekken. Haar pols knakt. Tijd om erover na te denken heeft ze niet. Er is geen pijn. Ze moet door. Verder. Weg!

Rennend over de ongelijke ondergrond zoekt ze Isabella. Nergens. Waar is ze heen? Blind rent ze verder. Dan wordt haar pad ineens geblokkeerd door een hekje. Door de vaart schiet ze er bijna overheen. Onder haar trillen honderden lichtjes. In die ene seconde dat ze daar hangt ziet ze zelfs auto's in een slakkengang over de weg rijden. Het normale leven gaat door, terwijl zij op de vlucht is.

Gekraak van takken een eindje achter haar. Ze komen eraan!

Haar ogen flitsten rond.

'Geef je hand.' Het komt van beneden.

Trillend van vermoeidheid hangt ze opnieuw over het hekje en voelt de zwaartekracht aan zich trekken. Daar is de hand van Isabella. Alleen die hand. Verder een diepe leegte.

'O nee, uitgesloten,' sist ze.

'Je moet.'

Sofia schudt traag haar hoofd.

'Kom op, Sofia. Ik houd je vast.'

Ze denkt aan die sterke hand die haar zonet nog op de garage trok. Achter haar komt het geluid steeds dichterbij.

Dan klimt ze over het hekje en hangt boven de duizelingwekkende afgrond. Onder haar de vele lichtjes van de stad. Er steken takken uit de eeuwenoude muur waar een boom probeert een leven op te bouwen. Mos onder haar voeten.

'Geef je hand.'

Sofia gaat door haar knieën. Ze haakt een arm door een spijl van het hekje en steekt de ander naar beneden. Direct zijn daar de sterke vingers van Isabella. Met haar voet tast ze de wand af naar een stevig punt.

'Laat je maar los.'

Het is onmogelijk om te gehoorzamen. En zo hangt ze secondelang aan het roestige hekje terwijl ze wanhopig met haar voeten zoekt naar een houvast.

'Waar zijn ze heen?' hoort ze een brommende stem. Vlakbij.

Eindelijk voelt ze een harde rotspunt en laat ze ook haar andere voet van de mossige ondergrond glijden. De huid van haar arm klemt zich pijnlijk tussen haar botten en de roestige spijl.

'Bijna.'

Sofia weet niet eens zeker of Isabella dat zegt of dat ze dit alleen maar hoopt. Beide voeten hebben nu houvast. Is dat genoeg?

Ze wil kijken waar ze is. Maar er is alleen maar die enorme afgrond. Dan laat ze haar arm vieren, klemt zich vast aan Isabella's hand en zakt oneindig langzaam verder naar beneden. Haar hele lichaam trilt van de inspanning en haar ademhaling stopt. Ze mag nu niet gillen.

'Nu.' De stem van Isabella klinkt bijna naast haar oor.

Dan laat ze het hekje los. Met een ruk trekt Isabella haar naar binnen. Ze kruipen dicht tegen elkaar aan, weggedoken in een grot. Als de ergste schrik is weggetrokken en ze het idee dat ze hier ook weer wegmoeten keihard de nek omdraait, vallen haar pas details op. De witte tanden van Isabella die haar een glimlach schenkt. De ontblote borst waar Pietro tevreden aan lurkt. Ze zijn veilig. Voor nu.

54

'Ik weet niet hoe ik je moet bedanken.' Isabella zit op het koude beton met haar zoontje tegen zich aan. Gigi heeft een paar kussens tevoorschijn getoverd en die achter haar rug geduwd, om het plekje in de woonkamer van zijn oma's appartement zo comfortabel mogelijk te maken. Nu kijkt hij met grote ogen toe.

'Dat zou jij ook voor mij gedaan hebben.'

'Je hebt geen idee hoe gevaarlijk die gasten zijn.'

'Nu wel.'

De angst zit vastgelegd in Sofia's spieren die de rotsen nooit zullen vergeten. Omhoog kon niet. Isabella wist natuurlijk een andere route. Als kind had ze altijd rondgehangen bij de rotswand, vertelde ze haar in de lange uren dat ze in de grot hadden geschuild. Ze wist precies welke takken stevig genoeg geworteld waren en waar de uitsparingen zaten. Achteraf viel het enorm mee, omdat ze maar een paar meter hoefden te overbruggen tot ze op een dak van een huis konden klimmen.

Daarna was het nog een heel eind lopen geweest, zeker omdat ze zich zo kort mogelijk op de grotere wegen wilden laten zien. Terwijl ze de oude school passeerden, hoorde ze sirenes. Drie brandweerwagens vlogen langs. Achter hen verdwenen rookpluimen in de nacht, de rode gloed van vuur verlichtte het deel van het dorp waar Isabella gewoond had.

Ze spraken er met geen woord over, toch wisten ze allebei wat dat betekende. Zwijgend stonden ze bij elkaar, starend naar het vreselijke schouwspel.

Toen bedacht Sofia dat ze Gigi kon bellen. Die reageerde direct.

Als jongen van de straat wist hij precies hoe hij dit zaakje moest klaren. Het ging die lui niet om de scooter, ze waren bang voor getuigen. Het laatste deel van de route had Isabella bij Gigi achterop gezeten, de kleine Pietro tussen hen ingeklemd. Zelf was Sofia met een omweg ook naar het appartement gelopen. Schichtig om zich heen kijkend om eventuele achtervolgers direct te spotten.

'Hoe moet ik nu verder?' Er hangen grote tranen in de ogen van Isabella.

Sofia haalt haar schouders op. 'Wil je vertellen wat er gebeurd is?'

'Lorenzo...' Ze snikt het opnieuw uit. 'Ze waren ineens binnen. Ik mag van geluk spreken dat ik net op dat moment naar Pietro's kamertje was gegaan om hem in bed te leggen, anders hadden ze mij ook...' Ze schudt haar hoofd.

Sofia staart haar aan. 'Is Lorenzo... Is hij dood?' Ze denkt aan het warme lichaam in de steeg.

Isabella knikt, waarbij een lawine aan tranen op de kleine baby valt. 'Dat kan niet anders. Niemand overleeft een aanslag van die lui.'

'Maar hoe...?'

'Ze braken de voordeur open, trapten een kast omver en schoten hem neer. Toen ik de kamer uit liep zat hij rustig de krant te lezen. Dat was het laatste wat ik van hem zag.' Haar stem breekt.

'Dus Lorenzo was binnen?'

Isabella knikt.

De verwarring duwt de vragen naar buiten. 'Wie waren het? Waren er nog meer mensen in jullie huis? Heb je enig idee waarom ze hem zomaar neerschoten?'

'Je moet niet te veel vragen, Sofia, anders ben jij ook niet meer veilig.'

Er klopt iets niet in de woorden van Isabella. 'Maar waarom heb je mij dan gebeld?'

Het duurt best lang voor ze antwoordt. 'Ik heb eerst mijn vader gebeld. Hij kwam eraan, zei hij en dus heb ik me in de kelder verstopt. Het was de enige plek waar ik me kon verschuilen. Terwijl ik daar zat, hoorde ik dat ze boven alles omvergooiden. Gelukkig hebben ze me niet gevonden. Als Pietro was gaan huilen had ik het niet overleefd.'

Sofia staat op. Zand knerpt onder haar schoenen als ze over de kale grond van de woonkamer loopt. De wind waait ongehinderd langs de kapotgescheurde gordijnen. Een troosteloze ruimte. Het enige lichtpuntje is een kaars die Gigi heeft neergezet. Het vlammetje flakkert onrustig.

'Dus Tony was onderweg naar jou?' Antwoorden op alle eerder gestelde vragen beginnen te dagen.

'Hij had er veel eerder moeten zijn, maar hij kwam maar niet. Ik durfde niet langer te wachten. Ze hadden me elk moment kunnen vinden. Daarom heb ik jou gebeld.'

Sofia legt haar hand op haar schouder. 'Het is goed.' Dat het juist verre van goed is, weet haar brein al, maar dat wil ze nog niet toelaten. Ze weet nu dat niet alleen Lorenzo dood is, ook de dode man in de steeg heeft een naam. 'Kan Isabella hier blijven?' vraagt ze aan Gigi die met een zachte glans in zijn ogen naar de kleine Pietro kijkt.

'Ja, natuurlijk. Blijft hij...' Een vuile vinger duwt zacht in het buikje van de baby 'Blijft Pietro dan ook?'

'Als jij dat goed vindt?'

Hij knikt zo heftig dat het bijna vertederend is. 'Pietro,' herhaalt hij zacht. Pas dan dringt het tot Sofia door dat dit ook de naam was van zijn broertje.

Gigi springt op. 'Ik zal wat kussens regelen. En een deken, of een matras. Wat heb je nodig?'

Ze kan niet anders dan glimlachend naar de jongen kijken. 'Misschien kun je bij de buren wat regelen,' zegt ze dan vrolijk.

'Mag dat?'

'Van mij wel. En ik denk dat Arturo daar vast geen bezwaar tegen heeft.'

Isabella schiet overeind. 'Arturo mag niets weten.'

‘Rustig maar. Laat Arturo maar aan mij over.’

‘Waar ga jij dan naartoe?’

Het gezicht van de jonge vrouw raakt haar. De smerige vegen op haar wangen, waar zwarte pieken haar overheen vallen. De kraamtijd is net begonnen; dagen die zouden moeten verdwijnen in wit satijnen nevels vol babygeluk. In plaats daarvan zit ze in een vuil pand met een verdriet dat te groot is om te moeten dragen. Ze kent nog niet eens de volle omvang.

‘Ik blijf bij je,’ zegt ze dan. Hoe kan ze terug naar een luxe villa om daar Arturo te ontmoeten als ze haar vriendin in deze erbarmelijke omstandigheden moet achterlaten.

‘Dan ga ik nu spullen halen.’ En weg is Gigi.

Sofia verbaast zich over de toestand van de woning waarin deze kleine held overleefd heeft. Al die tijd heeft ze gedacht dat hij loog, dat er helemaal geen oma bestond. Maar dat die oma overleden is en het appartement dus nu van hem is, had ze niet kunnen bedenken.

55

Na een paar uur slaap op een bekend matras, verlaat Sofia zachtjes de kamer. Isabella kijkt haar na met ogen waarin elke emotie verdwenen is.

Als ze buiten komt, tikt de frisse lucht comfortabel tegen haar gezicht. Ze sluit haar ogen om zichzelf een kort moment van ontspanning toe te staan. Met diepe halen ademt ze de koele ochtendlucht in.

'*Buon giorno*, Sofia.' Gigi zit op zijn bekende plekje. Een deken om zijn schouders, de muts ver over zijn oren.

Ze antwoordt met een glimlach, omdat ze niet in staat is om te praten. De hele situatie is zo bizar dat ze tijd nodig heeft om zich alles te realiseren. Langzaam daalt ze de trap af en gaat naast Gigi zitten, die een deel van zijn deken afstaat.

Boven de huizen op het bovenste deel van de helling, daagt zacht ochtendlicht. Het maakt de contouren duidelijk van de plek waar ze die nacht met Isabella heeft gelopen. Waar de schoten waren. En het lijk.

'Heb jij hier de hele nacht gezeten?' vraagt ze na een eeuwigheid.

'Nee,' zegt hij simpel.

Het dringt pas na een hele tijd door dat ze hem niet meer heeft gezien nadat hij diverse slaapspullen bij elkaar in de kale woonkamer heeft gelegd. 'Je hebt niet geslapen,' stelt ze zacht vast.

Hij humt slechts.

'Gigi, wat heb jij dan gedaan?'

Hij schraapt zijn keel en zwijgt dan.

'Ben je meer te weten gekomen over... Over Tony. Over Lorenzo?'

Hij schuift iets dichter naar haar toe. Met een moederlijke vanzelfsprekendheid slaat ze haar arm om hem heen. De warmte die haar dit oplevert is zo welkom dat ze niets anders kan dan zitten en het moment over zich heen laten komen zoals het er is. Elk woord, elke vraag zou dit laten verdwijnen.

Gedurende vele minuten ademt ze heel bewust de lucht in die haar thuisbrengt. Het zijn deze armoedige omstandigheden vol verdriet, en tegelijkertijd vol vertrouwen, die van deze harde betonnen traptreden een zetel vol liefde maken.

'Er heeft een brand gewoed,' hoort ze Gigi naast zich. 'Ze zeiden dat er twee mensen zijn omgekomen, een jonge man en zijn schoonvader.'

De informatie die ze de hele nacht heeft tegengehouden, dringt tot haar door.

'Naar een jonge vrouw en haar baby wordt nog gezocht,' vervolgt Gigi.

Verschillende keren opent ze haar mond om iets te zeggen, maar er komen geen woorden. Het is te onvoorstelbaar. Zelfs haar eigen tocht door de stad, het vinden van de dode man, die Tony moet zijn geweest, en daarna de redding van Isabella en Pietro uit de kelder lijken slechts flarden van dromen die niet bij elkaar passen. Zo'n verhaal dat je nooit zonder schamper te lachen zou kunnen vertellen.

Toch wist ze dat dit gebeurd was.

'Isabella heeft gisteravond nog geprobeerd haar vader te bellen,' zegt ze zacht.

Gigi draait zijn gezicht naar haar toe. Er blinken tranen in zijn ogen. 'Nu is zij ook alleen.'

Ze trekt hem wat dichter tegen zich aan. Op dat moment vallen de eerste zonnestralen over de bergkam. Zacht geel licht dat Modica weer een nieuwe dag gunt.

'Samen alleen is minder erg.'

56

Heel bewust heeft ze ervoor gekozen om lopend naar de villa te gaan. Gigi heeft de scooter in het achtertuintje van het appartement gezet, dat alleen maar te zien is als je langs een geitenpad de berg op klimt.

Het is goed dat ze de tijd heeft om haar zinnen te verzetten. De overgang van de vreselijke dreiging naar de satijnen luxe van de villa is te groot om in slechts vijf minuten te kunnen behappen. Het helpt om aan Maria te denken. Ze geeft om de vrouw die zich compleet verlaten moet voelen. Ze wordt omringd door mannen die niet weten hoe ze met haar moeten omgaan nu ze ineens niet meer haar normale kracht uitstraalt.

Eenmaal in haar slaapkamer ziet ze dat het nog vroeg is. Snel springt ze onder de douche om daar verkwikt en zelfs optimistischer weer uit te komen. Een simpel jurkje, wat eyeliner en een kam door haar haren, doen de rest.

'Goedemorgen Maria.' Ze loopt direct door naar de gordijnen waar de zon nog geen vat op heeft gekregen.

'Wat ben je vroeg.' Maria probeert overeind te komen.

Sofia schiet toe om een kussen achter haar rug te leggen. 'Wil je douchen? Of gewoon een beetje opfrissen?' vraagt ze. Terwijl ze het zegt en de al bijna normale handelingen uitvoert, weet ze hoe bizar deze transformatie is. Van ontsnapt uit de hel, naar de warmte van de hemel.

'Doe maar niet te veel moeite, liefje.'

Sofia gaat naast haar zitten en pakt Maria's hand. Uit de tijd dat ze haar moeder verzorgde weet ze dat alleen al deze verbinding genoeg is om een glimlach te ontlokken. Sterven is een eenzaam proces dat je nooit met iemand samen kunt doormaken. Haar moeder zei altijd dat het alleen al prettig was dat ze er was.

Hetzelfde had ze ook tegen Christiaan gezegd toen hij plannen maakte voor zijn wereldreis. 'Als we maar contact kunnen houden, vind ik alles goed.'

Natuurlijk beloofde haar broer dat. Hij was gek op zijn moeder. Toch was zijn vrijheidsdrang groter. 'De volgende keer gaan we samen,' beloofde hij haar.

'Ach, jongen. Je vader...' Ze zuchtte dan diep en vervolgde met steeds diezelfde woorden: 'Als ik maar weet dat het goed met je gaat.'

Sofia schenkt wat koel water in en laat Maria voorzichtig door het rietje drinken. 'Ik heb je lievelingscakeje meegenomen. Signora Ursone vroeg me de groeten over te brengen.'

Een nauwelijks waarneembaar lachje krult in Maria's mondhoek.

'Ik zei al tegen haar dat ze ook gewoon langs mocht komen, maar ze was te druk. Zei ze.'

'Ik begrijp het.'

Sofia begrijpt het niet. Hoe lastig het ook is om bij een doodziek iemand op bezoek te gaan, de kracht van aandacht mag je nooit vergeten.

Ze loopt naar de keuken om koffie te maken en als ze de stem van Umberto in de woonkamer hoort, kiest ze ervoor eerst hem een dubbele espresso te brengen. Net voor ze de woonkamer binnenstapt, staat ze stil. Is Arturo er ook? Ze weet dat ze iets uit te leggen heeft. Ze heeft nog geen idee wat ze moet zeggen om haar afwezigheid van afgelopen nacht uit te leggen, maar ze weet zeker dat hij het zal begrijpen als hij hoort dat ze een vriendin moest helpen.

Vol vertrouwen klopt ze aan en stapt dan de woonkamer in. Umberto staat met de rug naar haar toe, met zijn handen steunend op de vensterbank.

'Een dubbele espresso,' zegt ze vriendelijk.

Hij draait zich met een ruk om. 'Wat doe jij hier?'

In die ene seconde ziet ze een diepe afkeer in zijn ogen. Ze draait zich snel om en rent bijna de kamer uit. Pas als ze weer bij Maria is komt ze langzaam tot rust. Terwijl ze de tere hand weer in de hare neemt, snakt ze naar de koffie die ze vergeten is mee te nemen.

Gedurende een kort moment overweegt ze om weg te gaan, uit dit huis, bij deze familie, omdat het niet te rijmen valt met alle gebeurtenissen van de afgelopen nacht. Als Isabella gelijk heeft, is deze familie schuldig aan de vreselijke moorden. Van Umberto kan ze zich daar alles bij voorstellen, maar bij Maria kan ze dit niet plaatsen. Die praat over haar zoon alsof hij de beste echtgenoot ooit zal zijn, en zelf heeft ze hem ook zo leren kennen. Zo anders dan Benny. Dat kan ze toch niet zo verkeerd aanvoelen?

Tijdens haar wandeling terug naar het appartement neemt ze het stadje heel bewust in zich op. Ze herinnert zich de eerste keer dat ze hier liep, nu alweer ruim drie weken geleden. Totaal naïef en vol dromen. Nu kent ze de weg, ze weet waar ze de lekkerste cakejes kan vinden waarmee ze Maria kan verwennen en ze wordt door de bevolking begroet alsof ze hier al tijden woont. Toch is het niet meer het stadje dat ze gisteren zag toen ze onderweg was naar de cioccolateria. In Modica bestaat een onderlaag die voor buitenstaanders verborgen blijft, maar waarmee de bevolking maar moet omgaan. Nu ze die blik vol haat van Umberto zag, weet ze dat het een kwestie van tijd is voor ze er zelf mee te maken krijgt. Het wordt tijd dat ze haar bescherming op peil brengt zodat ze niet meer alleen afhankelijk is van Maria. Umberto luistert naar zijn vrouw. Nog wel. Toch kan het nooit lang meer duren voor hij inziet dat hij alleen verder moet. Tot die tijd blijft ze Maria verzorgen. Niet alleen omdat ze om de vrouw geeft, maar ook omdat ze haar nu kan gebruiken om Isabella en Pietro de bescherming te geven die ze verdienen.

Heel even overweegt ze om langs Tony's cioccolateria te gaan, maar ze kan de confrontatie nog niet aan. Ze is bang om de dichte deur te zien en haar laatste sprankje onzinnige hoop te verliezen. Tony leeft niet meer, dat moet ze onder ogen zien.

Ze pakt het tasje, waarin ze wat schone kleren heeft gestopt, wat steviger in haar hand. Ze moet terug naar Isabella, het gesprek voeren waar ze zo tegen opziet. Hoe vertel je iemand dat niet alleen haar man, maar ook haar vader dood is?

Om zichzelf nog even respijt te geven voor ze terugkeert naar de harde werkelijkheid bezoekt ze voor de tweede keer die ochtend de winkel van signora Ursone en bestelt lekker veel broodjes. Ze voelt zich baldadig en kwaad tegelijk.

'Heeft ze nog meer trek gekregen?' vraagt de vrouw die het papieren zakje op een kunstige manier dichtvouwt.

'Vanmiddag om twee uur is prima,' geeft ze als antwoord. 'Maria vond het erg fijn dat je wilde komen.'

'Twee uur, maar...'

Het doet haar goed dat de vrouw begin te stotteren. 'Normaal doet Maria dan een middagdutje, maar ze gaf aan dat ze haar dagprogramma met veel liefde zou aanpassen aan de sluitingstijden van je winkel.'

Zo, denkt Sofia. Elke vluchtweg is afgesneden. Ze telt het geld uit op de toonbank, grist de zak mee en loopt zonder te groeten de winkel uit.

'Heb je gehoord dat de familie...'

De woorden tikken haar nog net op de schouder, maar ze wil niet stoppen. Ze weet donders goed waar de vrouw het over heeft, maar mooi dat ze niet gaat vertellen dat Isabella nog leeft. Dat die veilig is, samen met haar zoontje.

Terwijl ze voortsnelt merkt ze dat de weinige slaap en de heftige gebeurtenissen hun tol eisen. Straks gaat ze nog huilen ook. 'Zwakkeling. Doorgaan, ze hebben je nodig.' Hijgend passeert ze de duomo, waarvan de vele treden naar een enorme ingang leiden. De naam valt haar nu pas op. 'San Giorgio.' Ze knikt als ze de naam uitspreekt die zo goed bij de jongen past.

Als ze zich omdraait ligt de stad in al haar barokke pracht voor haar. Het is al behoorlijk warm aan het worden en Sofia snakt naar wat water. Op dat moment hoort ze een bekende stem. Haar hart maakt een sprongetje. Arturo komt uit een steegje naast de machtige duomo naar beneden lopen. Hij is in een geanimeerd gesprek gewikkeld.

Net als ze op hem wil afrennen, stokt ze. Ze schiet weg achter de zijmuur van de kathedraal en volgt het tweetal dat nietsvermoedend verder loopt. De rode shawl van zijn gesprekspartner wappert vrolijk achter hen aan, terwijl de man om iets lacht wat Arturo gezegd heeft. Als beste vrienden.

Is deze man beste vrienden met Arturo?

Arturo mag niets weten. De woorden van Isabella snijden naar binnen.

Ze schudt haar hoofd alsof ze de gedachte aan gisteravond kan laten verdwijnen, maar er komen juist eerdere gebeurtenissen terug die ineens een andere kleur krijgen.

'Nee, dat klopt niet. Dat kan niet.' Ze zakt langzaam langs de muur op de stoeprand. Kent Arturo de man alleen maar? Of is hij ook betrokken bij de bedreigingen?

Ze wacht tot de beide mannen verdwenen zijn, voor ze het op een rennen zet.

57

'Ik weet het al,' zegt Isabella, als Sofia tegenover haar op het matras gaat zitten.

Het maakt het niet makkelijker om erover te praten.

'Ik heb broodjes,' zegt ze. Direct gevolgd door: 'Sorry.' Sofia slaat zich in gedachten voor haar kop. Leek het een halfuurtje geleden nog zo'n goed idee, nu beseft ze dat eten wel het laatste is waar de jonge moeder aan denkt. Ze slikt direct het volgende goedbedoelde advies door. Alsof Isabella zit te wachten om haar te horen zeggen dat het leven doorgaat, dat ze goed moet eten nu ze borstvoeding geeft of andere onzin.

'Wie...? Hoe weet je het?'

'Ik hoorde jullie praten.' Isabella's ogen reizen even naar haar zoontje die op zijn rug, met beide knuistjes naast zijn hoofd, onschuldig ligt te slapen.

'Het is... Het is zo vreselijk.' Sofia trekt een pluisje los en gooit het naast het matras op de grond.

Isabella humt zacht. 'Ik had daar ook kunnen liggen, als jij...'

Ze legt haar hand op de knie van Isabella. Hun ogen ontmoeten elkaar en ze ziet een kracht die bijna onwaarschijnlijk is. Geen verslagen vrouw, geen drama. Wel diep verdriet dat als een rimpelcrème op haar gezicht gesmeerd is.

'Ik kwam Arturo tegen.'

'Is hij hier?' Isabella verstrakt zichtbaar.

'Nee, nee. Ik zag hem onderweg hierheen. En...'

In de slechts paar honderd meter die ze nog moest afleggen, is ze zeker vijf keer gestopt om zich in een portiek van een huis te verstoppen. Hij volgde haar niet. Haar rust is compleet zoek en is ook niet meer in zichzelf te vinden. Het harde verraad van de man die haar juist zo zacht voorkwam, is nauwelijks te behappen. Niet alleen Isabella had haar liefde die nacht zien vervliegen.

'Ik zag hem samen met de man die bij jullie geld komt halen.'

De tijd tikt weg in een zwijgzame verbinding.

Isabella is de eerste die spreekt. 'Zwijgen blijkt dus ook gevaarlijk,' zegt ze.

Sofia begrijpt direct dat ze het heeft over het gesprek dat ze laatst in het café voerden.

'Het wordt tijd om te praten, ik heb niets meer te verliezen.' Isabella gaat in kleermakerszit zitten en buigt haar hoofd. 'Ik ga je dingen vertellen waar hier nooit over gepraat wordt.'

Sofia schuift wat dichter naar haar toe.

'De meeste buitenlanders hebben een vertekend beeld van de criminele wereld hier op het eiland.' Isabella zit met haar gezicht naar de deuropening en houdt die continu in de gaten. 'De eerste les die je als kind krijgt is dat je nooit namen moet noemen. Je leert wie je kunt vertrouwen en voor wie je op je hoede moet zijn.'

'Familie Russo,' zucht Sofia.

Isabella duwt een vinger op haar lippen. 'In Modica is een groep actief waarbij de... de soldaten op het laagste niveau staan. Dat zijn de uitvoerders.' Ze zucht diep. 'Vaak zijn dit groepen van tien personen, die weer een hoofd hebben. Een leider, die ook wel *capodecina* heet.'

Steeds opnieuw flitst haar blik van Sofia en naar de deur. Er verschijnen zweetdruppels op het voorhoofd van Isabella, terwijl het binnen lekker koel is.

'Je hoeft niet...' begint Sofia, maar haar vriendin heft haar hand.

'Daarboven staat de baas, de *capo*. Vaak is dat ook het hoofd van een familie.'

'Dus jij wist al dat...'

'Hij is zijn zoon, dus het kan niet anders dan dat hij lid is van de organisatie.'

‘Maar als hij dat niet wil?’

‘Er bestaat geen wil in deze wereld. Je wordt als tiener al onderworpen aan een inwijdingsritueel. Een van de makkelijkste en dus eerste taken is het afpersen van de ondernemers in het dorp. Je moet aan de regels voldoen, zeggen ze. Zogenaamd ter bescherming. Maar ze vertellen er niet bij dat die bescherming vooral nodig is tegen hun eigen organisatie. Het is of geld betalen of je betaalt met je leven. Dus wat je ook kiest, je betaalt altijd.’ Isabella pakt Pietro op die wakker is geworden en onrustige geluidjes maakt. Ze klopt hem zachtjes op zijn ruggetje, terwijl ze haar neus in zijn donshaartjes duwt.

Het contrast tussen dit schouwspel en het verhaal over de zwarte strijd die ze hier al eeuwen leveren is bizar. En Arturo hoort hierbij. Ook al heeft ze het nu met eigen ogen gezien, toch rijmt het niet met de woorden van Maria die zei dat hij een zwak en zelfs lief karakter had. Hoe goed kent ze Arturo eigenlijk? Ze heeft hem voornamelijk als baas meegemaakt en…

Ineens slaat ze een hand voor haar mond. Een enorme hitte slaat door haar lijf. Wat heeft ze gedaan? Snel komt ze omhoog en loopt naar de keuken. Daar zet ze haar handen op de vensterbank waarvan het hout kruimelig is geworden. Met haar nagels tikt ze in een enorm tempo op het hout, het ritme dat haar hart heeft aangenomen.

Voor haar ligt de berg waar de appartementen tegenaan geplakt zijn. Een van de takken van een olijfboom steekt door de tralies van het keukenraam. Er zit geen glas meer voor. Een stroomdraad gaat in grote lussen naar een paal die op de weg staat. Weggestopt onder de takken staat de oranje scooter van Maria. Zijn moeder.

Je werkt wel voor hem. Voor de familie. Ze hebben je gekocht!

Al die tijd dacht ze dat ze er goed aan deed, dat ze blij waren dat ze Maria wilde verzorgen. Dat ze dat uit eigen vrije wil deed. Maar nu weet ze dat Isabella gelijk had. Ze is gekocht. Bovendien is ze weggehaald van de plek waar ze dingen zag die ze niet behoorde te zien.

Ze slaat haar handen voor het gezicht als ze beseft dat ze schuldig is aan de dood van Lorenzo. De papieren die ze aan Arturo gaf. Zijn gepijnigde blik, de woede die hij vlak erna liet zien. Als zij die papieren niet had gekopieerd dan had Arturo niets geweten. Zij heeft Lorenzo verraden.

58

Isabella was niet eens verbaasd. 'Ik heb hem zo vaak gewaarschuwd, maar Lorenzo kon het niet accepteren dat hij mij en zijn toekomstige kind niet alles zou kunnen geven, omdat de organisatie steeds geld opeiste.' Ze veegt opnieuw over de huid onder haar ogen, die rood en opgezet is.

'Een groot rechtvaardigheidsgevoel dus.'

'Te groot. Gevaarlijk groot, zelfs.' Ze zucht diep. 'Hij besloot geld terug te sluizen. "Daar hebben we recht op," zei hij elke keer als ik hem waarschuwde.'

Sofia strijkt zacht over Isabella's rug. Als je in een streek als deze geboren wordt, krijg je de geschiedenis op je schouders geladen. Daar vraag je niet om. Het is net als bij je ouders; je komt ergens ter wereld en daar moet je het mee doen. Niemand wordt met haat in zijn hart geboren, de omstandigheden duwen je in een richting of je nou wilt of niet. Sofia heeft de mazzel gehad dat ze een geweldige moeder had en een broer die naast haar stond en haar blik op een horizon richtte die ze zelf nooit gevonden zou hebben.

'Misschien wist ik onbewust wel dat we ooit die rekening zouden moeten betalen. Maar meestal komt er eerst een waarschuwing. Net als bij signor Bianchi, die is blijven weigeren, zelfs toen ze hem behoorlijk stevig bedreigd hadden. Anders had ik natuurlijk nooit mijn vader gebeld. Of jou.'

Ook Isabella voelt zich schuldig, beseft Sofia.

Een tijdje staren ze alleen maar naar de kale muur tegenover hen. Er valt niets meer uit te leggen.

'Wil jij Pietro even vasthouden, ik moet naar het toilet.' Isabella komt overeind en legt het zoet geurende jongetje in haar armen. Alles zakt weg. De schuld, de doden, de vijandigheid. Het is onvoorstelbaar hoe Gigi aan al die spullen komt, maar er ligt zelfs een pak luiers in de hoek, wat de omgeving bijna huiselijk maakt.

De ogen van de kleine Pietro zijn zo groot dat ze bijna zijn hele gezichtje beslaan. Glanzend en donkerbruin. Ze strijkt met haar vinger over zijn wangetje, een automatisch gebaar. Dan kriebelt ze onder zijn kinnetje en brabbelt allemaal onzinwoordjes.

Het moment dat Pietro in een reflex grimast, is alsof de zon ook binnen is gaan schijnen. 'Hij lacht. Isabella, kijk. Hij lacht!'

Het is onzin natuurlijk, maar toch is dát het moment waarop ze zich voorneemt dat deze kleine knul het beter gaat krijgen. Hij is hier geboren, in deze wereld, waar hij in de korte tijd dat hij er is meer dan genoeg agressie over zich heen heeft gekregen voor een heel leven.

'Jij verdient beter. Als het aan mij ligt, krijg jij een ander leven. Een andere identiteit.'

Al die tijd kijkt de kleine jongen haar zo serieus aan dat ze er nog aan toevoegt: 'Dat beloof ik je, of mijn naam is geen Sofia.' Daarna schiet ze in een snotterig lachje.

'Wat ben je hem allemaal voor geheimen aan het vertellen?' Isabella gaat weer naast haar zitten en streelt hem over zijn haartjes die direct weer terugveren.

Sofia kijkt de vrouw aan die zoveel voor haar is gaan betekenen. 'Het wordt tijd dat ik je wat vertel.'

Isabella luistert naar haar complete verhaal zonder haar te onderbreken. Ze vertelt over Benny, over hoe hij haar stelselmatig in elkaar sloeg, over zijn handeltjes met auto's waarmee hij veel zwart geld verdiende, over de enige boekhouding die hij bijhield: de nummerborden gekoppeld aan de chassisnummers en de aankoopbedragen met de namen van de kopers. Het stond allemaal op een SD-kaart.

Ook dat ene moment, waarop ze deze kans op een nieuw leven

ontdekte, kan ze feilloos benoemen. Die bewuste nacht – de pijn in haar ribben hield haar elke minuut wakker – toen ze het bestaan van dit bewijs had ontdekt. Ze wist dat dit de enige mogelijkheid was om ooit veilig te zijn.

'Maar hoe ben je dan gevlucht?'

'*If you can't beat them, join them*,' zegt Sofia met een grijns. 'Ik heb het via iemand van zijn eigen contacten kunnen regelen. Het kostte een aardige cent, maar ze zouden dan het losgeld opstrijken dat Benny zou betalen.'

'Wat hij natuurlijk niet wilde.'

'Dat wist ik al van tevoren. Vandaar dat ik iets had bedacht.' Ze legt uit dat de planning uiterst nauw kwam. 'Het moest qua timing precies tussen twee deals in, zodat het geld dat Benny geïnd had nog niet uitbetaald was. Er gaan gigantische bedragen om in die wereld, dus ik wist dat er veel geld zou liggen. Dat had ik nodig om die lui te betalen om een nieuwe identiteit te regelen.'

Nu ze het allemaal zo vertelt, lijkt het een bizar verhaal. Uit Isabella's ogen spreekt bewondering. Dat doet haar goed.

'De SD-kaart heb ik kunnen meesmokkelen. Het is mijn levensverzekering.' Pas als Sofia dat zegt, vraagt ze zich af of ze nu alles moet vertellen. Ze is dan ook blij dat Isabella niet vraagt waarom ze niet gewoon weggelopen is. Waarom het allemaal zo omslachtig moest. Voorlopig kan ze dat beter nog even geheim houden. Als ze de echte reden van haar vlucht moet vertellen, zal Isabella's respect wegzinken. En ze heeft haar nu heel hard nodig om niet alleen hun business, maar ook hun leven te redden. Daarom gaat ze snel verder met de rest van haar plan.

'Ik heb zonet jouw zoon een belofte gedaan.' Ze kijkt daarbij naar het baby'tje dat bij haar op schoot in slaap is gevallen. 'Die belofte ga ik houden. En daarvoor heb ik jouw steun heel hard nodig.'

59

De tegenstelling tussen hun vrolijk gekleurde kleding en de dood waarmee ze geconfronteerd zijn, kan niet groter zijn. Sofia voelt de kracht die Isabella uitstraalt en probeert haar houding over te nemen. Rechte schouders, strakke blik, onkwetsbaar. Ze heeft haar arm door die van Isabella gestoken. De jonge moeder draagt Pietro. Naast Sofia loopt Gigi. Als een viertal dat voor niemand zal wijken en hun eigen weg zal volgen.

De hele avond hebben ze zitten praten, taaie knopen doorgehakt en elkaar daarna omhelsd. Dit was wat ze moesten doen, daar was eigenlijk geen twijfel over mogelijk. Ze konden niet anders als ze zichzelf recht in de ogen wilden blijven kijken. Ook Gigi was bij het plan de campagne betrokken. Zijn gezicht stond zo serieus dat Sofia niets liever wilde dan hem zijn jeugd teruggeven. Wat onmogelijk was. Dit was de tweede keuze die hem zo veel voldoening gaf dat hij na het verdelen van de taken alleen maar zat te stralen.

Het is nog akelig vroeg. De zon duwt tegen de achterkant van de huizen tot ze op de doorgaande weg komen. Daar stappen ze het felle licht in. Hun schaduwen vallen ver voor hen uit. Sofia kijkt ernaar en blijft in eenzelfde ritme doorlopen. Niets kan hen meer stoppen.

Het duurt best lang voor de eerste verbaasde blikken te zien zijn. Mensen die uit hun winkel komen, in de deuropening staan of die op de straat stoppen om hen na te kijken. Het geeft een waanzinnige kracht, die bij elke stap toeneemt. Ze hoort gemompel langs de kant van de weg. Iemand slaat een kruisje, wat daarna door meer mensen overgenomen wordt.

Sofia houdt de arm van Isabella stevig vast, alsof ze het contact nodig heeft om de kracht door te geven. Ze houdt haar blik strak op de weg voor haar gericht, maar ziet in haar ooghoeken de reacties. Het doet haar goed.

Als ze de weg willen oversteken stoppen de auto's, waardoor ze ongehinderd hun weg kunnen vervolgen. Het voelt alsof er een loper uitgelegd is naar de ingang van de cioccolateria. Ze schrijden verder, hun schouders recht en hun kin omhoog. Er staat een groepje mensen op het terras, bij het uithangbord waar Tony altijd zijn speciale aanbevelingen op schreef. Sofia slikt. Sterk blijven nu.

Alsof er een signaal is gegeven kijken de mensen bij de cioccolateria allemaal tegelijk om. Geroezemoes stijgt op en auto's stoppen langs de kant van de weg. Heel even wankelt Isabella, maar Sofia drukt haar arm steviger tegen zich aan. De mensen wijken uiteen. Handen voor hun mond geslagen. Er stijgt gemompel op: 'Ze leeft. Kijk, Isabella leeft.'

Dan staan ze voor de gesloten deur. Nog steeds kijkt Sofia strak vooruit. Er hangt een pamflet op het raam van het café: Wegens familieomstandigheden gesloten. Ze voelt alle ogen in haar rug prikken. Al die mensen die allang weten dat er weer een tragedie heeft plaatsgevonden, maar nu zien dat Isabella nog leeft.

Met een felle ruk trekt Isabella het pamflet van het raam, verfrommelt het papier met zo'n woede dat Sofia ervan schrikt. Met een breed gebaar haalt ze de sleutels tevoorschijn en opent de deur. Dan draait ze zich om naar de groep mensen die in een halve cirkel op het terras staan te wachten. Ze gaat achter Isabella staan en legt een hand op haar schouder.

'De cioccolateria is weer open. Niemand sluit onze... mijn zaak zonder mijn toestemming.' Dan draaien ze zich gelijktijdig om en lopen naar binnen.

De geur van chocola drijft de tranen in haar ogen. Het kost haar moeite het verdriet weg te slikken, maar als ze ziet dat Isabella direct doorloopt naar het kantoor, hervindt ze haar evenwicht en knipt de lampen aan. Gigi staat een beetje bedremmeld naast de balie.

'Wil jij de kleedjes op de tafeltjes leggen?' Ze geeft hem de spullen aan. Meteen gaat hij aan de slag.

'Opzij, alsjeblieft,' roept hij tegen de twee vrouwen die nieuwsgierig in de deuropening zijn gaan staan. 'Bestellingen op het terras.'

Sofia zet het koffieapparaat aan, zet kopjes klaar en breekt wat stukjes chocola op een schoteltje. Het grootste stuk stopt ze zelf in haar mond. Terwijl haar handen automatisch de voorbereidingen treffen om de klanten te kunnen bedienen, zakt de omgeving weg en blijft alleen die intense smaak over. De romige streling die langs haar gehemelte trekt, waar het brosse gedeelte langzaam smelt en harde suikerkristallen tevoorschijn tovert. Haar smaakpapillen reageren. Er zit iets bitters in dat langzaam wordt opgenomen door de zoete suiker. Met gesloten ogen ademt ze uit, waardoor de smaak in haar hele bewustzijn wordt opgenomen.

'Jij mag eerst kiezen.' Haar moeder hield haar hand op, waarop twee stukjes chocola lagen. Anne wist dat ze niet mocht snoepen. Haar vader had haar gisteren nog een fikse tik gegeven, toen hij erachter kwam dat ze een zakje vol met snoep had meegekregen van een partijtje.

'Maar papa heeft gezegd...' begon ze.

'Chocola is geen snoep, Anne. Chocola is als liefde: het smaakt altijd naar meer.'

'Maar waarom eet jij het dan niet op?'

Haar moeder schoot in de lach. 'Het mysterie van de liefde is dat het juist groter wordt als je het deelt.'

Sofia kon haar ogen bijna niet losmaken van de chocola. Wat zou ze graag het grootste stuk nemen.

'Jij mag kiezen, liefje.'

'Ik hoef niet, want ik vind dat jij het verdient, mama.' Ze stopte haar hand achter haar rug, om niet in de verleiding te komen toch een stukje te pakken.

'Jij hebt het begrepen.' Haar moeders stem klonk ineens zo serieus. 'Liefde kun je alleen maar geven. Hier, eet maar op.' Haar moeder gaf haar het grootste stuk.

Dat stukje chocola was het lekkerste dat ze ooit had geproefd.

'Zes espresso en vier cappuccino.' Gigi staat voor de balie en grijnst naar haar. 'Ze willen ook graag die chocoladesurprise proeven.'

'Allemaal?'

'Ja, ik heb gezegd dat ze daarmee hun steun konden betuigen.'

'Jij hebt... Wat slim van je.'

Sofia wil zich net omdraaien om met de koffie te beginnen als Isabella naast haar achter de balie schuift. 'Maak jij die surprises maar, dan neem ik dit van je over.'

Heel even zoekt ze in de ogen van Isabella naar iets van een aarzeling. Het moet vreselijk zijn om hier weer terug te zijn in de zaak van haar vader waar ze altijd samen hebben gewerkt.

'Toe maar. Het gaat goed met me. We doen dit voor Tony, weet je nog? Niemand krijgt ons eronder.' Daarna wendt ze zich tot Gigi. 'Heeft iemand je weleens gezegd dat je een superverkoper bent?'

De trots komt zijn oren bijna uit. Sofia draait zich van het tweetal af en loopt naar het laboratorium. Ze moet even slikken als ze de verwelkte jasmijnbloemetjes ziet liggen.

Het is prettig om hard te werken. Algauw is Sofia weer helemaal in haar element en draait ze haar chocoladeachtjes met zoveel zwier dat ze er zelfs plezier in begint te krijgen. Naast de al bestelde surprises, maakt ze direct een extra voorraad. Nu ze vol aan de bak moet in het laboratorium, voelt ze de onrust toenemen. Ze mag Maria niet vergeten, die is afhankelijk van haar zorg.

Met een bezweet hoofd komt ze even later het café weer binnen, een blad vol surprises in haar handen. Achter de toonbank staat een onbekende vrouw. Ze stokt en zet dan het blad neer.

De vrouw steekt haar hand uit. 'Ik ben de buurvrouw, signora Bianchi. Ik heb het gehoord van...' Een knikje met haar hoofd in de richting van het terras waar Isabella samen met Gigi aan het bedienen is. 'Heel tragisch. Vandaar dat ik direct mijn hulp aangeboden heb.'

Sofia beseft dat dit de vrouw is die nog maar net haar man heeft verloren aan eenzelfde tragedie. Ze stelt zich voor. 'Ik had u graag onder vrolijker omstandigheden ontmoet.'

De vrouw kijkt naar de productie. 'Ik zie dat u al aardig ingewerkt bent. Wat zal Tony trots op u geweest zijn.' Ze grijpt een schort van het haakje en loopt naar het koffiezetapparaat.

'Dat was hij zeker,' zegt Sofia. Dat hij vooral erg sceptisch was, zegt ze maar niet. 'Fijn dat u komt helpen.'

Ze excuseert zich en wacht tot Isabella binnenkomt. 'Ik moet even weg.'

'Maar het is zo druk.'

'Ik weet het. Maar ik kan Maria niet aan haar lot overlaten. Ik heb beloofd om haar...'

'Ik begrijp het,' onderbreekt Isabella haar direct.

'Je weet toch dat...'

'Jaja, het is goed.' Isabella geeft in rap Italiaans de bestelling door aan de vrouw achter de balie.

'De surprises staan daar.'

'Fijn, bedankt.'

'Ik ben met een uurtje weer terug.'

'Doe haar de hartelijke groeten van Lorenzo en Tony,' zegt Isabella zuur.

'Dat zal ik zeker doen.'

Isabella's gezicht draait met een ruk naar haar toe. 'Echt?'

'Ja, natuurlijk. Ik zal haar heel duidelijk aangeven dat ik dit niet pik. Als het waar is dat deze familie hierachter zit, hebben ze me wat uit te leggen.'

De bezorgde trek is onmiskenbaar. 'Pas op met wat je zegt, Sofia. Je weet niet half met wie je te maken hebt.'

‘Mijn echtgenoot was een klootzak, dus deze lui kan ik ook wel aan.’

‘Dit is anders.’

Sofia doet haar schort af, hangt die over een stoel achter in de zaak en legt haar hand daarna op de schouders van Isabella. ‘Ik ben voorzichtig. Anders was ik nu al niet meer in leven geweest. Maria geeft om me, dat voel ik.’

Sofia duwt de gedachte weg dat haar gevoel voor Arturo haar behoorlijk in de steek heeft gelaten. ‘Je vertelde me dat ze er zo op gebrand zijn om bescherming te geven. Precies dát ga ik aan ze vragen, en als ik Maria een klein beetje ken, zal ze daar aan meewerken.’

60

Pas als Maria weer opgefrist in bed ligt, zoekt Sofia naar een opening om over haar verzoek te beginnen.

'Hoe is het om dood te gaan?' vraagt Maria met haar blik op het plafond gericht. Haar ogen zien er zo flets uit dat Sofia zich afvraagt of ze de details nog bewust ziet.

Op die vraag heeft ze geen antwoord.

'Ik bedoel hoe was het voor jouw moeder?' Maria draait zich naar haar toe. De wangen zijn ingevallen alsof de dood het laatste restje voorraad aan het weghalen is.

'Mijn moeder wilde niet meer leven,' zegt ze naar waarheid. 'Dat was al een hele tijd zo. Vanaf het moment dat ze hoorde dat haar zoon nooit meer thuis zou komen, was haar leven voorbij.'

'Arturo kreeg toch een ongeluk?'

Sofia knikt, ook al verwart Maria de naam van haar eigen zoon met die van Christiaan. 'Een motorongeluk.'

'Maar ze had jou toch nog?'

Sofia snuift zacht. 'Ze was gek op mij, maar ze wist ook hoe mijn leven was. "Zonder mij ben je vrij" zei ze steeds, hoe vaak ik dat ook tegensprak.'

Het blijft een hele tijd stil. Sofia kan het bijna niet meer opbrengen om hier te zitten en te weten dat deze familie zoveel verdriet heeft veroorzaakt. Het liefst wil ze weglopen om bij Isabella te zijn, om haar te steunen met de verzorging van de kleine Pietro, met de chocoladezaak, met het regelen van de begrafenis die haar zo pijnlijk boven het hoofd hangt.

‘Ik gun het je dat je gelukkig wordt,’ fluistert Maria. ‘Ik heb ook niets meer om voor te leven.’

‘Jij hebt je zoon nog.’

‘Arturo is een zachte man. Hij zal nooit iemand pijn doen.’

Een cynisch lachje ontglipt Sofia. Ze wil Maria vertellen wat er gebeurd is, en waar ze Arturo heeft gezien. Maar belangrijker is dat daar eindelijk de opening is die ze nodig heeft. ‘Denk je dat hij net zo’n fijne vrouw kan vinden als jouw man aan jou heeft gehad?’

In plaats van antwoord te geven, pakt Maria haar hand en knijpt erin. ‘Die heb ik al voor hem gevonden.’

‘Ik ben bang,’ zegt Sofia dan plotsklaps.

‘Dat weet ik, liefje. Ik ook.’

Sofia kijkt op. Ze beseft hoe bijzonder het is dat Maria dit toegeeft.

‘Ik ben bang dat jij weggaat.’ Maria zucht heel diep voordat ze verdergaat. ‘Ik heb meer door dan je denkt. Je bent de laatste nachten niet hier geweest, er is dus iets aan de hand wat belangrijker is.’

‘Maar…’

Maria heft haar hand op. ‘Nee, laat maar. Het is niet erg. Zoals ik je ken is dat alleen maar om anderen te helpen. Dát waardeer ik in jou.’

‘Je bent mij dierbaar geworden, Maria.’

Er glinstert een traan in een ooghoek. ‘Vertel, hoe kan ik je helpen?’

Het is prettig om met haar handen in het warme sop te zitten. Deze simpele huishoudelijke taak geeft haar de mogelijkheid om na te denken. Ze is blij dat Maria aan haar kant staat. Ze straalt bij tijd en wijle zoveel kracht uit dat je liever een blokje om zou gaan dan ruzie met haar krijgen.

Met een gil springt ze omhoog als ze twee handen op haar heupen voelt. Het sop kletst over de rand van de bak.

‘Laat me los!’ bijt ze Arturo toe als ze hem herkent.

De glimlach op zijn gezicht bevriest. Hij doet een paar stappen achteruit waardoor ze de ruimte krijgt om haar handen af te drogen.

'Volgens mij heb je mij wat uit te leggen.' Ze zet haar handen in de zij om haar woorden kracht bij te zetten. De handdoek hangt zwaar van het vocht naar beneden.

'Weet je dat je er nog mooier uitziet als je kwaad bent?'

Ze zou dat irritante lachje van zijn gezicht willen slaan, maar ze houdt zich in. 'Dan kan ik nog veel mooier zijn dan nu,' snauwt ze.

'Was je net bij mijn moeder?'

'Ja, en ik begrijp met de beste wil van de wereld niet waarom jij niet bij haar bent. Jij bent haar zoon!'

Arturo leunt tegen de grote keukentafel aan en legt zijn armen over elkaar. 'En wie zegt dat ik vanmorgen al niet bij haar geweest ben? Ik dacht dat jij die baan had aangenomen, maar jij was nergens te bekennen.'

Sofia hapt naar adem om zoveel brutaliteit. 'Ik was… Ik…' stottert ze. 'Waarom heb je Lorenzo vermoord?' Het vliegt ineens naar buiten.

De glimlach van Arturo verstrakt. Hij kijkt haar door zijn samengeknepen ogen scherp aan.

'Ja, daar kijk je van op, hè?'

'Hoe kom je daarbij?'

'De papieren!'

De stilte is om te snijden. Warmte vliegt naar haar wangen en ze veegt haar nog steeds vochtige handen opnieuw aan de handdoek af. Haar voornemen om hem heel rustig aan het praten te krijgen, is compleet mislukt. In plaats daarvan heeft ze zichzelf in een onmogelijke positie gemanoeuvreerd.

'Hij heeft me bestolen. Dat wordt hier niet gepikt.'

'O, dat wordt hier niet gepikt,' wauwelt ze hem na. Daarna spuugt ze hem toe: 'En daarom moet hij maar dood?'

'Ik beslis dat niet.'

Nog maar een paar dagen geleden lag ze met deze man in bed

en nu zou ze het liefst een mes uit de la pakken om hem iets aan te doen. Die smerige arrogantie dat iemand mag beslissen over een leven. Hij spreekt haar niet eens tegen!

'Je moeder draagt je op handen, wist je dat?'

Hij knikt, maar blijft zwijgen.

'Ze heeft me net verteld hoe zacht van karakter je bent.' Ze voelt zijn handen weer over haar lijf gaan en schudt haar hoofd. 'Maar dit pikt je moeder niet.'

'Wat pikt mijn moeder niet?'

Ineens twijfelt ze. Ze wil zeggen dat ze nooit zal pikken dat hij iemand ombrengt, maar heeft hij dat wel gedaan?

Hij doet een pas in haar richting, maar stopt meteen als zij wegdraait. 'Zie je nou hoe het werkt? Ik ben een zoon van een *capo*. Een padrone. En daarom vind jij me schuldig aan een moord waar ik niets mee te maken heb.' In een wanhopig gebaar heft hij zijn armen. 'Zie je dat jij precies hetzelfde doet als iedereen, lieve Sofia?'

Ze wil tegen hem in gaan. Zeggen dat ze zijn lieve Sofia niet is. En tegelijkertijd wil ze het liefst zijn armen om haar heen voelen. Maar hoe kan ze wegkijken van deze geweldactie? Het moet te maken hebben met de papieren die zij gekopieerd heeft. Dat kan niet anders. Ze opent haar mond, maar ze weet niet meer wat ze ertegen in moet brengen. Hij heeft gelijk. Ze heeft hem al veroordeeld.

'Ik verzorg Maria tot… Ik heb dat beloofd, dus dat doe ik. Maar ik blijf niet meer in dit huis wonen.' De laatste woorden spreekt Sofia zo zacht uit dat ze zich afvraagt of hij het verstaan heeft.

'Ik ben blij dat je voor mijn moeder zorgt, Sofia.'

'O fuck!' Ze gooit de handdoek met kracht op de grond. 'Laat me dan zien dat ik je kan vertrouwen!' Met grote passen loopt ze de keuken uit.

61

UMBERTO

'Is dit…' Umberto wijst op de *scacce* die naast een schaal met lasagne ligt.

'Vers gehaald,' geeft Arturo aan.

Hij trekt met zijn vork de twee deeglagen van elkaar om te zien wat ertussen zit.

'Ik heb voor de worstjes gekozen,' geeft Arturo ongevraagd aan. 'En voor mama de Ragusa-kaas.'

Umberto zucht, maar hij durft geen opmerking te maken.

'Sofia komt morgen weer koken.' Maria tapt met haar hand geruststellend op de zijne. Ze probeert niet eens meer overeind te komen.

'Dat is fijn.' Umberto schept wat van de lasagne op en duwt de *scacce* opzij. Die heeft hij ook voor de lunch al gehad, maar dat wist Arturo natuurlijk niet.

De trekken van Maria zijn de laatste week zachter geworden; het maakt haar weer net zo mooi als vroeger. Hij denkt terug aan haar lange zwarte haren die haar grote trots waren. Elke dag stak ze het op een andere manier op, ook al wist ze dat hij haar het liefst met losse haren zag. Toen al had ze een sterke wil.

Terwijl hij een hap lauw eten neemt, wenst hij dat hij haar nog één keer zo kon zien. Die pure vrouwenkracht, die vurige blik, die wulpse heupen met de twee heuvels die alleen hij mocht aanraken. Zijn Maria.

Umberto schuift het eten naar binnen terwijl hij haar blijft aanstaren. Hij wil door haar ziekte heen kijken. Haar zien hoe ze echt is. Hij wil de vrouw terug die hem zo veel gebracht heeft. Hij mist haar kracht en hij kan zich nauwelijks voorstellen hoe het leven zal zijn als zij er niet meer is. Andere lijnen, snellere beslissingen genomen zonder haar advies.

'Arturo, ik moet iets met je vader bespreken.'

Umberto ziet zijn zoon opspringen en de slaapkamer verlaten. Snel zet hij zijn bord weg en gaat aan het voeteneind staan. De stoel naast haar bed is pijnlijk leeg, toch denkt hij er niet aan om daar plaats te nemen. Die plek is voor een verzorger.

'Ik moet het met je hebben over Sofia,' zegt Maria alsof ze zijn gedachten kan raden.

'Wat is er met haar?' Hij knijpt in het met fluweel beklede voeteneind. 'Waar is ze trouwens? Ze hoort hier te zijn, daarvoor krijgt ze betaald.'

'Wie heeft die beslissing genomen?'

De verwarring duurt maar kort. Natuurlijk weet ze wat er gebeurd is, Maria is niet gek. Zelfs nu ze doodziek in bed ligt, heeft ze haar voelsprieten nog uitstaan. 'Ik,' zegt hij daarom naar waarheid.

'Waarom?'

'Hij heeft onze zoon bestolen.' Hij weet precies hoe hij haar moet bespelen door de juiste woorden te kiezen.

Het duurt lang voor ze weer verdergaat. 'En Tony?'

'Noem het maar bijvangst,' grinnikt hij. Maar als hij de trekken op Maria's gezicht ziet verharden, dooft zijn lach. 'Hij begon lastig te worden. Hij weigerde de meerprijs te betalen die afgesproken was nu zijn omzet verdubbeld is.'

Het zwijgen van Maria begint op zijn zenuwen te werken. Normaal was ze kordaat en hakte direct de knopen door die nodig waren om de business goed te leiden.

'Ik wil dat je hen verder met rust laat.'

'Met rust laten, maar...' Hij gelooft zijn oren niet. 'Ze weigeren te betalen, daar zijn regels voor.'

'Spaar Sofia.'

De verontwaardiging duwt hard tegen zijn gesloten lippen. Hij zou haar willen vertellen wat er speelt, haar om de oren slaan met de afspraken waar niemand onderuit komt. Wat is er zo bijzonder aan die indringster dat zij boven de wet staat?

Dan geeft Maria aan wat de reden is. Zijn mond valt open. 'Vrouw voor Arturo? Maar... Wil hij dat wel?'

De zelfvoldane glimlach is haar antwoord.

'En waar hangt die geweldige schoondochter dan nu uit? Ze hoort hier.' Hij wijst op de lege stoel naast haar bed.

'Ze heeft toestemming van mij gekregen. Ze is elders harder nodig.'

Hij valt stil. Dan loopt hij naar het raam en schuift de roze vitrage opzij. Het idee dat hij de rest van zijn leven met dat mens opgescheept zit, is te veel voor hem. Al vanaf het begin heeft zij hem dwarsgezeten. Zíj bepaalde dat ze geen prooi werd voor losgeld, maar dat ze een nieuw leven wilde, dat híj moest regelen. Zíj wilde niet bij Arturo werken, maar papte aan met ouwe Tony. Ze heeft blijkbaar Maria compleet om haar vinger gewonden en baant zich nu zelfs een weg in zíjn familie. Daarmee gaat ze te ver. Zeker als ze zich boven de regels verheft die nu eenmaal ingesteld zijn voor iedereen. Dit is nog steeds zíjn business en daarin neemt hij de beslissingen. Niet die heks!

Dan draait hij zich naar Maria om. 'Ik zal haar sparen,' perst hij met moeite naar buiten, terwijl hij er direct de woorden 'voor dit moment' achteraan denkt.

'En ook de cioccolateria van de dochter van Tony.'

Hij knikt, omdat hij geen antwoord kan geven. Met opgetrokken schouders loopt hij de slaapkamer uit. Het is vreselijk om de aftakeling te zien van zijn vrouw. Niet alleen lichamelijk gaat ze achteruit, het is ook duidelijk dat ze niet meer zo helder is als vroeger. Hij moet op een of andere manier regelen dat die feeks tegengehouden wordt. Hij loopt naar de woonkamer en steekt een sigaar op. Als hij de prikkelende rook inhaleert, weet hij ineens hoe hij het gaat aanpakken.

'Luister, ik heb je nodig.' Umberto hoort het giebelige lachje aan de andere kant van de lijn. 'Nee, niet daarvoor. Ik heb een opdracht voor je.'

'Je weet waar ik goed in ben.' Ineens voelt hij kriebels in zijn buik. Hij staat al te lang droog, maar dát is niet wat hij op dit moment nodig heeft.

'Vang hem op en verleid hem.' Dan geeft hij haar de details door die hij van de Nederlandse groep heeft doorgekregen. 'O, en neem een vriendin mee voor die maat van hem.'

'Is dat het enige?'

'Ik zorg voor de rest.'

Hij zakt onderuit in zijn stoel en tikt de as van zijn sigaar. Heel even wankelt zijn zelfvertrouwen nu hij zo overduidelijk stappen zet om die vrouw te beschermen. Toch is dat de enige weg naar de uiteindelijke overwinning. Hij neemt een diepe haal en houdt de rook lang vast voor hij hem in kleine kringen naar het plafond laat ontsnappen. Mooie ronde cirkeltjes als lussen van een strop. Hij accepteert geen indringers. Zijn hoogste prioriteit ligt bij het beschermen van zijn business. Eerst moet hij die Muis tegenhouden. Daarna is de heks aan de beurt.

62

Als Sofia de deur van de villa achter zich in het slot trekt, glijdt de woede van haar af. Langzaam loopt ze de natuurstenen traptreden af die door de tuin leiden. De grote palmbomen tekenen schaduwen op het pad.

Het zit haar niet lekker dat ze zo tegen Arturo is uitgevallen. Toch zit er iets in die man wat niet klopt. Ze kan er de vinger niet opleggen, het laat haar niet los. Het is alsof hij de ene keer de hardheid van zijn vader laat zien, waarna hij die woorden met de zachtheid van zijn moeder bedekt. Moeilijk om hoogte van te krijgen. Maar is dat vreemd? Hij zit zijn hele leven al tussen zijn vader en moeder in. Gehoorzamen is hier noodzaak, en niemand zal hem uitgelegd hebben hoe dat moet als ouders een verschillend gezichtspunt hebben. Ze weet er alles van.

'Laat hem los,' mompelt ze zacht. De tassen waar ze haar persoonlijke spullen in heeft gedaan, trekken zwaar aan haar handen.

Het is lekker koel in de tuin waar vlinders de bloemen zachtjes aantikken. Sofia blijft staan bij de vijver waar een fontein normaal gesproken het water in beweging zet. Nu is het stil. Het water ligt als een spiegel voor haar, slechts onderbroken door de bladeren van een waterlelie. Haar spiegelbeeld, dat maar ten dele zichtbaar is, wordt in beweging gezet door een zuchtje wind. Tientallen witte bloemen tonen hun gele hart en stralen haar tegemoet. Het geeft een kwetsbaarheid weer die hier bijna ongepast is.

Ze heft haar gezicht op en voelt de zon op haar wangen. Zo moet het. Daar ligt de kracht die ze nodig heeft om de volgende stappen te zetten. Het geeft een goed gevoel dat ze met Maria een afspraak heeft gemaakt waarin ze vertrouwen heeft. Het was alsof ze even met haar moeder heeft kunnen praten. Die liet haar altijd heel subtiel zien hoe ze verder kon.

Eenmaal op straat razen auto's voorbij. Scootertjes laveren er als vrijgevochten bromvliegen tussendoor. Een chaos aan verkeer die toch zijn eigen regels kent.

De eerste poster hangt op een raam van het theater. Twee namen in grote hoofdletters op een wit vel met een zwarte rand. De aankondiging van de dood. Zo volgen er meer. Op bijna elk raam dat ze tegenkomt. Op elke straathoek. Snelle communicatie, zo hoort dat, vertelde Isabella haar al.

Morgen is de begrafenis.

Daarna heeft ze nog vier dagen tot de Siciliamo. Door het overlijden van Tony is ze nog vastberadener om mee te doen. Dat is ze aan hem verplicht. Ze wil Tony's cioccolateria op de kaart zetten, zodat Isabella onbezorgd kan leven.

Vier dagen. Het lijkt veel te kort om haar plan te ontwikkelen. De jasmijn bloeit uitbundig, maar is er genoeg om een echte proeverij te organiseren?

Ze steekt de weg over. De hengsels van de tassen snijden in haar vingers, toch is ze blij dat ze de belangrijkste dingen direct heeft meegenomen. Waar ze gaat slapen weet ze nog niet, maar eventueel gaat ze met Gigi naar het oude appartement. Lekker belangrijk.

Weer die posters. Mensen die er in groepjes bij staan te praten. Waar hebben ze het over? Weten ze wat er echt gebeurd is of denken ze dat de brand de levens verwoest heeft? Natuurlijk weten ze het! Dat kan niet anders. Maar ze hebben een zwijgend verbond gesloten om hun eigen hachje te redden.

Ze schopt tegen een steentje dat voor haar uit stuitert en uiteindelijk in de goot blijft liggen. Zo gaat dat hier. Precies zo! Sofia merkt dat ze kwaad wordt. Niet alleen op iedereen die getrapt wordt en toch blijft zwijgen. Ze is ook woest op zichzelf.

Al die jaren heeft ze gezwegen en al die keiharde trappen van

Benny opgevangen. Steeds opnieuw. Alsof het accepteren van haar lot de enige optie was. Nu weet ze beter.

Bij de grote rotonde staan politieagenten die hun blauwe auto's op strategische plekken geparkeerd hebben. Er zitten mensen op bankjes aan de weg. Ze staren naar de grote fontein die haar water in harde stralen naar het midden spuit.

Sofia blijft staan en kijkt ernaar. Daarna draait ze zich om en blikt terug in de richting waar ze vandaan komt. Ze denkt aan haar spiegelbeeld dat in beweging gezet werd.

'Dat ga ik doen,' zegt ze dan hardop. Een versnelling hoger loopt ze naar het terras van de cioccolateria dat helemaal vol zit. Gigi ziet haar al van verre aankomen. Hij zet zijn dienblad neer en zwaait.

Samen alleen is minder erg.

De zin die ze nog maar een dag geleden heeft uitgesproken, is terug. Wat zag ze het verkeerd. Het moet anders. Een bruisend gevoel zit in haar buik. Ze lacht Gigi tegemoet. Nu weet ze hoe ze verder moet!

Sofia schuift heen en weer op de houten stoel en kijkt naar de hoek waar Gigi in elkaar gerold als een jonge pup ligt te slapen. Tijdens het eten hadden ze besloten dat ze niet terug wilden naar het tochtige appartement, zeker niet nu ze de verzekering hadden dat ze hier in de cioccolateria geen gevaar liepen. Isabella trok samen met Pietro in het kantoor, en toen zij Gigi een vragend knikje gaf vroeg hij wel zes keer of ze dat echt meende. Daarna wist de knul niet hoe snel hij de spullen op moest halen om hun gezamenlijke kamer in te richten.

Wonen in een laboratorium. Het klinkt erger dan het is. Hier is het warm en de geur van chocola hangt comfortabel in elke spleet van de oude muren. Sinds vanavond is daar een tweede geur bijgekomen die mogelijk nog indringender is: jasmijn. Ze heeft de struik van alle knoppen ontdaan, die gemengd met de grove stukjes chocola en ze afgedekt weggezet. De komende uren moeten de ontluikende knoppen voor magie gaan zorgen.

Het enige licht komt van een peertje dat boven de werktafel hangt. Het is al over enen, maar Sofia wil niet toegeven aan haar vermoeidheid. De taak die ze op zich heeft genomen, is belangrijker dan slapen. Sinds het emotionele gesprek met Isabella, eerder die avond, weet ze dat er iets van haar verwacht wordt. Zij moet de juiste woorden zien te vinden om hun gesprek weer te geven. Er moet een toespraak komen.

'Het hele dorp is morgen aanwezig. Niemand uitgezonderd,' had Isabella gezegd.

'Dat moet ook,' was haar enige antwoord.

Sindsdien draaien de woorden door haar hoofd, de boodschap die zo belangrijk is. Zelfs belangrijker dan haar eigen levensverzekering die nog steeds veilig in haar medaillon verstopt zit.

Samen alleen is minder erg.

Wat een zwakke uitdrukking is het toch.

Gelukkig ligt alles al klaar voor morgen. Ze is aan het eind van de middag nog naar een winkel gelopen waar ze een mooie outfit had gekocht voor Gigi. Ook hij moest er mooi uitzien op de dag van de begrafenis.

Sofia leest de tekst door die zomaar uit haar pen gestroomd is. Als een lawine die niet te stoppen was, rolden de woorden eruit.

Er moet actie komen. Nu! De tijd staat niet aan haar kant. Maria heeft niet lang meer te leven. Als zij komt te overlijden, is het gedaan met hun bedongen veiligheid. Dat ze van Umberto niets goeds te verwachten heeft, is haar allang duidelijk. Een gewapende vrede, meer is het niet. En de kans dat Arturo iets voor haar kan doen, heeft ze vanmorgen vakkundig om zeep geholpen.

Maar er is nog iets heel anders dat door alle gebeurtenissen naar de achtergrond gedrukt is, maar wat wel al die tijd ergens in haar achterhoofd ligt te wachten: Benny weet waar ze zit. En als ze hem een beetje kent, is hij direct in de auto gestapt. In een paar dagen rijd je Europa door, dus hij kan elk moment in Modica opduiken.

Het is vreselijk dat ze geen idee heeft waar hij nu is. Toch is dat een feit waarmee ze moet leven. Die nieuwe identiteit waar ze een flinke bom geld voor heeft betaald blijkt zo nutteloos als wat. Het zal voor hem een eitje zijn om haar hier op te sporen. En juist die gedachte heeft haar een nieuw inzicht gegeven. Vanmiddag. Bij de fontein. En sindsdien komt ze steeds terug bij die ene kans die ze moeten grijpen.

Ze is er zo klaar mee om altijd maar in angst te moeten leven. Angst voor de grote bek van Umberto die met een klak van zijn tong haar leven kan beëindigen. Bang voor Arturo die haar hart in een bankschroef kan zetten. En dan die knijpende angst voor Benny die met haar meereist vanaf het moment dat ze vertrokken is. Een levensverzekering kan helpen, maar eigenlijk is die zo nutteloos als wat. Eén schot en hij kan het medaillon zo van haar nek rukken.

Opnieuw leest ze de passages door waarvan ze hoopt dat ze impact zullen hebben. Het is hun enige kans. Nu ze aan alle kanten bedreigd worden is het tijd om hun afhankelijkheid gedag te zeggen.

Als je altijd bang bent, zul je je nooit vrij voelen.

Een van de laatste zinnen die haar moeder uitsprak, staat sinds haar dood achter op haar foto. Nauwelijks leesbaar door het priegelige handschrift, maar dat maakt niet uit. Ze weet wat er staat.

Het is tijd om op te staan. Ook al heeft ze geen idee wat de gevolgen zullen zijn.

63

BENNY

Ze is strak, geil en heel beschikbaar. Benny voelt de hitte door zijn lijf schieten terwijl hij hard bij haar naar binnen stoot. Haar gekreun maakt hem helemaal gek.

'Daar ga je, baby. Kom maar.'

'O, yes. Yesss!' Ze stopt een vinger in haar mond en likt er op zo'n opwindende manier aan dat hij haar lippen bijna om zijn kleine Benny heen voelt.

Hij pakt haar benen bij de enkels vast en duwt die omhoog. Nog dieper. Nog harder. 'Je bent heerlijk.'

Het gekreun neemt explosieve vormen aan, waardoor de spanning zich steeds verder opbouwt. Dit is zo lekker. Het moment vlak voordat die ontlading zijn lijf in tweeën splijt. Nog even. 'Ik kom. Ik kom!'

Daarna verdwijnt die hele fucking hotelkamer naar de achtergrond en bestaat zijn lijf alleen maar uit zijn Benny die brandt en klopt als een razende. Secondelang blijft hij nastoten, tot zijn spieren het begeven en hij traag op het bezwete lijf onder hem zakt.

Geluiden vervagen. Er is geen gekreun meer. Geen aanmoedigingen. Niets. Alleen dat kloppende gedeelte dat ergens tussen zijn benen in zit.

'Hé, we moeten eruit.'

Benny opent zijn ogen en kijkt in twee groene kijkers. 'Eruit?'

'De hotelkamer.'

'O, nee. Nog even...' Hij sluit zijn ogen en tast naar de twee borsten die zacht over zijn borsthaar schuren.

'Kom op, mister Macho, we hebben de kamer maar voor twee uurtjes betaald.'

'Even douchen.' Hij komt moeizaam overeind. Zijn spieren zijn als pudding die te lang buiten de koelkast heeft gestaan. 'Ga je mee?' Het is vooral een vraag om uitstel te krijgen om op te staan, toch voelt hij zich teleurgesteld als ze haar hoofd schudt.

Opgefrist loopt hij even later het hotel uit. De billen van de vrouw, die net een paar passen voor hem loopt, bewegen aanlokkelijk onder haar korte rokje.

'Waar is mijn auto?' Benny kijkt rond en bedenkt dan pas dat ze de oude bak van Daan al bij de veerboot hebben neergezet. Al met al heeft het hen toch nog drie dagen gekost om naar dit uiterste puntje van Italië te rijden. Maar morgen gaan ze haar vinden: zijn blonde schatje.

'Kom, lekkere beer van me.' De vrouw trekt hem mee. 'Je vriend zit vast met smart op je te wachten.'

'Mijn vriend heeft wel iets anders aan zijn hoofd.' Benny denkt aan Daan die onder licht protest met de brunette meeging, terwijl Benny al met een kloppend kruis de rode vrouw het hotel in volgde. 'Hé, eh...'

'Paula.'

'Hé Paula, wanneer heeft iemand je voor het laatst verteld dat je een lekker wijf bent?'

'Elke dag, mister Macho.'

Hij grinnikt. Hij houdt er wel van als een vrouw hem op die manier benadert, zeker als haar Engelse termen met een Italiaanse tongval gecombineerd worden. Het begint opnieuw te kriebelen in zijn kruis. 'Je hebt zeker geen behoefte om nog een stukje mee te rijden?'

Ze draait zich om. Strijkt haar wilde krullen uit haar gezicht en draait haar heupen wulps naar hem toe. 'Als je er iets leuks tegenover zet?'

'Dat komt wel goed.' Benny steekt zijn arm door de hare en trekt haar mee. Deze vrijpartij schoot met gemak direct door naar zijn top drie ever, en mooi dat hij deze dame voorlopig niet van zich af laat pakken. En als het moet neemt hij die brunette van Daan er wel bij.

Als ze bij de parkeerplaats van de veerboot aankomen, staat Daan aan de zijkant tegen een hek geleund. Alleen.

'Waar is je vrouwtje?' Zijn ogen dwalen over het terrein.

'Die heb ik weggestuurd.'

Benny wacht tot het getoeter van een van de auto's stopt en zegt dan: 'Waarom dat? Was ze niet goed?'

'En jij...' Daan duikt boos tussen zijn schouders weg. 'Je bent getrouwd!'

'Ja, maar die leeft niet lang...' Benny sluit met een klap zijn mond. Had hij bijna te veel gezegd. Hij knikt naar zijn nieuwe vriendin. 'Wij hebben een goed gesprek gevoerd.'

'Ja hoor, vast!'

Weer dat irritante getoeter. Benny kijkt naar de rij waar heel wat ruimte ontstaan is vóór hun auto. 'We kunnen erop. Op de veerboot,' vult hij grinnikend zijn woorden aan. 'Kom op, man. Nog even en we zijn op Sicilië. Geniet een beetje van je reis.'

Benny duwt Daan voor zich uit, die mopperend allerlei tegenwerpingen maakt.

'O ja, en dit is Laura,' zegt hij, terwijl hij een arm om de rode dame legt.

'Paula.'

'Ook goed.' Benny haalt zijn schouders op. 'Ze rijdt een stukje met ons mee.'

Met een ruk draait Daan zich om. 'Mee naar Sicilië? En waarom?'

Ze zijn inmiddels bij hun auto gekomen. De bestuurder van de auto achter hen begint in rap Italiaans te praten.

'Rustig, jochie. We gaan al.'

'We gaan helemaal niet. Niet met haar.' Daan wijst op Paula die hen met haar armen over elkaar vriendelijk toelacht.

'Niet met Paula? Dat...'

Weer een irritant claxonconcert dat inmiddels door veel andere auto's wordt overgenomen.

'Wacht. Paula, wil jij de auto de veerboot op rijden, ik moet even mijn vriend iets uitleggen.' Benny overhandigt de vrouw de autosleutels en trekt Daan een stukje mee. 'Luister Daan. Alle stress over het verdwijnen van Anne heeft me behoorlijk aangedaan.' Hij kijkt nog even naar Paula die inmiddels in de auto is gaan zitten. 'En deze vrouw heeft beloofd ons te helpen om...'

Een enorme explosie trekt de lucht uit zijn longen. Een steekvlam schiet omhoog en verschroeit zijn gezicht. Dan wordt hij met zo'n kracht tegen het asfalt gegooid dat hij niet eens meer weet waar hij is.

64

Tussen de hoge cipressen bij de ingang waaien wat verloren bladeren opzij. Sofia registreert het als een onbelangrijk detail als ze naast elkaar de begraafplaats op lopen. De twee kisten staan op een baar waar zwarte doeken omheen gedrapeerd zijn. Ze heeft al die tijd de trillende hand van Isabella vast. Zou het van de emoties zijn nu ze de twee simpele houten kisten voor zich ziet? Of is ze nerveus om wat ze gaan doen?

Grind knerpt onder hun voeten als ze langzaam de menigte passeren die al minuten staat te wachten. Iedereen is in het zwart gekleed. Sommige bewoners hebben zelfs een hoed opgezet.

'Ik blijf bij je,' fluistert ze in het oor van Isabella. Vastbesloten lopen ze verder tot ze bij de verhoging zijn. Het dunne katoen van Isabella's witte jurk golft zacht heen en weer, als ze naar voren schrijdt. Pietro houdt ze in een draagdoek dicht tegen haar borst aan. Niet alleen Isabella is in het wit, zijzelf draagt ook een lange witte jurk. Zelfs Gigi heeft zijn witte outfit zonder morren aangetrokken. Ze buigt zich naar hem toe en neemt de glazen schaal, die hij al die tijd heeft gedragen, van hem over.

Met kippenvel over haar hele lichaam volgt ze de jonge vrouw die nu haar vader en echtgenoot moet begraven. Haar hoofd fier omhoog. Geen enkele aarzeling. Doelgericht naar de plek waar ze de rede zal uitspreken.

'Wil jij het zelf voorlezen of wil je dat ik het doe?' heeft ze nog aan haar gevraagd op het moment dat ze de papieren aan haar overhandigde.

'Ik zal voorgaan,' zei Isabella. Maar direct erna dropen er al tranen uit haar ogen.

'Als het niet gaat, neem ik het over.'

Het kneepje in haar hand zei voldoende.

Nu staan ze op de verhoging. De wind heeft vrij spel met de jurken die een voorbode zijn van wat er staat te gebeuren. Vier witte figuren voor een zwarte massa. Sofia zet een klein stapje naar achteren maar zorgt ervoor dat de schaal duidelijk zichtbaar blijft. Gigi staat tussen hen in. De knul heeft zijn grijze muts opgehouden alsof hij daarmee aangaf dat hij niet zijn hele identiteit wilde opgeven. Ze voelt hoe zijn vingers haar jurk vastpakken.

'*Buon giorno*.' De stem van Isabella galmt over het kerkhof. Overal steken kruizen boven de grafstenen uit alsof iedere overledene nog met één hand naar de hemel reikt.

Sofia ziet al die bleke gezichten die op hen gericht zijn. Ze vraagt zich af of Umberto en Arturo ook aanwezig zijn, maar ze weigert in de mensenmassa te zoeken. Ze richt haar blik net over de hoofden heen, op de twee hoge cipressen waar ze zonet tussendoor gelopen zijn.

Het is warm in de brandende zon. Er lopen straaltjes over haar rug.

'Beste Modicanen,' gaat Isabella naast haar verder. 'We zijn hier samengekomen om de laatste eer te bewijzen aan mijn dierbare echtgenoot en mijn vader, die beiden door...' Isabella stokt. 'Die beiden omgekomen zijn,' zegt ze dan luid en duidelijk. 'Volgens de kranten zijn ze omgekomen door een tragedie. Een brand die ons huis verwoest heeft.'

Het lijkt alsof iedereen de adem inhoudt.

'Maar iedereen hier weet hoe het echt zit.' Isabella laat haar blik over de mensen glijden en herhaalt de zin. 'Ja, en iedereen zwijgt erover.'

Er gaat geroezemoes door de menigte.

Sofia's knieën trillen zo hard dat het water in de schaal meedoet. Gigi heft zijn gezicht naar Isabella op en legt zijn hand op haar rug.

'Maar het is genoeg. Ik... Ik moet nu...' Isabella schraapt haar keel. 'Mijn zoontje heeft nu geen...' Haar stem breekt.

'Zal ik...?' fluistert Sofia.

'Nee, ik... Weet je, iedereen in Modica weet dat Lorenzo zo graag een zoon wilde. Maar nu...' Een snik schiet via de luidsprekers over de mensen. Sommigen slaan een kruisje.

Dan draait Isabella zich naar haar om. Haar gezicht drukt zo veel wanhoop uit dat Sofia haar keel voelt samenknijpen. Niet nu. Zij moet nu sterk zijn.

Sofia doet een stap vooruit en gaat naast Isabella staan die de schaal van haar overneemt. Ze voelt dat Gigi aan de andere kant van haar gaat staan. Ze probeert de plek in de tekst te vinden waar Isabella was gebleven, maar kan die onmogelijk vinden met een waas van tranen in haar ogen.

Ze werpt haar blik omhoog waar een grote wolk op dat moment de zon afdekt. Een glimlach trekt over haar gezicht.

'Mijn moeder was een wijze vrouw,' begint ze. Ze heeft geen idee meer hoe ze haar toespraak had opgebouwd. 'Ze heeft mij een aantal mooie levenslessen meegegeven. Eén daarvan is dat je altijd de zwakkere medemens moet helpen. Dat doe ik dus al mijn hele leven.'

Een goedkeurend gemompel.

'Zoals iedereen wel zal weten, heb ik deze les van mijn moeder ook hier in Modica voortgezet. Toen ik erachter kwam dat Maria ziek was, heb ik niet geaarzeld.' Sofia haalt even diep adem voor ze verdergaat. 'Het gaat hierbij om Maria Russo.'

De naam wordt met een diep stilzwijgen ontvangen.

'Maria Russo,' herhaalt ze. 'Deze vrouw is ziek en heeft hulp nodig omdat haar man en zoon niet voor haar kunnen zorgen.' Ze laat bewust een lange stilte vallen, voor ze verdergaat. 'Waarom ik dit vertel? Het gaat mij niet om haar naam, die jullie ongetwijfeld zullen kennen. Het gaat mij ook niet om applaus. Het gaat erom dat er een band is ontstaan tussen deze zieke vrouw, een machtige vrouw in deze stad, en mij, een totale onbekende. Het is zelfs zo dat ik haar verteld heb over mijn oude leven, over mijn moeder en wat haar dood met mij gedaan heeft.'

Sofia legt haar hand op het medaillon dat als altijd op haar hart ligt.

'Maria heeft mij iets teruggegeven. Ze heeft me bescherming aangeboden.'

Ergens achter in het publiek roept iemand: 'Dan moet je betalen!'

Onrust op de voorste rijen. Mensen kijken achterom.

Sofia wacht rustig tot het weer wat stiller geworden is en zegt dan: 'Maar daarnaast heeft Maria me laten voelen dat ze om me geeft. Dat is waar het allemaal om draait. Modica bezit een kracht die uniek is in de hele wereld. De chocola die hier wordt aangeboden is magisch. De Modica-chocola is als liefde: het smaakt altijd naar meer.' Ze denkt aan de stukjes chocola die haar moeder op haar hand aanbood. 'Het mysterie van liefde is dat het groter wordt als je het deelt. Ja, ook dat is een wijze uitspraak van mijn moeder.' Haar lachje huppelt door de luidsprekers over de graven.

'De dag voor haar overlijden heeft ze aangegeven dat ze uitkeek naar de dood. "Dan ben ik eindelijk vrij," zei ze tegen me. Haar leven werd bepaald door mijn vader die haar sloeg. Hij dacht dat dat de enige manier was om te laten zien dat hij de macht had.' Ze schudt zachtjes haar hoofd. 'Hij had het fout. Geweld is geen macht.'

Ze slikt en gaat pas verder als ze de zinnen een paar keer voor zichzelf herhaald heeft. 'Modica wordt geregeerd door de angst voor geweld. En als je bang bent, ben je nooit vrij.' Ze slaat een arm om Isabella heen, en daarna haar andere arm om Gigi. 'Wij hebben er genoeg van. We willen vrij zijn. Net als mijn moeder en net als Maria straks.' Ze kijkt eerst naar Isabella voordat ze zegt: 'En net als Lorenzo en Tony.'

Isabella houdt nu de glazen schaal op en gaat voor de microfoon staan. 'We hebben iets meegenomen. Deze witte lotus is een symbool van pure onschuld en zuivere liefde. Vanaf nu staat deze waterlelie op de balie van onze cioccolateria om deze vrijheid met iedereen te delen.'

De stilte blijft een aantal pijnlijke momenten hangen.

'Goed gedaan,' fluistert ze Isabella in het oor als ze haar omhelst.

Dan hoort Sofia iemand applaudisseren. En al snel wordt het overgenomen, tot er een denderend applaus over de begraafplaats rolt. Ze staart naar de zwarte menigte waar de gezichten oplichten in de zon die ineens weer achter de wolken vandaan komt.

Met de schaal in haar handen gaat Isabella voorop naar de menigte die uiteen wijkt om haar door te laten. Sofia pakt de hand van Gigi en volgt haar naar de twee kisten waar Isabella de schaal neerzet en dan haar handen vouwt voor een gebed.

65

UMBERTO

De dodenmars klinkt zachter dan anders. Umberto doet een greep in zijn broekzak en diept zijn telefoon op.

'*Pronto*.'

'Het is geregeld, padrone.'

'Mooi. Geen problemen?' Eigenlijk wil hij het niet eens weten.

'Niet noemenswaardig,' komt het snelle antwoord.

Hij drukt het contact weg.

'Goed nieuws?' vraagt Maria schor.

Even opletten. Hij had niet gedacht dat zijn vrouw het gesprek mee zou krijgen. In het uur dat hij bij haar zit, heeft hij alle lijntjes van haar gezicht in zich opgenomen. Ze ziet er zo ontspannen uit dat hij dacht dat ze sliep. Het ontbijt dat hij vanmorgen zelf voor haar gemaakt heeft, staat nog onaangeroerd naast haar.

'Ja, het is gebeurd,' bromt hij als antwoord.

'Haar man?'

'En zijn maat.'

Een diepe zucht. Haar glimlach laat haar hele gezicht stralen.

Wat is hij blij dat ze er zo rustig bij ligt. Hij is vol bewondering voor zijn vrouw. Zelfs nu is ze nog bezig met hun business. Ze is zelfs betrokken bij alle beslissingen. Hij laat het maar zo.

Haar witte vingers hebben zich om een zakdoekje gevouwen. Het is fijn dat hij haar dit nieuws nog kon geven. De dubbele boodschap zal ze niet meer in de gaten hebben.

Die Muis is ontploft, dat is het belangrijkste. Die vormde een gevaar, omdat die weet waar hij mee bezig is. Het is bijna jammer. Als hij hem had kunnen laten leven, had die vent mooi dat vieze klusje voor hem kunnen uitvoeren. Nu moet hij straks zelf iemand het bevel geven om haar te laten verdwijnen.

66

Gigi is al op pad als Sofia samen met Isabella van een ochtendkoffie geniet. De knul houdt niet op met glimlachen sinds hij deel uitmaakt van hun samengeraapt gezinnetje. Toch zag ze gisteravond al de eerste onrust ontstaan. Hij is zo gewend om buiten te leven en zijn eigen plan te trekken, dat de vastigheid nog te benauwend werkt.

'Ken jij Gigi al langer?'

'Ik weet dat hij er is.' Isabella staat op om het bordje APERTO voor de deur om te draaien.

'Ik zou zijn verhaal wel willen kennen.'

'Verhaal, puh...' Isabella maakt een gebaar alsof ze haar woorden wegwuift. 'Er zijn helaas te veel van dit soort verhalen.' Als ze terugkeert bij de bar strijkt ze even met haar vingers door het water in de glazen schaal, waardoor de lotus zacht heen en weer schommelt. 'Het belangrijkste is dat hij ons nu geweldig helpt.'

'En hij geeft zichzelf kans op een nieuw leven.'

'Probeer nooit verhalen los te peuteren van Sicilianen. Daar zitten soms wonden onder die zo diep zijn dat je ze nooit weer kunt bedekken.'

Sofia ziet ertegen op om naar Maria te gaan. Hun toespraak zal wel als een lopend vuurtje door Modica zijn gegaan. Hoe zal Maria daar tegenover staan? Zou die het zien als een aanval op haar gezin? Op hun familienaam?

'Ik red het wel,' geeft Isabella aan.

'Ja, jij wel,' mompelt Sofia voor zich uit.

Op een of andere manier geeft de vesting die ze van hun chocoladehuis hebben gemaakt een veilig gevoel. Naar buiten gaan betekent dat ze al die blikken moet weerstaan van bewoners die al jaren zo geleefd hebben. Het liefst was ze nu direct haar laboratorium in gedoken om verder te werken aan haar jasmijnchocolade. Het is veel waarschijnlijker dat ze met een unieke chocoladesmaak een klopje op de schouder krijgt. Dat waarderen Modicanen eerder dan verandering.

Maria is nauwelijks aanspreekbaar. Ze laat alle zorgen over zich heen komen. Haar glazige blik volgt Sofia overal, zonder dat ze ook maar iets zegt. Het kan natuurlijk goed zijn dat Maria geen idee heeft dat Lorenzo en Tony gisteren naar hun laatste rustplaats zijn gebracht.

Het brood op het nachtkastje is onaangeroerd. Sofia probeert haar iets te laten drinken, maar Maria schudt vriendelijk haar hoofd. Het doet haar pijn om te zien hoe snel de ziekte deze vrouw eronder heeft gekregen. Kutziekte!

Ze gaat naar de keuken om de was uit de droger te halen. Met felle bewegingen vouwt ze de kleding op en legt de stapels op de tafel in de gang.

'Ik ben weg.' Ze steekt haar hoofd om de hoek van de deur om gedag te zeggen. Maria ligt met haar ogen gesloten op bed. Stil. Doodstil.

Met een angstig kloppend hart sluipt ze de kamer in en legt haar hand in de hals van Maria. Een zwakke hartslag. Gelukkig, ze leeft nog.

'Sofia?' Maria opent haar ogen.

'Ja, ik ben hier.' Sofia buigt over haar heen.

'Hij is dood. Jouw man.'

'Benny?'

Maria knikt nauwelijks waarneembaar. Dan sluit ze haar ogen weer.

In haar hoofd duizelen vragen en triomferende kreten. Ze zou het willen uitschreeuwen, toch houdt ze zich in. Ze duwt slechts een zachte kus op de wang van Maria.

Als ze de voordeur achter zich dichttrekt, voelt ze het gevoel van vrijheid in zich groeien. Benny zal haar nooit meer iets kunnen doen en niet alleen hoeft ze zelf niets meer te vrezen, ook haar geheim is veilig.

Het is een bizar gevoel dat de dood zo'n verlossing kan geven. Zou haar moeder dat ook hebben gevoeld?

Sofia stopt bij de vijver en staart naar het water. Ze moet denken aan de woorden die Isabella gisteren zo krachtig heeft uitgesproken. In het water ziet ze haar beeltenis spiegelen, vrij en ongehinderd, omringd door een blauwe lucht.

Ze tuurt over het water. Waar zijn alle…? Dat kan toch niet waar zijn?

Ondanks de warmte die haar het ademhalen bijna onmogelijk maakt, rent ze terug naar Isabella. Als ze het terras in de verte ziet liggen, stopt ze. Het zweet breekt haar uit, de warmte stijgt naar haar gezicht. Hijgend bekijkt ze het tafereel: Isabella omringd door een groep mensen. En als die zich losmaakt uit de groep en een stap in haar richting doet, stralen haar ogen.

'We kunnen best een halfuurtje dicht.' Isabella legt Pietro in de kinderwagen en draait de sleutel om. 'We hebben wat te vieren.'

Het lijkt op een normale ochtendwandeling, toch voelt Sofia dat er iets in de lucht hangt. Maar Isabella laat niets los. Het maakt niet uit: ze geniet van haar gevoel van vrijheid.

In de wagen ligt Pietro met zijn beentjes onbedekt. De zon wordt tegengehouden door de kap, want die geeft al zoveel kracht dat het hartje zomer kon zijn.

'Half mei en dan dit weer,' zucht ze. Wat een verschil met het druilerige weer dat ze in Nederland heeft achtergelaten.

'Hij groeit goed.' Isabella strijkt met haar hand over het buikje van haar zoon. 'Het wordt net zo'n mooi baasje als...' Verdriet trekt over haar gezicht.

Ze lopen langzaam over de stoep van de Corso Umberto, waar

mannen onder luide kreten de houten palen van de vrachtwagens laden.

'Hier wordt maandag de Siciliamo gehouden. De hele straat wordt afgezet tot en met de grote fontein. Er zijn overal kraampjes en op de rotonde komt het podium. We mogen ons terras uitbreiden tot op de straat.' Isabella wijst naar de overkant waar de zwartgeblakerde resten van het huis van de familie Bianchi afgeschermd worden met kleurige borden. 'Hiernaast is het chocolademuseum. Binnen hebben ze een tentoonstelling van kunstwerken die van chocola gemaakt zijn, waaronder een portret van Madonna.'

'Was dat wat je me wilde laten zien?'

Isabella lacht mysterieus. 'We zijn er bijna.' Nauwelijks twintig meter verder stopt ze. 'Kijk.'

Ze wijst naar een terras waar twee grote parasols de bezoekers beschermen tegen de zon. Ze steken de weg over en lopen erheen. Isabella begroet de vrouw die direct op hen af komt lopen. '*Benvenuti*.'

'Heb je het al ontdekt?' Isabella blijft lachend staan wachten.

Sofia heeft geen idee wat ze bedoelt. Ze kijkt naar het volle terras, de kleurige repen in de etalage en naar de vrouw die haar stralend aankijkt. Langzaam loopt ze tussen de grote potten met oleanders door die het terras van de straat afscheiden. Er staat een groot bord voor de deur waarop het menu staat afgebeeld.

Dan ziet ze het. Naast het menu staat een tafeltje met een grote glazen schaal waar een witte bloem in drijft.

Ze kijkt om. Haar blik haakt vast in die van Isabella.

Met een paar passen is ze bij haar.

'Dit kwam ze me vanmorgen vertellen. En dit is pas de eerste,' zegt Isabella met tranen in haar stem.

Nauwelijks tien meter verder ziet ze ook een tafeltje voor een kleine *Supermercato* staan. 'Nog een lotus,' zegt ze geëmotioneerd.

'Ik wilde dat je het met eigen ogen zag.' Isabella slaat een arm om haar schouders. 'Er zijn zeker tien ondernemers die ons voorbeeld al gevolgd hebben.'

Sofia weet niet of ze moet lachen of huilen. Een stil protest dat geen woorden nodig heeft, maar de onderlinge verbinding tastbaar maakt. Ze heeft de neiging om haar vuist omhoog te steken, een oerkreet te laten horen, te juichen om dit kleine symbool van verzet. Toch doet ze niets van dit alles.

'Ik wil naar huis, Isabella.'

Een geschokte blik.

'Ik bedoel, naar óns huis. Het begint nu pas. Ik wil laten zien dat ik er echt bij hoor. Dat ik deel uitmaak van jullie gemeenschap.' Sofia pakt haar hand en zegt: 'Ik ga winnen.'

'Je hebt al gewonnen,' antwoordt Isabella.

'O nee, nog lang niet. Ik moet laten zien dat ik het verdien om erbij te horen. Ik ga de Siciliamo winnen.'

'Maar weet je dat de winnaar daarna in elke tv-show van het land te zien zal zijn? In elke krant, op elke radiozender, op internet?'

Heel even dooft haar enthousiasme uit, maar dan beseft ze weer dat het nu helemaal niets meer uitmaakt. Ze mag weer voluit leven, ze hoeft niet meer bang te zijn. Niemand zal vragen stellen over haar moeders dood. Nu Benny dood is, is haar geheim veilig.

67

BENNY

Zodra hij stopt, valt de warmte over hem heen. Benny zet de motor op de standaard en kijkt om zich heen. Het stadje heeft die typische traagheid die hij van de zuidelijke streken kent. Alsof met elke graad temperatuurstijging iedereen in een steeds lagere versnelling leeft.

'Geef ze eens ongelijk,' bromt hij als hij de helm afzet. Hij kreunt onwillekeurig als hij zijn wang hierdoor aanraakt.

'Hier mag je niet parkeren.' Daan is inmiddels van de motor afgegleden en pelt zijn jas van zijn lijf.

'Lekker belangrijk. We zijn hier allang weer verdwenen voor ze ons kunnen bekeuren.'

Daan legt zijn jas over de motor heen en zucht. 'Ik ben blij dat we er zijn. Het is geen lolletje, met een beurs lijf achter op een motor.'

Benny houdt een opmerking binnen. Hij was allang blij dat Daan akkoord ging met de aankoop van een motor nadat ze eindelijk ontslagen waren uit het ziekenhuis. Daan was door zijn aanhoudend felle hoofdpijnklachten flink door de medische molen gegaan. En net toen hij dacht dat ze de oversteek naar Sicilië konden maken, begonnen die politiemensen zwaar irritant te worden met hun vragen. Wat hun band met Paula was? Waarom zij in hun auto zat? Hoelang hun auto daar al stond? Stom gedoe! Alsof zij er iets mee te maken hadden. En daarna begon de zoektocht naar een betaalbaar vervoersmiddel. Het had hen in totaal vier volle dagen gekost.

Daan wijst naar een aantal kramen aan de overkant van de straat. 'Zeker markt vandaag.'

'Laten we het stadje eens gaan verkennen. Wie weet hebben we geluk.' Benny wil haar naam nu even niet noemen. De afgelopen dagen werd hij gek van Daan die het in zijn kop gezet had dat hij Anne niet waard was omdat hij niet meer van haar hield. De minkukel. Alsof het daar om ging. Man, wat heeft hij genoten van dat lekkere wijf dat nu in kleine roetdeeltjes over de haven verspreid ligt. Zonde gewoon.

Daan is veranderd. Hij is niet zo makkelijk meer voor zijn karretje te spannen. Al die lastige vragen van hem over Annes verdwijning en zijn rol daarin. Hij zal zijn best moeten doen om hem te vriend te houden. Nog nooit heeft hij zoveel moeite gehad om zijn bek te houden als die eerste dag in het *Ospedale*. Ziek werd hij ervan.

'Ik heb eens op internet gezocht.' Daan kijkt ineens heel enthousiast rond. 'Wist je dat dit stadje beroemd is om zijn bijzondere chocola?'

Heb je hem weer. 'Nou en? Daarvoor zijn we hier niet.'

'Nu we hier toch zijn wil ik...'

Benny draait zich zo snel om dat hij de wond, op zijn rechterzij voelt trekken. 'We zoeken haar op en nemen haar mee. Dat is het. We zijn niet op een...' Hij zoekt even naar het juiste woord, 'niet op een hemelse proeverij of zo.'

Net op dat moment komt er een gozer van een jaartje of tien de hoek om. Hij is zo verdiept in zijn telefoon dat hij bijna tegen Benny aanbotst. Hij beschermt zich tegen deze plotselinge aanval op de schroeiende wonden met een felle scheldkanonnade over het hoofd van de verschrikte jongen. 'En zet die muts van je oren!' Maar de knul maakt zich al uit de voeten.

Daan is blijven staan. 'Kijk nou dan.' Hij wijst naar de overkant van de fontein. 'Morgen is de grootste chocoladeproeverij van Sicilië. Je hebt gelijk, Benny!'

Benny blijft staan, snakt naar een koud biertje en zegt dan: 'Weet je wat? Jij gaat je lekker liggen opgeilen aan die bruine massa, dan ga ik wel in mijn eentje op zoek naar Anne.'

Dat had de juiste uitwerking. Hij gniffelt zacht als Daan toch met hem meeloopt. 'Weet je wat, we pakken een pilsje en zoeken dan de meest recente foto op die we van Anne hebben. Daarmee gaan we langs de verschillende cafés. Iemand moet haar gezien hebben.' Het wordt tijd dat hij zijn geld terugvindt. En dat hij Anne de mond snoert, voor ze begint te lullen.

68

'Hier, proeven.' Sofia voelt zich als een kind dat haar grootste schat aan een vriendinnetje laat zien. 'Dit wordt 'm.'

'Dat zei je de vorige keer ook al.' Isabella draait zich van haar af en loopt met een blad vol drankjes en chocoladesurprises naar het terras. 'Weet jij waar Gigi is? Ik kan hem hier nu goed gebruiken.'

'Ik bel hem wel even.'

Verkeerd antwoord. Eigenlijk zou ze zelf moeten inspringen om Isabella te helpen. Het is enorm druk nu het hele stadje door toeristen overspoeld wordt. Er is geen vrij hotelbed meer te vinden.

Maar ze heeft deze laatste uren hard nodig om nog een nieuwe lichting van de chocola te maken. Gisteravond heeft ze de laatste jasmijnknoppen geplukt met dit als resultaat. Vandaag is de grote dag.

'Wil je alsjeblieft proeven?' vraagt ze aan Isabella als die opnieuw langsloopt.

Isabella knikt en stopt een stukje in haar mond.

'Drie thee en twee rodewijnchocola,' roept ze naar signora Bianchi.

'Isabella?'

'Sorry.' Isabella sluit nu haar ogen en proeft heel bewust. 'Ik proef...' Haar kaken bewegen zacht heen en weer. 'Ik ruik honing, maar dan anders. Zoeter, intenser.' Ze neemt nog een stukje. 'Deze is echt heel rijk van smaak. Niets meer aan doen.'

Sofia ziet in haar ogen dat ze de waarheid spreekt. 'Dan gaat het ons toch nog lukken.'

‘Jasmijnchocola,’ zegt Isabella. ‘Waarom hebben we dat niet eerder bedacht?’

Sofia loopt naar buiten. De hele Corso Umberto is afgezet voor het verkeer en iedere uitbater heeft voor de gelegenheid niet alleen een kraampje, maar ook nog wat extra stoelen buiten gezet. Een grote massa mensen stroomt langs.

‘Kan ik helpen?’ Gigi duikt naast haar op.

‘Je mag bij de kraam gaan staan. Laat iedereen maar een stukje proeven.’ Sofia pakt een bord met chocoladestukjes en geeft dat aan de knul die zich direct midden in het gedrang begeeft.

‘Heb je dit al gezien?’ Isabella wijst op de lotusbloem die ze op de kraam heeft gezet.

Ze humt bevestigend.

‘En dat?’

Op de hoek van elke kraam ziet ze nu eenzelfde glazen schaal staan.

‘En daar?’

Sofia kijkt haar lachend aan. ‘Wat een power, hè?’

‘Immens.’ Isabella tikt op haar horloge. ‘Zorg jij nou maar dat je straks klaar bent als de jury langskomt om te proeven. Je hebt nog een paar uur.’

‘*Si signora*.’

In de uren die volgen heeft Sofia vele tientallen chocoladesurprises gemaakt, waarbij ze de krullende achtjes extra heeft aangezet. Ook al heeft ze nooit officiële toestemming gekregen van Tony, toch heeft ze vandaag als extraatje wat cacaoboter gesmolten en met witte chocola accenten gezet op de krullen, waardoor ze nog meer opvallen.

Steeds als ze een blad naar boven brengt, juicht signora Bianchi haar toe.

‘Jouw surprises zijn nu al de trekker van de Siciliamo.’

Sofia lacht om haar enthousiasme. ‘Wacht maar tot ze de jasmijnchocolade proeven.’

'Ik heb net een stukje gepakt,' zegt de buurvrouw schuldbewust. 'Het is echt een showsteler. Als ik de jury was, dan wist ik het wel. Mogen deze al naar de klanten?'

'Natuurlijk, daar zijn ze voor. Ik zal nog wat meer maken.'

Terug in het laboratorium voelt ze pas hoe moe ze is. Ze is toe aan een dag rust. Ze heeft de afgelopen dagen weinig slaap gehad door de aanwezigheid van een baby die op de meest vreemde tijden aangeeft dat hij honger heeft. En dan heeft ze ook nog de verzorging van Maria wat uitgebreid. De vrouw komt niet meer uit bed. Gelukkig kan ze gebruikmaken van het scootertje. Het staat naast de grote jasmijnstruik geparkeerd, zodat ze snel weg kan. Ze doet het met liefde. Maria is niet veeleisend en ongelooflijk dankbaar.

Vanavond de prijsuitreiking. Het succes van haar surprises geeft haar veel energie, maar ze is zo benieuwd hoe haar nieuwe smaak gaat vallen.

Vanuit het café hoort ze signora Bianchi roepen. 'Sofia, ik heb hier een klant die graag met de maakster wil kennismaken.'

Er schiet een stoot adrenaline door haar heen. Kennismaken? Hoezo? 'Eh... zeg maar dat ik druk ben.'

Ze pakt de knijpzak en spuit de witte chocola in mooie ronde achtjes op de chocola. Het is een techniek die ze al zo vaak beoefend heeft dat ze het bijna zonder na te denken uitvoert.

Het hoofd van Isabella verschijnt in de deur. 'Doe even een beetje sociaal. Klanten vinden het leuk om met de chocolatier kennis te maken. Misschien is het wel een journalist.'

Sofia maakt de laatste vormen af, legt de zak weg en schuift de surprises in de koelkast om goed hard te worden.

'Oké dan, ik kom eraan.'

Ze werpt een blik in de spiegel, duwt haar haren in model en steekt haar tong uit naar zichzelf. Het moet er maar mee door. Als ze een fotoshoot krijgt, zullen ze haar wel tijd gunnen om haar uiterlijk wat te pimpen. Ze doet haar schort af en strijkt haar witte jurk glad. Misschien is het wel iemand van de jury, dan moet ze goed voor de dag komen. Met een vrolijk hupje gaat ze de paar treden op die het laboratorium van het café scheiden.

'Hij staat daar.' Isabella wijst in de richting van het terras. Een man staat met zijn rug naar haar toe. Met een glimlach op haar gezicht loopt ze op hem af.

'Signor?'

Dan schiet alle warmte weg uit haar gezicht. 'Daan? Wat...'

'Anne-Sophie?'

De hele omgeving zakt weg. Alleen hun ogen spreken. Ze wisselen in een seconde alles uit wat er te zeggen is. Dan stamelt Daan: 'Je haar! Je bent in orde. Ik dacht dat je...'

'H-hoe heb je me gevonden?'

'Niemand maakt dit soort sierlijke achtjes, met die krul aan het eind.' Daan lacht maar het geluid zakt langzaam weg in een vreemde intonatie. Dan kijkt hij om.

Sofia kijkt met hem mee. Haar knieën beginnen als een idioot te trillen. Alle details neemt ze waar. Isabella die trots naar haar wijst. Een dikke Engelsman die als in een vertraagde film zijn hoofd achterover gooit om te lachen. Zijn onderkin die trilt alsof de wind hem in beweging zet. Gigi die opkijkt en haar geschokt aanstaart. En dan is daar ineens dat bekende gezicht waarvan ze zeker was dat ze het nooit meer zou zien.

69

UMBERTO

'Waarom heb je me niet eerder op de hoogte gesteld,' sist Umberto naar zijn zoon.

Arturo zit naast het bed. Zijn ogen rusten op zijn moeders gezicht. Hij heeft onder het laken haar hand beet, wat alleen maar te zien is doordat een vinger het laken steeds laat opbollen. Maria ligt al uren stil op bed, alsof ze in een diepe slaap is gevallen. Alleen haar schokkerige ademhaling verraadt dat ze nog leeft.

'Niet nu.'

'Niet nu? Dit is belangrijk.'

'Belangrijker dan dit?' Arturo wijst naar zijn moeder.

Even schiet er een schuldgevoel door Umberto heen, dan weet hij weer dat Maria het niet anders gewild zou hebben.

'Elk protest moet direct de grond in geboord worden. Het maakt niet uit of het door vuisten of door bloemen wordt uitgedragen. Het ondermijnt het gezag van onze *famiglia*.'

'Ik heb er niet aan gedacht om het aan je te vertellen,' mokt Arturo.

'Een begrafenis gebruiken om een protestactie op touw te zetten. Puh!' Umberto spuugt een denkbeeldige fluim weg.

'Zo was het niet!'

'Je zult moeten kiezen, zoon.' Zijn stem gromt door de slaapkamer.

Het is nu tijd om actie te ondernemen. Die oproerkraaier moet heel snel in de kiem gesmoord worden, voordat er te veel onrust ontstaat. Zeker nu de Siciliamo hier in Modica gehouden wordt, moeten ze zorgen voor eenheid en rust.

Umberto wrijft over zijn grijze broek die weleens beter in de vouw heeft gezeten.

'Mama hield zo van de feesten in Modica.'

Het valt Umberto op dat Arturo al in de verleden tijd spreekt, toch corrigeert hij hem niet. Hij weet dat het moment heel dichtbij is. Hij weet dat hij haar beloofd heeft om Sofia te sparen. Maar dat was vóór die feeks in het openbaar zijn familienaam te grabbel heeft gegooid. Dat kan hij niet tolereren.

'Je moeder hield van die feesten omdat ze op die dagen door de straten mocht paraderen. Zo trots als een vrouw kan zijn, de familie was haar alles.' Hij gooit zijn armen in de lucht.

'Dat weet ik, papa.' Arturo staat op en komt tegenover hem staan. Zijn zoon is maar net iets groter dan hijzelf. Een eigenschap die al vele jaren van vader op zoon is doorgegeven. 'Maar waarom al die heisa voor een paar bloemen?'

Umberto verslikt zich bijna in zijn verontwaardiging. 'Omdat die kloterige witte bloemen uit onze vijver komen!'

Maria kreunt. Hij houdt zijn adem in en wacht of hij toch nog even contact met haar kan maken. Maar meer dan een kort gesmak van haar lippen gebeurt er niet. Ze ligt er weer even vredig bij als de hele middag.

'Onze naam ligt te grabbel. Het is tijd dat je laat zien dat je een echte Russo bent. Je hebt een gelofte gedaan.'

Arturo buigt zijn hoofd.

'Zorg ervoor dat die vrouw de ochtend niet haalt.'

Arturo kijkt op, weerstaat zijn blik, maar knikt uiteindelijk.

Hij heeft nog maar net de kamer verlaten of Umberto hoort een geluidje achter zich.

Maria kijkt hem met grote koortsige ogen aan. 'Hoe kun je? Je hebt het beloofd.' Er ligt iets in haar ogen dat hij niet begrijpt. Afkeer. Woede? Of is het berusting? 'Roep hem terug,' zegt ze schor.

Hij schudt zijn hoofd.

Dan heft haar hand zich onder het laken op en ziet hij iets hards uitsteken dat op hem gericht is.

'Maria, nee. Ik heb...'

70

Sofia gilt zo hard dat iedereen omkijkt.

'Daar is ze!' Benny priemt zijn wijsvinger in haar richting.

Ze kijkt snel om zich heen. Zoekt hoe ze weg kan komen, maar blijft compleet verlamd tegenover Daan staan, die alleen maar een stap in Benny's richting doet.

'Help me, Daan! Benny wil...'

Daan reageert niet.

Benny begint mensen opzij te duwen, luid scheldend en schreeuwend. Hij geeft een man die hem wil tegenhouden een enorme kaakslag. De man valt op een tafeltje en trekt een vrouw met zich mee. Het is het startschot voor een enorme paniek onder de bezoekers.

Een aanslag. Verberg je. Houd hem tegen. Pak hem! Wegwezen.

'Kom mee. Snel' Een hand grijpt de hare en trekt haar mee. Ze vliegt de zaak uit en rent achter Gigi de steeg in.

'Blijf staan.' De stem van Benny komt boven het geschreeuw van de mensenmenigte uit. 'Pak d'r!'

Dan gebeurt er van alles tegelijk. Gegil van Isabella, een schreeuw van Daan, maar Sofia hoort vooral de snelle aanwijzingen van Gigi. Snel. Kom. Hier. Zitten.

Voor ze het weet, zit ze achter op de scooter en rijden ze de steeg in. Ze klemt zich vast aan zijn smalle taille. Hij racet door de steeg omhoog, gooit zijn stuur om, net voordat hij een huis raakt en geeft alweer gas. Verder.

Sofia gilt als ze een lage poort op zich af ziet komen.

'Bukken!'

Dan klinkt een luid gegil van de scooter die tussen twee huizen door sjeest. Ze wil net weer kijken als ze traptreden ontdekt. 'Pas op!'

'Hou je vast.'

Ze duwt zich tegen Gigi's rug en stuitert op het zadel als hij de trap af dendert alsof hij nooit anders gedaan heeft. Dan stuurt hij weer naar links waar hij de scooter steil omhoog de bult op laat trekken.

In tegenstelling tot de brede hoofdweg die gevuld is met terrasjes en mensen, is het hier stil. Het geknetter van de motor glipt tussen de huizen door en brengt hen steeds hoger op de heuvel.

Als ze via wat haarspeldbochten de straat hebben bereikt waar de *duomo* aan ligt, stopt Gigi.

'Wie was dat?' vraagt hij. Hij laat het gas van de scooter loeien alsof het een briesende stier is.

'Hij is gevaarlijk.'

'Dat zie ik ook. Maar wie...'

'Mijn man. Niet belangrijk. Ik moet hier weg. Hij is kwaad.'

'Dat zag ik, ja, maar…'

'Maakt niet uit, Gigi.'

'Hé, ik help je toch?'

In de verte hoort ze een auto aankomen. 'We moeten hier weg. Ik moet helemaal weg. Ik kan hier niet meer blijven. Hij…'

'Helemaal weg? *Sei pazzo*! Ben je gek?'

'Ik heb… Ik heb hem bestolen.' Sofia ziet beneden zich de lichtjes van Modica en hoort de muziek die in vlagen naar hen toe waait.

'Stelen heeft altijd een reden,' zegt Gigi simpel.

Er raast van alles door haar hoofd. De zinloze vlucht. Het weggegooide geld. Het is ineens allemaal voorbij. Haar hele leven staat op zijn kop. Net op het moment dat ze dacht dat ze alles eindelijk op orde had, duikt Benny weer op.

'Ik liep gevaar. Elke dag was ik bang voor zijn vuisten.'

Ze vliegt met een schok naar achteren als Gigi gas geeft. Snel grijpt ze zijn shirt en duwt zich tegen hem aan. Als ze achterom kijkt, ziet ze een fel licht dichterbij komen.

Een motor.

Gigi slaat rechts af. Met piepende remmen stopt hij om direct het stuur scherp links te gooien.

'Hou je vast.'

Sofia kijkt achterom. De motor is hen op tien meter genaderd. De gemene tronie van Benny hangt laag boven het stuur, een fanatische grijns op zijn gezicht. Snel draait ze zich om en gluurt over de schouder van Gigi naar voren. Hij neemt een snelle bocht naar rechts en komt in zo'n smalle steeg uit dat ze haar knieën nog dichter tegen de scooter aan drukt. Ze gilt hoog en schel als de muur langs haar knie schuurt.

Dan zijn ze erdoor en Gigi stuurt snel een straat in.

Sofia kijkt achterom. Benny kan nooit door die versmalling rijden met zijn motor.

Ineens duikt de motor brullend de straat op, zijn voorwiel zeker twintig centimeter omhoog. Als een steigerend paard dat hinnikend met zijn benen naar voren slaat.

'Daar is hij weer,' gilt ze naar voren.

Gigi kijkt om, waarbij hij zijn muts vasthoudt.

'Oké, sneller dus.'

Het asfalt is als satijn. Hij geeft gas en passeert met een duizelingwekkende vaart een reling waarachter een diepe kloof gaapt. Ze knijpt haar ogen dicht en voelt haar spieren verkrampen.

Pas als Gigi vaart mindert, probeert ze te zien waar Benny is. Haar haren slaan haar in het gezicht, waardoor ze even niets kan zien. De motor is sneller dan de oude scooter. Hij hijgt hen alweer in de nek.

Ze laat haar lichaam meebewegen met de snelle bochten die Gigi zonder aarzelen neemt. Dat is hun enige redding. Gigi kent alle steegjes als zijn broekzak. Hoe sneller hij wendt, hoe meer kans ze hebben om Benny af te schudden. Met haar armen om hem heen gehaakt, drukt ze haar gezicht tegen zijn rug. Ze prevelt allerlei woorden die nergens op slaan, maar die ze als een gebed naar boven stuurt.

Een scherpe bocht naar links en dan rijden ze ineens naar beneden. Ze wordt heen en weer geslingerd, heeft geen idee meer waar ze is. Ineens steekt Gigi zijn arm naar achteren, grijpt haar vast en duwt haar met kracht van de scooter. Het komt zo onverwachts dat ze zich er niet tegen kan verzetten. Even hangt ze in het luchtledige, daarna klapt ze hard op het losse zand en beschermt in een reflex haar hoofd. Ze rolt door tot ze op een grasveld tot stilstand komt. Even is ze zo versuft dat ze alleen maar om zich heen kan kijken. Ze is alleen. De scooter rijdt zonder vaart te minderen door.

Het ronkende geluid van een motor nadert. Op handen en voeten kruipt ze achter een muurtje en drukt zich ertegenaan. Vele lange seconden wordt het geluid van de motor steeds luider. Ze duwt haar handen voor haar oren.

Ineens is het lawaai voorbij. De motor verdwijnt achter de hoek van een huis. De stilte die daarna over haar heen valt is onwerkelijk. Ze leunt met haar rug tegen het muurtje en ademt rustig in en uit om tot bedaren te komen.

Gigi heeft haar gered, zodat hij Benny kan weglokken. Wat een held. Toch is er geen oplossing voor haar probleem. Benny heeft haar gevonden. Waar moet ze nu heen?

Voor haar gevoel is er al een uur verstreken als ze geritsel achter zich hoort. Ze hapt naar adem en duikt opnieuw weg.

'Ik ben het.'

'Gigi, is alles goed met je?'

'De scooter is niet meer te vinden.' Zijn ogen glinsteren fel in het licht van een straatlantaarn.

Even vraagt Sofia zich af of de scooter nog wel te berijden is, maar dan besluit ze dat het niet belangrijk is.

'Kom.' Hij trekt haar overeind.

Het liefst wil ze blijven zitten, maar als ze een eindje verderop een motor hoort brommen, volgt ze hem. Hij trekt haar door een poort waarna hij een steile trap omhoog neemt. Behoedzaam lopen ze verder, Sofia is blij dat het donker is zodat ze de diepte naast zich niet goed kan bepalen.

Met haar rug tegen de muur gedrukt, schuifelen ze over een smalle richel. Als een olifant met te dikke poten volgt ze Gigi die een jaloersmakende souplesse bezit. Niet kijken, gewoon voetje voor voetje verder.

'Hier,' zegt Gigi eindelijk. Hij houdt haar hand vast, terwijl ze voorzichtig door haar knieën zakt en met haar rug tegen de muur gaat zitten.

Een landschap aan lichtjes ligt aan hun voeten. Het lichtspel blijft haar trekken. Dáár speelt zich het leven af waarvan ze deel wil uitmaken. Hier heerst rust. Daarbeneden is het feest.

'Dank je wel,' zegt ze dan zacht.

'*Prego*.'

De stilte van de nacht hangt comfortabel om hen heen. In de verte horen ze het geluid van de motor af en toe. Een grommend gebrom dat steeds verder van hen af gaat. Tot het helemaal uitdooft.

71

Het net dat de nachtelijke kou om hen heen geslagen heeft, wordt steeds strakker aangetrokken. Ze heeft de ooit witte jurk om haar benen geslagen, maar dat is allang niet meer genoeg. Met hun rug vangen ze de laatste warmte van de stenen muur nog op, toch weet Sofia dat ze hier niet de hele nacht kunnen blijven zitten.

Het is bizar om het grote feest van de Siciliamo van afstand te moeten volgen. De tonen van de band missen de balans als vooral de bastonen langs de luchtstromen omhoogkomen. Soms fladderen stemmen langs van mensen die vol enthousiasme feestvieren. Het doet haar denken aan een muziekfestival waar ze als kind naar luisterde als ze vroeg op bed lag terwijl de hele stad Wageningen de vrijheid vierde.

Ze zwijgen omdat er niets te zeggen is. Het is een patstelling: er bestaat geen enkele stap die ze kan zetten om verder te komen. Afwachten is het enige wat ze kan doen.

Zelfs als ze hoort dat de muziek stopt en een stem de menigte toespreekt, blijft ze nog steeds zitten.

'De prijsuitreiking,' zegt ze zachtjes.

'Jouw chocolade gaat vast winnen.'

Sofia kijkt Gigi aan. Hij kijkt zo serieus dat het lijkt alsof hij het meent. 'Onmogelijk. Ik had daar persoonlijk mijn product moeten presenteren.'

'Misschien doet Isabella het voor je?'

Vanaf dat moment zit de onrust in haar lijf. Ze kent Benny beter dan wie ook op de wereld, en ze weet waartoe hij in staat is. Als hij zijn zinnen op iets gezet heeft, gaat hij over lijken. En zij heeft iets wat hij terug wil. Het kan zijn dood worden als de contacten uitlekken. Dat weet hij. En zij ook.

Al die tijd heeft ze gedacht dat ze daarmee een troef in handen had. Zeker in combinatie met haar nieuwe identiteit. Ze kon zijn activiteiten verraden. Hij wist dat. Maar hij wist nog meer. Ze had erop gerekend dat een nieuwe identiteit haar zou beschermen, zodat hij met die kennis niets kon. Maar nu hij weet waar ze is, loopt ze opnieuw een groot risico.

Wat moet ze doen? Opnieuw vluchten?

Als je bang bent, ben je nooit vrij.

'Ik moet naar Isabella toe.' Ze wil overeind krabbelen.

Gigi is zo verbouwereerd dat hij zijn gezicht in zijn muts verbergt. Daarna grijpt hij haar pols. 'Ben je gek?'

'Hij gaat niet weg voordat hij… voordat hij zijn eigendom terug heeft.'

'De SD-kaart?'

Ze knikt. 'Ik ben bang dat Isabella gevaar loopt.'

'Geef hem aan mij, dan heb je een extra troef.'

Met haar lippen op elkaar geperst, legt ze haar hand op haar medaillon.

'Je kunt me vertrouwen.'

'Dat weet ik. Maar ik ben bang dat ik dan ook jou in gevaar breng.'

'Ik ben sneller.' Zijn witte tanden glimmen.

Met trillende vingers opent ze het medaillon en overhandigt het kleine zwarte schijfje aan Gigi. Het is nog maar kort geleden dat hij degene was die het uit de handen van Arturo gered heeft. Wat zou die ermee gedaan hebben? Ze weet nog steeds niet of ze hem kan vertrouwen of dat hij te diep onder de duim van zijn vader zit.

'Kom we gaan.' Ze wil opstaan.

'Laat mij maar voorgaan.' Gigi klimt als een steenbok tegen de rots op en is al uit zicht verdwenen voor ze heeft kunnen zien waar hij heen is. Verbouwereerd kijkt ze om zich heen. De muur achter haar is zeker drie meter hoog, de afgrond voor haar zeker vijftig meter diep. Het idee dat ze zonder houvast omhoog moet klimmen, is voldoende om haar spieren in een kramp te zetten.

'Deze route is sneller.'

Gigi duikt aan de andere kant weer op. Dankbaar pakt ze zijn hand en probeert de diepte te negeren die harder trekt dan ze wil. Ineens duikt het idee op dat ze beter kan springen. Dan is iedereen van haar verlost. Geen gevaar meer. Geen verdriet. Niets. Nee, ze moet terug.

'Nog één pas,' zegt Gigi en ze ziet dat hij ook zijn andere hand uitsteekt.

'Ja, slechts één pas,' fluistert ze. Ze sluit heel even haar ogen en voelt de duizeling die haar evenwicht op de proef stelt.

'Kijk hierheen.' Een bevel. En dus gehoorzaamt ze.

Dan staat ze op een soort trap met enorme treden die elk bijna een meter hoog zijn. Ze pakt de rand en klimt erop. De volgende twee treden gaan net zo makkelijk. Bovenaan is een enorm plateau, waaromheen kantelen staan.

'Welkom in het *Castello dei Conti*.'

Het is bizar dat ze nu tussen de afgebrokkelde resten van een enorm kasteel staat. Waarom is ze hier niet eerder geweest?

Op het moment dat ze Gigi een trap af volgt die achter een grote oleander verborgen lag, voelt ze haar telefoon trillen. Snel haalt ze die uit haar bh en kijkt op de display.

'Het is Isabella,' stoot ze naar buiten.

72

BENNY

'Je wist het al die tijd.' Daan zit op het muurtje naast die tent waar eerder die avond Anne is opgedoken.

'Zit niet te simmen. We hebben haar toch gevonden?'

'Je wist dat ze niet ontvoerd was!'

Wanneer houdt het gezeur van die gozer op!? Hij baalt als een driedubbele verloopstekker dat ze ontsnapt is. Het had ook nog een keer ongelooflijk veel tijd gekost om de weg terug te vinden. Zijn motor heeft hij achtergelaten bij de rotonde.

Hij gaat naast Daan zitten en staart naar de rotzooi overal op de weg. 'Wacht Daan, jij zit hier gewoon een feestje te vieren, terwijl ik het zware werk moet doen.'

Het grapje komt niet aan.

'Ze is als de dood voor je.' Daan scheurt het servetje in zijn hand in nog kleinere stukjes. Dat hij daar al een tijdje mee bezig is, bewijst het hoopje tussen zijn voeten. 'Ik had het gewoon moeten weten. Moeten zien!'

'Joh, maak je niet druk.'

'Maak je niet druk?' Daan mikt een handvol snippers in de lucht. De vlokken dwarrelen om hen heen in een mist van geladen woede. 'Jij hebt me gewoon voor je karretje gespannen.'

'Er is nog wat geld over...'

'Het gaat me niet om het geld.' Daan springt op en staat met gebalde vuisten voor hem. 'Het gaat míj om Anne-Sophie. Met mijn stomme naïviteit heb ik haar in gevaar gebracht. Ze is zelf weggegaan! En nu heb ik haar gevonden en doodleuk aan jou overgeleverd.'

'Had je dat maar...' Benny baalt gigantisch van het hele gebeuren. Die meid heeft het goed geregeld. Een nieuw leven waarbij ze ook al vriendjes heeft gemaakt.

Hij denkt terug aan het briefje in de envelop. *Ik heb iets van jou...* Dat was het moment dat hij hem kneep. Al die tijd had hij haar in de tang gehad. Angst is geweldig als die bij een ander in de kop rondspookt, maar pas op dát moment kreeg hij door wat het met hem deed. Hij kende zijn contacten goed genoeg om te weten dat zijn leven in de handen van dat kreng lag. En dat had niet alleen met die som geld te maken. Ze had een lijst met al zijn contacten in handen en die gasten zouden *not amused* zijn als hun gegevens bij de verkeerde mensen zouden belanden.

'Ze is gewoon weggevlucht,' raast Daan naast hem door. 'Om die gore rotpoten van je te ontlopen.'

'Dat heb ik je nog gezegd: we hadden huwelijksproblemen.'

'Wat heb je al die tijd met haar uitgespookt?' Daan draait zich van hem af en gaat met zijn handen door zijn haar. 'Waarom heb ik dat nooit gezien? Elke keer die excuses dat ze gevallen was, dat had ik niet moeten accepteren.'

Benny gaat staan en probeert de pijn te negeren die direct door zijn lijf heen golft. Sjezus wat heeft hij een rothekel aan die meid gekregen. 'Anne is helemaal niet het lieverdje dat jij voor je ziet. Ze heeft mijn hele kapitaal gejat.' Hij weet dat het te zwak klinkt.

Op dat moment knipt iemand het licht aan in de bar waar ze naast zitten. Een jonge vrouw loopt door de ruimte naar voren en doet ook het licht boven de bar aan. 'Kom, we gaan wat drinken.'

'Alles is dicht,' bromt Daan achter hem.

'Welnee. Ze gunnen ons vast nog wel een afzakkertje.' Als hij het goed aanpakt krijgt hij zelfs meer dan dat. Hij grijnst breed. De adrenaline begint direct te stromen.

‘Lief kindje hebt je.’ Benny wijst op de kleine knul die ondanks het belachelijk late uur wakker is. Hij klokt opnieuw een aantal slokken koud bier naar binnen en smakt daarna luid.

De vrouw zit op een stoel in de koele ruimte. Overal staan potjes met kruiden. Hij gaat bijna over zijn nek van de zoete lucht die zelfs een zweem van chocola draagt.

‘Benny, dit kun je niet maken!’ Daan staat bij een raam waar de avond achter verscholen ligt. Zijn kleurige shirt is volkomen in tegenspraak met zijn humeur.

‘Jij wilde Anne terugvinden,’ kaatst hij terug.

Zijn maat negeert hem en richt zich tot de vrouw die haar baby angstig tegen zich aangedrukt houdt. ‘U overkomt niets, mevrouw. Daar zal ik persoonlijk voor zorgen.’

Wat een slap geëmmer. ‘Persoonlijk voor zorgen,’ wauwelt Benny Daan na. ‘Het is tijd om onze rode dame eens op te roepen.’

‘Mooi niet! Ik weet precies wat je van plan bent, Benny! Je laat Anne-Sophie in de val lopen en dan? Wat ga je dan met haar doen? Het is genoeg geweest. Als zij hier haar geluk kan vinden, dan zal ik haar niet tegenhouden.’ Daan heeft zijn vuisten gebald. ‘En jij ook niet.’

Benny springt op van de stoel en staat met een paar passen voor hem. ‘Nou moet je eens even goed luisteren, maat. Ik ben hier niet voor jou. Jij bent hier om míj te helpen.’ Het moet over zijn met de felheid die ineens in Daan zit. Hij klokt de laatste slokken bier door zijn keel.

Daan staart hem secondelang aan en draait zich dan van hem af. ‘*Okay, lady, let's go*. We gaan hier weg, het is genoeg geweest.’

Benny gooit zijn flesje met een enorme zwaai in de hoek van de ruimte waar het eerst terug stuitert en dan alsnog in stukken breekt. ‘Niemand gaat hier weg,’ schreeuwt hij.

Maar Daan negeert hem compleet. Hij helpt de vrouw overeind en begint naar de deur te lopen.

‘Blijf staan!’

Als een charmante gentleman laat Daan de vrouw voorgaan op

de paar traptreden. Benny's keel knijpt langzaam dicht. Hij heeft hier de leiding. Niemand gaat daaraan voorbij.

'Kom terug, Daan.'

De rug antwoordt niet.

In een flits ziet hij een grote mand. Er glinstert bestek in. Met één snelle greep heeft hij het grootste mes te pakken. De woede raast achter zijn ogen. Hoe haalt die gast het in zijn hoofd om tegen hem in te gaan. Dit is zijn enige kans om Anne te grazen te nemen. Om zijn eigen hoofd te redden.

Met een paar passen staat hij bij Daan. Hij heft het mes op en boort de punt met alle kracht die hij in zich heeft in dat kloterige bloemenshirt.

Er gebeurt niets.

Pas na een belachelijk lange tijd stoot Daan een zucht uit en valt op zijn knieën op de onderste trede. De vrouw draait zich om en zet het op een gillen, waarna de baby nog een toontje hoger meedoet. Langzaam zakt Daan opzij en valt met zijn gezicht naar beneden naast de trap. Zijn lichaam blijft in een vreemde hoek liggen.

'Hier komen!' beveelt hij de vrouw die als vastgenageld in de deuropening staat. '*Come here*!'

'Doe me niets,' siddert de vrouw die gehoorzaam een trede lager gaat staan.

'Zitten.' Hij wijst met de bebloede punt van het mes een stoel aan.

In elkaar gedoken sluipt de vrouw langs hem heen en gaat op het uiterste puntje van de stoel zitten.

'Zo, en nu ga je Anne bellen.'

'Anne?'

'Je vriendin. Sophie.' Klotetaal.

'Sofia?'

'Bellen. Telefoon.' Daarna gaat hij zitten en voelt hoe de vermoeidheid door zijn lijf golft.

'Wat moet ik zeggen?'

'Verzin maar wat, als ze maar hierheen komt.' Hij wijst met het mes naar het kleine wurm dat met een rood hoofd de hele boel bij elkaar krijst. 'En laat hem zijn bek houden.'

De vrouw drukt het kind tegen zich aan en spreekt zulke belachelijk sussende woordjes dat hij er gek van wordt. Maar tot zijn grote verbazing helpt het.

'Oké, bellen.'

Hij ziet opgelucht hoe de vrouw haar telefoon pakt en een contact opzoekt.

'Sofia, *sono io*.' Daarna volgen er allerlei Italiaanse kreten waar hij geen touw aan vast kan knopen.

Hij springt op haar af en grijpt de baby beet. 'Geen geintjes, dame.'

Terwijl de vrouw in het Engels aangeeft dat Sofia naar de cioccolateria moet komen, omdat de jury naar haar gevraagd heeft, streelt hij met de punt van het mes over de te dikke buik van het wurm. Hij begrijp helemaal niets van dat vrouwengeleuter over roze wolken waar die baby's op schijnen te drijven. Ook deze is weer allejezus lelijk.

Tevreden luistert hij naar de vrouw. Die trillende stem is zelfs prettig om naar te luisteren. Zeker nu ze bezig is om zijn vrouwtje naar hem toe te brengen. Slim, Benny, complimenteert hij zichzelf. Nog even en zijn contacten zijn weer veilig. Daarna zal hij Anne haar verdiende loon bezorgen en aangeven bij de politie. Die zullen blij zijn met zijn medewerking om de vraagtekens weg te nemen die toch zijn blijven hangen.

De vrouw spreekt in rap Italiaans een aantal woorden, alarmerend en snel.

Hij graait de telefoon uit haar handen, legt de baby op de tafel naast het mes, geeft met zijn hand een seintje aan de vrouw dat ze moet blijven zitten en zet dan zijn liefste stem op. '*Ciao*, Sofia. Raad eens met wie je spreekt?'

Hij grinnikt als hij de scheldkanonnade aan de andere kant hoort.

'Zo ken ik je weer, schatje.'

De baby heeft het weer op een krijsen gezet, waardoor hij haar antwoord maar moeilijk kan verstaan.

'Luister liefje, het is heel eenvoudig. Je hebt om precies te zijn vijf minuten. Daarna zwijgt deze kleine man als eerste.'

Het is stil aan de andere kant.

'De volgende is jouw vriendin die zal wensen dat ze nooit aan chocolade was begonnen.'

'Ik kom eraan,' hoort hij haar stem. De intonatie doet hem zelfs meer dan hij wil.

'Vier minuten, liefje. Tot zo.'

73

De gil van Isabella snijdt door haar hart. ‘Hou vol, Isabella. Ik kom eraan,’ fluistert ze tegen de dode telefoon. Dan stopt ze hem weg. Gigi staat iets verderop. ‘Kies de allersnelste weg naar de cioccolateria, Gigi. We hebben vier minuten.’ Ze legt in een paar woorden uit wat er aan de hand is.

‘Dat is onmogelijk.’

‘Het moet.’ Een kasteel heeft een toegangsweg, dus ze kan hier weg. En dat is precies wat ze wil.

Gigi richt zijn gezicht naar het stadje aan hun voeten. Ze staan helemaal boven op de berg, vlak bij de half ingestorte toren van het kasteel. Tot haar verbazing hangt er op de toren een enorme klok die ze nooit eerder gezien heeft. De tijd dringt zich sterker op dan ooit.

‘Kom op, laten we gaan,’ dringt ze aan.

‘We moeten daarheen,’ zegt hij dan en hij wijst in de tegenovergestelde richting die ze zelf zou nemen.

‘Maar…?’

‘Volg me. Mijn broertje, Pietro.’

Gigi grijpt haar hand en sleurt haar direct mee. Ineens begrijpt ze zijn verbeten inzet. Het gaat hem niet alleen om haar.

Ze slalommen tussen de struiken door, passeren een poort in een muur en rennen de traptreden af. Er is geen angst meer voor ontdekking, ze weet waar Benny is. Het is een bizarre omkering van haar vlucht. Ze moet nu hém zien te vinden.

Al snel klappen haar schoenen met luide kletsen op de stenen. Ze moet haar best doen om niet uit te glijden. Ze verbaast zich over de route die Gigi neemt, maar kan niet anders dan hem volgen.

'Deze kant op.' Gigi schiet een steegje in en is in een oogwenk in de schaduwen verdwenen. Ze duikt in het donker en ziet traptreden die haar de mogelijkheid geven om sneller te gaan. Met grote passen rent ze door. Haar spieren zijn nog wat stijf van de kou, maar door de snelle bewegingen heeft ze het snel weer warmer.

Het idee dat ze die kleine onschuldige baby in de moorddadige armen van Benny heeft geduwd, is genoeg om meer risico te nemen. Hoelang heeft ze nog?

In de verte ziet ze Gigi's smalle gestalte als een silhouet afsteken tegen de avondlucht. De straten zijn verlaten alsof er nooit een feest heeft plaatsgevonden. Het is maar goed ook. Ze moet er niet aan denken dat ze zich een weg moest banen door een drukke menigte. Het is ondoenlijk om nu een plan te bedenken, toch razen er allerlei zaken door haar hoofd. Het moet haar lukken om Benny te kalmeren. Als ze hem zijn SD-kaart teruggeeft, kan dat voldoende zijn. Misschien is hij allang blij dat hij van haar af is. Stel dat ze...

'Hierheen,' hoort ze naast zich. En ze gehoorzaamt.

Het is onvoorstelbaar hoe hoog ze geklommen zijn. Zoveel traptreden en steile weggetjes moeten ze af. Zijn ze er nog niet?

Het geld! Dat is wat hem al die tijd geïrriteerd heeft. Het geld is niet van hem, dus dat moet hem in de problemen gebracht hebben. Maar geld is op te lossen. Vertrouwen niet. En zij vertrouwt hem voor geen cent. Die lijst met contacten en nummerborden is de enige reden dat ze nog op vrije voeten is. Hij had haar kunnen aangeven bij de politie op het moment dat hij te weten was gekomen waar ze zat. Maar dat heeft hij niet gedaan. De SD-kaart is nog steeds haar sleutel tot vrijheid.

Een tiental meters voor haar uit rent Gigi door, totaal onwetend van wat er in haar hoofd omgaat. Hij heeft nu haar vrijheid in handen, toch zal ze het nooit toelaten dat deze jongen iets overkomt alleen maar omdat zij...

'We zijn er.' Gigi stopt bij de kerk die ze direct herkent. Ze zitten op nauwelijks honderd meter van haar oude appartement.

'Hoeveel tijd hebben we nog?' Ze wil haar telefoon pakken om te kijken, maar Gigi werpt een blik naar boven en zegt: 'We zijn al te laat.'

De hitte zoekt een weg naar buiten. Hijgend en zwetend staat ze voor Gigi, die nergens last van lijkt te hebben. Het kan niet! Voor haar gevoel hebben ze de afstand in een paar minuten overbrugd.

'Dan moeten we snel zijn,' zegt ze. Nu weet ze waar ze heen moet. Bovendien is de weg vlak en dus makkelijker begaanbaar. Een auto passeert hen. Lichten die verdwijnen in de verte.

Het lege podium bij de fontein raakt haar, maar ze passeert het alsof het haar niets doet. Dan ligt de Corso Umberto voor haar. De kraampjes staan er nog, de hekken ook. Ze snelt aan de zijkant door een opening en ziet al snel het zo bekende terrasje opdoemen.

Abrupt stopt ze. Haar ademhaling jaagt door.

'Niet Pietro. Zoiets doet hij niet,' zegt Gigi naast haar, waarbij het vertrouwen in zijn stem trilt.

Sofia wil niet zeggen dat Benny tot alles in staat is. Ze weet wat hij allemaal heeft geflikt om zijn zaken te runnen, ze heeft er zelf vaak genoeg mee kennisgemaakt. Hoe vaak heeft ze niet gedacht dat haar laatste uur geslagen had?

'Nee, dat doet hij niet,' antwoordt ze. 'Hij wil mij.'

Met droge mond staat ze naast de grote jasmijnstruik. De zoete geur kringelt onschuldig om haar heen, terwijl ze haar oren spitst om elk geluidje, hoe klein ook, op te vangen. Uit het raam van het laboratorium komt zacht licht, dat de steeg in een vriendelijke sfeer zet. Gigi staat achter haar. Zijn hand ligt op haar heup.

Ze heeft net gezien dat er inmiddels bijna tien minuten verstreken zijn. Hoewel ze het liefst direct naar binnen wil rennen, aarzelt ze. Als hij toch zijn dreigement al heeft uitgevoerd, kan ze beter wegblijven.

'Ik hoor niets,' fluistert ze over haar schouder. Ze grijpt naar haar medaillon zo bang is ze dat ze te laat is.

Dan hoort ze het: zacht gekerm van een baby, als een kat die om eten vraagt.

'Pietro,' zegt Gigi direct en hij geeft haar een duwtje.

Haar telefoon trilt op haar linkerborst. Ze hoeft niet te kijken wie het is. Dit is het moment dat zijn aandacht ergens anders ligt en ze dus kan toeslaan. Ze recht haar rug en duwt de deurkruk naar beneden.

'Dag Benny.'

In een oogwenk is haar de hele situatie duidelijk. Isabella en Pietro zijn in orde, ook al zitten ze totaal verstijfd van angst in de hoek van de ruimte. Benny heeft zich strategisch opgesteld, zodat hij beide ingangen in de gaten kan houden. Slimmerd.

'Dag liefje, daar ben je dan.'

'Ik had nooit gedacht dat je me tot het einde van de wereld zou volgen. Je moet wel veel van me houden,' antwoordt ze liefjes. Met haar ogen vraagt ze aan Isabella of ze oké is. Het knikje stelt haar direct gerust. Waar is Daan eigenlijk?

'Je weet dat ik alles voor je over heb.'

Dan ziet ze hem liggen. 'Daan!' Ze vergeet alle voorzichtigheid als ze haar beste vriend opgevouwen in een hoek ziet liggen. Ze snelt op hem af en knielt bij zijn lichaam. O, nee! Er ligt bloed onder zijn lichaam.

'Nee! Wat heb je gedaan?' Ze rukt aan de schouders van het loeizware lichaam dat op geen enkele manier meegeeft.

'Hij werkte niet mee,' geeft Benny aan en hij pulkt met de punt van het grote mes onder zijn nagels.

Ze wil hem aanvliegen. Zijn ogen uitkrabben. Dat mes in die wanstaltige buik van hem drijven. Met gebalde vuisten staat ze naast Daan. Een zinderende hitte neemt bezit van haar.

Op de werktafel naast Benny staat de schaal met de lotusbloem. Stil en kwetsbaar. Als een tere getuige van het geweld dat ze juist wilden tegengaan. Sofia doet verwoede pogingen om de rust terug te krijgen in haar lijf. Met heftige slikbewegingen duwt ze de woede naar beneden zodat hij nooit haar hersens kan bereiken.

De grote bange ogen van Isabella helpen haar. Ineens daalt de rust op haar neer alsof alle angst wegvloeit. Ze loopt langs Benny heen zonder hem een blik te gunnen en stopt voor Isabella die haar kindje met beide armen beschermt. Met een oneindig zacht gebaar duwt ze een kus op haar kruin. Daarna wenkt ze Gigi en wijst hem, zonder een woord te wisselen, de plek naast Isabella aan. Hij gehoorzaamt, met zijn wenkbrauwen in een groot vraagteken.

Met een ruk draait ze zich naar Benny. 'Zo, het wordt tijd dat we praten.'

Hij knijpt zijn ogen iets toe. Hij is bloedlink op haar. Eén blik op Daan en ze vindt de moed weer terug.

'Je bent veranderd, Anne,' zegt Benny.

'Sofia,' zegt ze met zo'n luide stem dat ze er zelf van schrikt. Nou en of ze veranderd is, hij weet nog niet half hoeveel.

'Je hebt me in gevaar gebracht, liefje.'

'Dat zie ik. Wie heeft je zo toegetakeld?'

'Dat is jouw schuld. Indirect dan. Ik was bijna omgekomen.'

'Dan is de stand nu honderd tegen één.' Ze zet haar benen iets uit elkaar, om zelfverzekerd over te komen. Ze negeert het trillen van haar knieën.

Vragende ogen. Dan slaat hij ze neer en lacht. 'Je bent eigenlijk veel leuker dan ik dacht.' Hij komt overeind en loopt op haar af. Achter zich hoort ze onrustig geschuifel. Als Gigi zich maar rustig houdt.

'Blijf staan.' Ze wijst naar de plek waar hij vandaan komt. Tot haar verbazing stopt hij direct.

'Je hebt iets wat van mij is,' zegt hij.

'Dat heb ik ergens opgeborgen.' Haar vingers sluiten om het medaillon, dat nog duidelijk zichtbaar op haar borst hangt. Als door een wesp gestoken laat ze de ketting los. 'Op een veilige plek, in... in de cioccolateria.' Ze is blij dat zowel Isabella als Gigi geen Nederlands kunnen verstaan. Als Gigi wist dat het om de SD-kaart ging had hij weleens kunnen ingrijpen en dat is precies wat ze niet wil.

'Ik ben niet gek!' Totaal onverwachts springt Benny boven op haar. Ze verliest haar evenwicht en valt achterover op haar rug op de betonnen vloer. Haar hoofd schiet door. Een pijnlijke steek trekt door haar heen. Terwijl ze nog worstelt met de sterretjes voor haar ogen, klemmen twee sterke klauwen zich om haar hals. Ze probeert haar knieën omhoog te stoten, maar hij blokkeert haar hele lichaam. Ze grijpt Benny vast, ontdekt het verband, rukt het eraf en graaft haar nagels diep in de wond. Hij gilt als een mishandeld varken. Met alle kracht die ze in zich heeft, duwt ze hem van zich af. Slechts een beetje ruimte heeft ze nodig. Zodra ze dat voelt, steekt ze haar rechterknie ertussen en geeft een enorme stoot.

Het lukt. Hij valt opzij en rolt van haar af. Ze kruipt bij hem weg maar de ketting van haar medaillon schuurt langs haar hals en laat een brandend spoor achter. Dan landt een voet in haar rug en de ketting drijft nog dieper in haar hals. Lucht! Ze heeft lucht nodig. De ketting moet los, maar het lukt niet. Help me, wil ze schreeuwen, maar er komt geen geluid uit haar keel.

Met een enorme schreeuw duikt Gigi tevoorschijn. Nog een laatste ruk aan de ketting. Snijdende pijn. Dan schiet hij uit zijn handen. Ze hapt naar adem terwijl achter haar van alles gebeurt. Als ze zich omdraait ziet ze dat een kast omvalt. De chocola stuitert op de grond en de twee vechtende personen stampen erdoorheen.

Benny trekt Gigi overeind. Met zijn beide vuisten houdt hij hem van de grond, Gigi trapt wild met zijn voeten om zich heen. Dan geeft Benny de jongen een enorme rechtse. Hij vliegt door de ruimte en valt een paar meter verderop tegen de kruidenkast aan. De potjes stuiteren door de cioccolateria. Gigi krijgt een regen van glas en kruiden over zich heen. Daarna blijft hij liggen. Roerloos.

Ze wil naar hem toe rennen, maar Benny grijpt het medaillon alweer vast. Hij probeert het over haar hoofd heen te trekken. Ze geeft niet toe. Hij moet er met zijn poten van afblijven! Ze rukt wanhopig aan de ketting.

'Blijf af!' Een stekende pijn in haar voet. Glasscherven snijden door de zolen van haar schoenen heen.

Hinkend doet ze een laatste poging om het sieraad uit zijn knuisten te bevrijden. Met een zachte tik knapt de ketting. Ze valt achterover. Heel even weet ze niet wat er gebeurd is, tot ze Benny verbaasd naar het medaillon in zijn handen ziet kijken.

'Dat is van mij,' schreeuwt ze. Het idee dat haar moeder en broer in de handen van Benny terechtgekomen zijn, geeft haar een immense kracht. Maar hij trekt zijn handen weg, rolt om en staat al op zijn benen als zij nog versuft om zich heen kijkt waar hij gebleven is. Met haar ellebogen duwt ze zich op en strijkt met haar vingers over de schrijnende striem in haar hals. Pas als ze haar vingers ziet, merkt ze dat ze bloedt.

Benny knipt het medaillon open. Nu is het afgelopen, denkt Sofia. Als hij ontdekt dat hij besodemieterd is, zal hij op haar afkomen. Met gespannen spieren wacht ze af.

'Sofia.' Isabella zit achter haar en tikt op haar schouder.

'Weg, ik ben nog niet klaar.' Ze wil haar wegduwen, maar ziet dan dat Isabella's blik op iets achter Benny gericht is.

'Kijk dan!' roept Isabella luid en ze wijst op de deuropening.

Het dringt maar uiterst langzaam tot Sofia door dat er iemand staat, een pistool achteloos in zijn hand, met de loop op haar gericht.

74

De pijn dreunt in korte golven door haar bewustzijn. Ze strijkt haar haren uit het gezicht en probeert lucht te vinden terwijl ze ademloos naar Arturo staart. Zijn ogen nemen haar geamuseerd op. Dan pas is ze zich bewust van haar situatie, zittend op de vloer, haar witte jurk gescheurd en besmeurd met vuil en bloed.

'Een echtelijke ruzie?' De lach is in één klap verdwenen uit zijn ogen. Hij richt de loop van het pistool op haar.

'Het is niet...' Sofia krabbelt overeind. 'Dit is inderdaad mijn man. Of eigenlijk n-niet meer,' stottert ze. 'Hij wilde net weggaan, toch Benny?'

'Waar is het?' snauwt Benny.

'Het is van mij.' Haar stem klinkt laag en dreigend. Ze loopt op Benny af. Nooit zal ze haar familie in die moorddadige vuisten achterlaten.

Benny houdt haar medaillon omhoog. 'Ik had het moeten weten. Die klote ketting is heilig voor je. Als je die SD-kaart niet meegenomen had, was ik nooit achter je aan gekomen. Je beseft toch wel dat ik niet vanwege jou dat hele eind hierheen ben komen rijden. Dus je kunt me maar beter vertellen waar je... '

Een hoog schril geluid suist langs haar heen, gevolgd door het gerinkel van glas. Sofia staart naar de achterdeur waar glasscherven alle kanten op vliegen. Arturo beweegt zijn loop heen en weer om aan te geven dat ze naast Benny moet gaan staan.

'*Quiet now*!' Zijn stem dreunt even na in de betonnen kelderruimte. 'Mijn vader heeft me gestuurd.'

Heel even denkt ze dat Arturo haar komt vertellen dat Maria

dood is, maar dan beseft ze dat hij echt gestuurd is door Umberto. En met een reden die ze liever niet hoort. Hier is ze al die tijd bang voor geweest.

'Ik kom om dit definitief op te lossen. Je hebt de naam van de familie Russo in gevaar gebracht, Sofia.'

Haar blik schiet onbewust naar de witte bloem, maar tot haar grote verbazing wijst hij op het medaillon in Benny's hand.

'*Give it to me.*' En als Benny totaal niet reageert, zegt hij nog een keer: 'Geef het hier.'

'Je mag het hebben. Die bitch...'

Opnieuw roept Arturo dat hij stil moet zijn. Dan bekijkt hij het medaillon van alle kanten, klikt het open en bijna direct weer dicht. Dan vraagt hij op scherpe toon: 'Is dit van jou?'

Ze heeft hem nog nooit zo gezien. Zo gepijnigd. Zo totaal afgesloten. Ineens beseft ze dat hij echt kwaad is. Zijn familie is heilig. 'Sorry,' fluistert ze toonloos.

'Door dit... ding heb je onze familie in gevaar gebracht. Er zijn doden gevallen. We hebben onze clan in Nederland zelfs deels moeten terugroepen.' Arturo schudt zijn hoofd. 'En ik heb je al die tijd vertrouwd. Weet je dat ik het zelfs voor je heb opgenomen, omdat ik dacht dat wij...'

Sofia buigt haar hoofd.

Dan begint Benny te ratelen. 'Die meid is echt zo onbetrouwbaar als wat. Ik geef je groot gelijk, *signor de Russo.* Weet je dat ze nog veel meer geheimen heeft?'

'Houd je bek, Benny,' gromt ze hem toe.

Sofia ziet dat Arturo vol interesse naar Benny kijkt. De paniek slaat toe. Als hij nu uit de school klapt, is het voorbij.

Benny ratelt gewoon door. 'Heeft ze weleens verteld wat ze met haar moeder heeft gedaan?'

De vraag zweeft een hele tijd rond, alsof niemand weet wat hij ermee moet. Isabella kijkt haar met grote ogen aan.

Arturo reageert als eerste. 'Ze heeft haar moeder verzorgd, net als mijn moeder.'

Sofia krimpt in elkaar. Er bestaat geen enkele mogelijkheid meer om de doodsklap te ontwijken.

Het smalende lachje van Benny ziekt in haar oor, alsof hij haar nog net iets meer wil pijnigen voordat hij toeslaat. 'Wat een schatje, hè? Maar ik waarschuw je voor die liefdadigheid. Ze heeft haar moeder...'

'Zo is het niet!' gilt ze er dwars doorheen. 'Ik heb mijn moeder niet gedood.' Als ze Isabella geschokt hoort inademen, slaat Sofia de hand voor haar mond. 'Nee, zo is het niet gegaan.' Ze draait wanhopig om. Kijkt Isabella aan bij wie de afkeuring op het gezicht staat te lezen. Wat moet ze doen? Gigi ligt nog steeds roerloos naast de kast. De angst slaat haar om het hart. 'Arturo, luister naar me. Mijn moeder was zo ziek, en ze had veel pijn. Ze wilde niet meer leven. Het was een verlossing voor haar.' Ze ziet de vermoeide blik van haar moeder weer voor zich.

'Het is genoeg, lieverd.' Haar moeder zuchtte na elk woord. Een glimlach versierde haar gezicht met liefde.

Anne wilde niet toelaten wat ze vermoedde. 'Zal ik nog wat drinken voor je halen? Ik heb de appelsap koud gezet, omdat je dat zo lekker vindt.'

Een hand greep haar pols. 'Heb je gehoord wat ik net zei?'

Ze ging weer zitten en bekeek de hand waar een brede gouden trouwring zo los was gaan zitten dat de steen tegen de middelvinger aan leunde. Haar moeder droeg hem nog steeds, omdat trouw het allerbelangrijkste was in het leven, zoals ze steeds weer had gezegd als Anne er iets van zei.

'Sinds Christiaan dood is...' Haar moeder slikte. 'Dat is het ergste wat een moeder kan overkomen. Het is een omkering van het leven als je je eigen kind overleeft. Ik mis hem meer dan ik ooit heb gezegd.'

'Dat weet ik, mam.' Anne keek naar hun handen die elkaar vasthielden alsof het de laatste keer was.

'Christiaan wacht op me. Ik wil niet meer verder.' Haar moeder was nooit eerder zo stellig geweest. 'Wil jij me helpen? Iets meer morfine en het is voorbij. Ik heb zo'n pijn.'

'Laten we de verpleging dan om toestemming vragen.'

'Die geven niet meer dan nodig. Het is genoeg geweest.'

Elke keer als ze andere woorden probeerde te vinden, schudde haar moeder opnieuw haar hoofd. Tot ze in snikken uitbarstte.

'Nooit eerder had ik mijn moeder zien huilen,' gaat Sofia verder. 'Zij was altijd de sterke vrouw die haar leven droeg zoals ze het ontvangen had. "Het gaat zoals het gaat" zei ze altijd. Maar die avond leek het een andere vrouw. Ze was klaar met het leven.'

'Hou toch op met dat slappe gezwets,' onderbreekt Benny haar relaas. 'Geef me nu die SD-kaart terug.'

Sofia voelt haar vechtlust wegzakken. Arturo kijkt kwaad naar Benny. 'Vertel eens Muis, kwam je helemaal hierheen voor… voor dít?' Arturo houdt de ketting omhoog.

Benny wil naar hem toe lopen, maar Arturo maakt met een kort gebaar duidelijk dat hij moet blijven waar hij is.

'Het gaat me helemaal niet om dat prul.' Benny aarzelt en zegt dan heel beheerst: 'Als een echte zakenman zul je begrijpen dat je contacten heilig zijn. En deze dame heeft het bestand waar al mijn contacten in staan in dat ding verborgen.'

De ogen van Arturo schieten van Benny naar haar en terug. De pistoolloop glijdt mee heen en weer. Dan spuugt Arturo minachtend op de grond voor haar voeten, waar de vele scherven vermengd zijn met kruiden en chocola. 'Dít is dus de prooi geweest waar dit soort aasgieren op afkomt. Je hebt hiermee niet alleen mijn familie in gevaar gebracht, maar ook de business van mijn vader.'

Hij heeft gelijk. Al die tijd wist ze dat ze dit risico liep. Toch maakt het haar nu allemaal niets meer uit. Ze was door het vuur gegaan om haar moeder bij zich te dragen. Net zoals ze door een klote hel was gegaan om haar moeder te helpen bij haar laatste wens.

Arturo heeft nog steeds haar medaillon in zijn handen. 'Is dit jouw moeder?' Lijkt het zo of is zijn stem minder hard?

'Ik kreeg de ketting van haar. Op de avond dat ik aangaf dat ik haar laatste wens zou inwilligen.' Sofia zucht diep en zegt dan: 'Op dat moment zat er alleen een foto van mijn broer in. Ik wist dat het haar grootste schat was, die ze aan mij zou afstaan als ik haar zou helpen om pijnloos te sterven.'

'Zie je wel dat jij haar gedood hebt,' schreeuwt Benny haar toe. 'Ik had je gewoon direct moeten aangeven bij de politie.'

Sofia buigt haar hoofd. Ze gaat opnieuw door het diepe verdriet. 'Ik ben al die maanden bang geweest dat je dat zou doen. Gelukkig wist ik dingen van jou die me overeind hielden.' Ze slikt haar tranen weg en knijpt haar ogen samen. 'Er was maar één manier om uit deze impasse te komen, en dat was vluchten en een andere identiteit aannemen. Alleen dán zou ik mijn eigen leven terug kunnen krijgen.'

Benny richt zich nu tot Arturo. 'Wat kan dat mens dom kletsen. Dat kreng heeft zelfs op mij geschoten.'

Sofia wil zich direct verdedigen. 'Nee, ik heb...'

'Houd je mond,' snauwt Arturo haar toe. 'Jij durft mijn familie zwart te maken en tegelijkertijd over een symbool van pure onschuld te spreken?' Arturo wijst op de witte bloem. 'Hiermee ben je te ver gegaan.' Met een enorme zwaai slaat hij de glazen schaal van de werktafel af.

Prompt begint de kleine Pietro te huilen.

Het is vreselijk om de afkeuring in Arturo's ogen te zien.

'Ik heb je moeder verzorgd. Ik hou van Maria net als ik van mijn moeder hield,' roept ze, de wanhoop nabij. Maar Arturo schudt langzaam zijn hoofd. Dan slaat ze haar blik neer. Het is voorbij.

'Je blijft gewoon liegen, smerig kreng!' Met een oerkreet duikt Benny op haar af, een stuk glas in zijn hand. Het is zo onverwachts dat ze al op de grond ligt voor ze er erg in heeft. Hij drijft de scherpe punt van het glas in haar schouder. Vingers klemmen zich vast om haar hals. Ze wil gillen. Schreeuwen. Hem weg duwen. Maar ze heeft er geen kracht voor.

Boven haar hangt Benny, zijn afzichtelijke tronie op nauwelijks een paar centimeter van haar af. Een druppel kwijl valt op haar wang. De pijn in haar keel is verschrikkelijk. Zijn vingers graven zich steeds dieper in haar luchtpijp. Ze sluit haar ogen. Ze wil niet sterven met zijn beeld op haar netvlies. Haar moeders gezicht duikt direct op, over haar schouder hangt haar broer. Ze knikken haar toe. Ergens klinkt hoog gehuil van de kleine Pietro die vecht voor zijn rust. Gegil van Isabella waarmee ze haar zoon nog meer overstuur maakt.

De lippen van haar moeder bewegen. 'Het gaat zoals het gaat,' lijkt ze te zeggen. Dan suist er nog een geluid door de lucht, waarna haar lichaam zo zwaar wordt dat het de laatste lucht uit haar longen drukt.

75

Een ijskoude sjaal ligt om haar nek. Het is weldadig in vergelijking met de schrijnende pijn in de rest van haar lijf. Ze zuigt de lucht diep naar binnen tot een scherpe geur haar neus in brand zet.

'Ze komt bij.'

Het is compleet donker om haar heen.

'Sofia, kun je me horen? Open je ogen.'

O ja, dat is het. Eerst schieten kleine lichtflitsen door haar hoofd, dan wordt ze zich meer dingen gewaar. Een hand onder haar hoofd. Vingers die over haar wang strelen. Gepruttel van een baby. Gefluister bij haar oor.

Als ze voorzichtig haar ogen openslaat, hangt er een gezicht recht boven haar. Isabella! Ze spreekt haar toe: 'Blijf maar rustig liggen.' Alsof ze iets anders van plan was.

'Gigi,' steunt ze. Ze ziet nog steeds dat beeld van die kleine jongen die haar zo dapper verdedigde.

'Hij is oké.'

'Waar is hij?'

'Hij ligt op jouw matras. Hij heeft een fikse hoofdwond en waarschijnlijk een hersenschudding.'

'En Daan?'

Isabella schudt haar hoofd.

Dan pas valt haar op dat het verder helemaal stil om hen heen is. Met haar ogen tast ze haar lichaam af. Een enorme rode vlek ter hoogte van haar borst doet haar opnieuw naar adem happen. Daarom moet ze blijven liggen, ze is zwaar gewond.

'Hoe...' ze wijst naar haar verwonde lijf. 'Hoelang heb ik nog?'

Die vraag kwam steeds terug als ze met haar moeder meeging naar de controles. Altijd die vraag naar de resterende tijd. Leven met percentages. Iedereen ging dood, maar dit was een laatste houvast. Tot die vraag niet meer gesteld werd, omdat haar moeder zelf het antwoord bepaalde.

'Ik hoop nog heel lang,' zegt Isabella met toegeknepen stem.

Dan ziet ze Gigi die ineens naast Isabella zit. 'Ciao Sofia. Ik heb hem nog. Je bent veilig.' Zijn ogen vertellen de rest. Ze voelt zich geroerd door de liefde die over haar heen valt, tot Isabella Gigi abrupt terugstuurt naar haar matras.

Pas dan komt de zin van Isabella terug. 'Ben ik niet gewond?'

'Dat bloed is van Benny.' Dan vertelt Isabella wat er zich in die laatste minuut heeft afgespeeld. Hoe ze Pietro naast Gigi heeft gelegd en geprobeerd heeft om Arturo tegen te houden. 'Hij had zijn wapen op jou gericht. Ik was zo bang...' Een snik volgt. 'Hij sloeg me opzij. Daarna schoot hij. Benny viel boven op je. Het kostte me veel moeite om hem van je af te trekken, maar je kunt je niet voorstellen hoe opgelucht ik was toen ik voelde dat je nog leefde.'

Sofia probeert zich het tafereel voor te stellen, maar het lukt haar niet. 'Is Benny dood?'

'Ja, die kan je niets meer doen.'

'En Arturo?' Sofia laat haar ademhaling zo rustig mogelijk gaan. Elke teug lucht doet haar zeer, toch is ze blij dat ze nog leeft.

'Ik had het idee dat hij nog heel lang bleef staan om het effect te bekijken van zijn actie. Maar hij was weg toen ik opkeek. Ik heb geen idee waar hij heen is.'

76

Nieuwsgierig gluurt de zon over de top van de heuvel om haar eerste stralen op de huizen van Modica te laten landen. Sofia staat voor de deur van de grote villa. Ze is blij dat ze uit de naargeestige omgeving weg kon na het uitgebreide verhoor.

In haar hoofd suizen geluiden die haar wakker proberen te houden. Slapen zal niet lukken na wat er een paar uur geleden gebeurd is.

De voordeur zit tot haar verbazing niet op het nachtslot. Zachtjes sluit ze de deur achter zich en loopt behoedzaam door de zo bekende gang. De grote schilderijen tonen abstracte beeltenissen waar ze nu zonder enige moeite personen in kan herkennen. Het verbaast haar.

Met haar hand op de houten trapleuning staart ze naar boven, daar ergens ligt Umberto te slapen. Mooi laten liggen, denkt ze terwijl ze achter de trap langs loopt.

Een bekend geluid dringt tot haar door. De mars zou ze zelfs na de eerste toon al herkennen. Maar waarom komt de ringtone uit de kamer van Maria? Ze wacht tot de man met zijn karakteristieke lage gebrom antwoordt, maar dat blijft uit. De muziek stopt.

Moet ze later terugkomen? Nee, ze moet weten hoe het met Maria is. Ze klopt zacht op de deur. Geen reactie. Nog een keer, nu iets harder. Niets.

'*Buon giorno*, Maria,' begint ze, nadat ze om het hoekje kijkt. 'Goed gesla...' Haar eerste neiging is om de deur dicht te gooien en heel hard weg te rennen. Dan zet ze toch een paar passen dichterbij.

Maria ligt op haar rug, met haar ogen gesloten, zoals ze haar de laatste dagen elke ochtend heeft aangetroffen. De satijnen lakens zijn gedrenkt in bloed, een enorme rode vlek bedekt bijna haar hele lijf. In die plas ligt Umberto met zijn gezicht op de buik van Maria, die haar hand op zijn hoofd heeft gelegd.

Opnieuw vullen die zware muziektonen de ruimte. Gedurende de complete riedel blijft Sofia als vastgenageld staan wachten. Pas als het weer stil is, loopt ze op het bed af en voelt in de hals van Maria.

'Ze is dood,' hoort ze achter zich.

Sofia versteent. In het zithoekje achter in de slaapkamer zit Arturo, zijn ene knie over de ander, een hand onder zijn kin.

'Dood? Maria? En Um… en je vader?'

'Allebei.'

'Wat is er gebeurd?' Hoewel de woede van de afgelopen nacht volledig verdwenen is, durft ze niet dichter bij hem te komen.

Arturo zucht diep, gaat rechtop zitten en buigt zich naar het tafeltje waar een pistool op ligt.

Sofia zet wankelend een paar passen achteruit. Hoe stom kon ze zijn om terug te komen in het hol van de leeuw!

'Wacht.' Arturo laat zijn lege handen zien. 'Het is misschien ook beter om het daar te laten liggen. Hij is geladen en de veiligheidspal is ontgrendeld.'

Ze gaat voorzichtig nog verder achteruit tot ze de deur naast zich voelt.

Arturo staat op en komt op haar aflopen. 'Je hoeft niet meer bang te zijn. Het is allemaal voorbij. Ze leven allebei niet meer. Mijn moeder…' Hij schraapt zijn keel. Zijn stem is schor als hij verdergaat. 'Mijn moeder heeft er een einde aan gemaakt. Ze zijn nu samen.'

Sofia staart hem met open mond aan. Hoe graag ze ook meer wil weten, ze voelt het verdriet in hem. Terwijl hij gisteravond bij hen was, heeft zich hier een drama afgespeeld.

'Ik denk dus dat je je baan kwijt bent.'

'Mijn baan?' stamelt Sofia.

'Maria...' Hij wijst op het bloederige bed.

Nu pas begrijpt ze hem. 'Dat was geen werk. Ik heb het met zoveel liefde gedaan. Ik sprak de waarheid toen ik zei dat ik van Maria was gaan houden. Dacht je dat ik...'

'Stil maar, ik geloof je. Je hoeft niets uit te leggen. Iedereen in Modica zag dat je mijn moeder...' Hij veegt met zijn hand over zijn ogen. 'Wat ga je nu doen?'

'Wat ik ga doen?' herhaalt ze stompzinnig zijn vraag.

Hij knikt en haalt een stapel bankbiljetten uit zijn broekzak.

Ze schudt gedecideerd haar hoofd. 'Ik heb nog geen idee, maar ik red me wel.'

Dan draait ze zich om en loopt de slaapkamer uit. De gladde marmeren tegels weerspiegelen haar silhouet als ze stopt bij het tafeltje in de hal. Daar legt ze de sleutels neer en loopt naar buiten.

In de grote tuin is het nog steeds weldadig koel. Een vlinder danst in de zonnestralen die de grote vlinderstruik in een sprookjesachtig licht zetten. In het begin dacht ze dat elke vlinder symbool stond voor haar moeder die even een kijkje kwam nemen of het wel goed met haar ging.

Bij de vijver stopt ze. Onder water groeien grote knoppen naar het wateroppervlak toe, om daar hun witte bladeren los te laten en hun gele hart te laten zien. Er komt altijd weer iets nieuws. Daar moet ze op blijven vertrouwen.

EPILOOG

Er klinkt een luid applaus achter haar als ze de doek van de glazen plaat af trekt. Isabella staat naast haar en ziet er stralend uit in haar nieuwe witte jurk. 'We zijn weer open,' roept ze naar de menigte die zich op het terras verzameld heeft.

Sofia kijkt naar de plaat op de gevel. Het was de wens van Isabella om de cioccolateria niet naar haar vader te noemen, maar om een witte lotus als logo te kiezen. 'Voor iedereen mag het nu zichtbaar zijn,' zei ze.

'Kom Gigi, werk aan de winkel,' spoort Sofia de jongen aan die als een onvermoeibare bromvlieg al die dagen geholpen heeft om de zaak op te ruimen. Een paar dagen heeft hij het maar uitgehouden om rustig aan te doen, daarna kon ze hem niet meer tegenhouden. 'Mijn muts heeft de ergste klap opgevangen,' zei hij steeds als ze zijn hersenschudding noemde. Ze is maar gestopt met moederen.

Achter in het café staat een box, waarin twee beentjes vrolijk tegen een rammelaar aan trappelen. Vast per ongeluk. Als mevrouw Bianchi haar vraagt of ze een cappuccino komt drinken, schudt ze haar hoofd. Het is verleidelijk om elke keer uitstel te zoeken, maar vandaag moet ze gewoon aan het werk. In het laboratorium.

Langzaam loopt ze de paar treden af. Daar lag Daan. Het is zo onwezenlijk dat hij er niet meer is. Dat ze zich zelfs niet meer kan afvragen wat hij aan het doen is. Of hij nieuwe ideeën heeft ontwikkeld of dat hij gewoon een zoveelste taart aan het versieren was. Nooit meer, lieve Daan.

Het laboratorium is nog nooit zo netjes geweest. Eigenlijk was het ook geen doen dat ze naast het ontwikkelen van nieuwe chocoladesoorten, hier ook nog woonden.

Ze opent de koelkast en trekt er een metalen rek uit. De afgelopen dagen heeft ze hard gewerkt om vast een voorraad aan te leggen van chocoladesurprises en jasmijnchocola. Veel mensen hebben al naar de nieuwe smaak gevraagd. Geen prijswinnaar, maar toch een succes.

'Een nieuwe lading,' zegt ze tegen Isabella als ze de chocola op de balie zet.

'Fijn! Het gaat als een lopend vuurtje door Modica dat onze zaak weer open is. Iedereen wil komen proeven.'

Een grote kop met een mooi versierde schuimlaag, die nog nasputterend op de koffie drijft, wordt voor haar neergezet. Sofia knikt de buurvrouw dankbaar toe. Oké, dan toch maar!

Het is prettig dat de drukte zich voornamelijk buiten afspeelt. De eerste teug is altijd het lekkerste omdat de smaak van chocola dan als een subtiel snufje in haar neus blijft hangen. Nergens maken ze een lekkerder cappuccino dan hier.

'Er is iemand voor je,' fluistert signora Bianchi.

Als ze zich van de balie af draait, ziet ze Arturo staan. Hij lijkt nog kleiner dan anders, zoals hij met zijn handen los naast zijn lijf staat te wachten.

'Wil je ook?' Heel even denkt ze aan de vele dubbele espresso's die ze hem al heeft voorgezet.

Maar hij schudt zijn hoofd. 'Ik kwam toevallig langs.'

Sofia voelt de glimlach over haar gezicht trekken. Het is al meer dan een week geleden dat ze hem voor het laatst zag. 'Dat witte shirt staat je goed.'

'*Grazie*.'

Zwijgend drinkt ze verder. De stilte tussen hen voelt comfortabel, alsof alles gezegd is.

'Ik heb een verrassing voor je.'

'Voor mij?'

'Je ziet het vanzelf als je thuiskomt.' Dan staat hij op, drukt een kus op haar wang en draait zich om. Op het terras begroet hij Isabella die even achterom kijkt. Dan is hij verdwenen.

Met een glas wijn in haar hand loopt Sofia de traptreden af en gaat naast Gigi zitten. Zoals altijd trekt hij zich 's avonds hier terug alsof hij zijn straatleven nog steeds niet helemaal los kan laten. Sinds het verband van zijn hoofd af is, heeft hij zijn muts weer opgezet.

'Voel je je al een beetje thuis?' Ze heft haar glas naar hem op.

'Ik heb me hier altijd thuis gevoeld.' Hij staart weer op het scherm van zijn telefoon.

Het oude appartement heeft Arturo aan haar geschonken. 'Het was van onze familie en ik heb het niet meer nodig.' Pas toen Gigi aangaf dat ze dan weer buren zouden zijn, begreep ze dat de jongen graag terug wilde. Maar niet alleen.

'Ben je nog dingen kwijt?' vraagt Gigi zonder op te kijken.

Ze schiet in de lach. 'Nee, deze keer heeft Arturo alles netjes teruggebracht. Hij heeft zelfs mijn bed uit de grote villa laten neerzetten. Opgemaakt en wel.' Ze zegt er niet bij wat Arturo haar in het oor fluisterde, met een knipoog die als plagend maar ook als hoopgevend uitgelegd kon worden.

'Ook je medaillon?'

'Dat lag op mijn kussen.'

Achteraf had ze zich daar het meest over verbaasd: dat ze haar ketting pas miste nadat de lichamen van Benny en Daan weggehaald waren.

'Hoelang duurt het nog?' Gigi stopt de telefoon in zijn broekzak.

'Ik denk dat jullie er komende maandag in kunnen.' Ze slaat haar arm om zijn knokige schouders en trekt hem naar zich toe. 'Alleen de slaapkamer van Pietro moet nog geschilderd worden.'

Ze laat haar blik over de oneffen asfaltdeken glijden die nu haar vaste adres is geworden. Boven zich weet ze de bloembakken waarvoor ze afgelopen donderdag fleurige plantjes op de markt heeft gehaald. Het bordje 'Vende' is verdwenen. Straks woont ze hier weer alleen. Maar dan heeft ze wel een lief gezinnetje als buren.

'Als jij iets vergeten bent, mag ik het dan hebben?' De olijke blik van Gigi glinstert in het schaarse licht.

Ze zou hem de hele wereld gunnen, dus ze knikt al voordat ze heeft nagedacht.

'Dan parkeer ik hem hier wel voor de deur, zodat je hem af en toe kunt lenen.'

Met dank aan

- Mijn partner Jan. Ons thuis is groter dan de wereld.
- Het team van De Crime Compagnie. Het gevoel deel uit te maken van een compagnie wordt elk jaar sterker. Dank Ilse, Sanneke, Coby, Manon, Leni en Sanne.
- Een goede redactie tilt een verhaal op. Dank Marja Duin.
- Hanneke van Steenbergen voor de titel en Aletta Troost voor de achternaam Russo.
- Mijn ambassadeurs, voor hun mooie ondersteuning. We delen de liefde voor verhalen. Verbinding blijft een fijne kracht.

Wil je ook ambassadeur worden en kans maken op een gratis boek? Meld je aan via www.marelleboersma.nl

Het kost niets. Het levert je zeker wat op!

- Elke maand wordt onder mijn ambassadeurs een boek verloot
- Jij mag meedoen aan speciale win-acties
- Je wordt als eerste op de hoogte gehouden van alle nieuwtjes
- Het geeft je een kijkje achter de schermen

Alle informatie vind je op www.marelleboersma.nl

Lees ook van Marelle:
Terug naar Cornwall -Chateau de Provence - Blind date - Enkele reis naar de Algarve – Nobody/Niemand – Ik volg je – Moederziel – Vals Alarm – De Babymakelaar/Het Verborgen kind – Schaduwspelen – Complex – Stil Water

Genoten van dit boek? Dan vind je vast de andere boeken van De Crime Compagnie ook leuk! Onze boeken zijn te herkennen aan de kleine doodskopjes op de achterkant.

Enkele van onze titels zijn:

Loes den Hollander – *Toen ik dood was*
Linda Jansma – *Bloedband*
Marijke Verhoeven – *Onderschat*
Angelique Haak – *Zwarte ziel*
Marianne en Theo Hoogstraaten – *Dans om de troon*
Barbara Sevenstern – *Familiegeluk*
Carmen Prins – *Carmens Kookpunt*
Heleen Smit – *Op het verkeerde moment*

Kijk voor meer informatie ook op www.crimecompagnie.nl.